THE MINTO PYRAMID PRINCIPLE

Logic in Writing, Thinking and Problem Solving

金字塔原理

思考、寫作、解決問題的邏輯方法

芭芭拉・明托 Barbara Minto⊙著　陳筱黠、羅若蘋⊙譯

經營管理 52

金字塔原理：思考、寫作、解決問題的邏輯方法

作　　　者	芭芭拉・明托（Barbara Minto）
譯　　　者	陳筱黠、羅若蘋
總　編　輯	林博華
主　　　編 責 任 編 輯	許玉意

發 行 人　涂玉雲
出　　版　經濟新潮社
　　　　　104台北市民生東路二段141號5樓
　　　　　電話：(02) 2500-7696　傳真：(02) 2500-1955
　　　　　經濟新潮社部落格：http://ecocite.pixnet.net
發　　行　英屬蓋曼群島商家庭傳媒股份有限公司城邦分公司
　　　　　台北市中山區民生東路二段141號11樓
　　　　　客服服務專線：02-25007718；25007719
　　　　　24小時傳真專線：02-25001990；25001991
　　　　　服務時間：週一至週五上午09:30-12:00；下午13:30-17:00
　　　　　劃撥帳號：19863813；戶名：書蟲股份有限公司
　　　　　讀者服務信箱：service@readingclub.com.tw
香港發行所　城邦（香港）出版集團有限公司
　　　　　香港灣仔駱克道193號東超商業中心1樓
　　　　　電話：852-25086231　傳真：852-25789337
　　　　　E-mail: hkcite@biznetvigator.com
馬新發行所　城邦（馬新）出版集團 Cite(M) Sdn Bhd
　　　　　41, Jalan Radin Anum, Bandar Baru Sri Petaling,
　　　　　57000 Kuala Lumpur, Malaysia
　　　　　電話：603-90578822　傳真：603-90576622
　　　　　E-mail: cite@cite.com.my

印　　刷　一展彩色製版有限公司
初 版 一 刷　2007年6月1日
初 版 55 刷　2022年7月12日

城邦讀書花園
www.cite.com.tw

ISBN：978-986-7889-59-1

售價：480元

Printed in Taiwan

【作者簡介】

芭芭拉·明托
（Barbara Minto）

明托1961年進入哈佛商學院，1963年被麥肯錫顧問公司（McKinsey & Company）聘為該公司有史以來第一位女性顧問。她在寫作方面的長才很快得到賞識，並於1966年被派往倫敦，負責提高麥肯錫公司日益增多的歐洲員工的寫作能力。

1973年她成立自己的公司 Minto International, Inc.，推廣明托金字塔原理（Minto Pyramid Principle），針對商業或專業人士，以及在工作中需要撰寫複雜的報告、研究論文、備忘錄或簡報文件的芸芸大眾。

至今，明托已經為美國、歐洲、澳洲、紐西蘭和遠東等地區的許多大企業和管理顧問公司開課傳授金字塔原理，並在哈佛商學院、史丹福商學院、芝加哥商學院、倫敦商學院，以及紐約州立大學等做過講座。

【譯者簡介】

陳筱黠（1-9章）

台大新聞研究所碩士暨輔大英文學士，曾有多年中英文媒體編輯與編譯工作經驗，近年來專職書籍翻譯，譯作包括：《中小企業經理人的13大問題解決之道》（2005年金書獎）、《i狂人賈伯斯》（2006年科管百大Top 10）、《品牌這樣搞就對了》、《創業計畫實戰指南》、《創業家的8項修練》等近二十本書。

羅若蘋（10-12章）

輔仁英國語文學系畢業，交大科管所學分班。現為專職譯者，譯作70餘本。

目錄
Contents

PART 4
簡報的邏輯

金字塔知識管理

洪明洲

亞洲管理經典研究中心顧問　台灣大學管理學院退休教授

完善的管理需要「知識分享」──所有組織成員使用共同語言，操作共同的溝通工具，來陳述個人獨特觀點，而讓所有人分享，最後獲得相同豐富的知識。

我們常使用文字來分享知識，而且認為它是最好的知識分享媒介，理由是：

1. 在表達上，文字比口語更需要經過大腦的縝密思考，其精準度自不待言；
2. 文字是「白紙黑字」，即使當下表達有誤，事後尚能據以追蹤、查考、修正，直到所有誤解消除為止。

因此，我們很少懷疑文字溝通的優異性，也認為所有發表出來的文章，都是論述清楚的，讓讀者能完全理解。但其實完全不是這麼一回事，經理人並不善於用文字語言來溝通。著名的管理學者亨利・明茲柏格（Henry Mintzberg）在四十年前就注意到，管理者喜歡用口語，甚於用文字來和人溝通。

我自認是一位能靠文字謀生的人〔這是管理大師彼得・杜拉

克（Peter F. Drucker）引為一生職志的事業，我衷心想仿效〕，我對於文字在表達上的優異性相當敏感——敏感到有些「潔癖」，我寫文章的用字遣詞大都細加推敲，反覆更改，才「敢」定稿。

像我這種有文字潔癖的教授，在商學院教書非常「痛苦」。我教的是全台灣一流的商學院學生，但是他們所寫的作業、報告、論文，常讓我「難以下嚥」：文章結構鬆散、缺乏主題，文字囉唆重複，沒有切入重點，而最糟糕的是：沒有想像力，寫不出有一番見解的論述，文章多數都是東抄西湊的文字堆砌，相互矛盾，錯誤百出。

「寫作」是一件「勞力密集」的事（電腦無法取代），尤其要將文字「堆砌」（組合）到讓人一目瞭然的理解程度，要下非常大的苦功。沒有下苦功寫出來的文章，自己讀還可以；要讓別人產生「共鳴」，幾乎不可能——多數情況下，讀者常常不知所云，而且誤解連連。

多數經理人沒有時間「下苦功」寫文章，所以，文字造成的溝通誤解也最嚴重，特別是：

1. 不經縝密思考就分享知識，使用的文字難以精準。
2. 知識沒有建構清楚，就使用文字隨意分享。
3. 使用特殊建構知識的方法，其他人很難分享到真正的知識。
4. 許多隱性知識根本沒有文字可以表達，文字本身毫無意義。

這本《金字塔原理》對經理人有莫大的幫助，因為它提供一

套簡單且直接的方法，幫助經理人在腦中將知識建構清楚。知識一旦建構清楚，所有文字溝通的問題就大幅減少，因為：

1. 表達知識的文字能輕易組合，精準度增加。
2. 建構知識的方法標準化，知識更容易分享。

本書揭露知識管理中最被忽略的地方：寫作──創作出能讓人理解的知識，而不是一篇讓人無法理解的「外星文」。一般人認為「寫作」只是以文字表達思想而已，只要想到，就能寫；寫出來，別人就能懂。

不幸的是：任何陳述要讓人懂，非常不容易。當兩個人各自使用不同的邏輯方式來組合「想法」時，多數情況是雞同鴨講。我們的確需要一套有效組合經理人「想法」的「標準」邏輯。寫作（表達）時，要求根據這個標準將想法「組合」成某種文字順序（文章）；閱讀時，別人也用同樣的邏輯順序接收文字訊息，並「還原」成與原作者相同意念的想法，知識才真正達到分享。

作者以「金字塔結構」來呈現這一標準邏輯，他建議思考中的每一個知識元件，在文章中盡量用金字塔結構來呈現，不要讓知識元件隨意漂浮，成為無俚頭文字。所謂建構知識是，將知識元件加以分類（Grouping）與概括（Summarizing）：

● 分類是往金字塔下層「走」。
● 概括是往金字塔上層「走」。

換言之，從不同分類所「概括」出來的「主題」位於金字塔頂端，各「分類」位於金字塔底部。各分類之間必須具備某種水

平關聯，而各分類與主題間具有垂直（概括）關聯。舉個例子，「東西南北」是四種方向的「分類」，它們彼此具水平關聯，它們個別都與「方向」這一主題構成垂直關聯。

「金字塔結構」就是麥肯錫專業顧問師的看家本領MECE（彼此獨立，互無遺漏；mutually exclusive, collectively exhaustive）的核心，也是坊間的《專業主義：麥肯錫的成功之道》、《麥肯錫的專業思維》，以及大前研一的《思考的技術》等書所探討的思考模型。

以前閱讀以上各書時，很多讀者可能會搞不清楚MECE的全貌，現在讀這本《金字塔原理》便更能理解。以我舉「東西南北」四種方向的知識建構為例，如果你的思考或文章只提到「東西南」，就表示這一分類沒有「互無遺漏」，你必須補上「北」。如果你已經列出「東西南北」，還必須檢測它們是否都是「彼此獨立」。如果水平的分類到達三至五項，最好給它們一個共同的「概括」——在本例中，「方向」就是「東西南北」的概括。

當讀者在建構知識時，原理及程序與上述思考「東西南北－方向」的關聯經驗，完全一模一樣。這本書就是在介紹這樣有效而簡單的知識建構架構，它正是我們大腦思考事情的習慣：大腦會把同時發生、相關連的一組東西視為同一類，進而把某個邏輯模式套用在它們的身上。我們在這基礎上，將它們排列成「金字塔」文章，就是好文章。如果沒有善用這樣的大腦功能，我們寫的文章必定「慘不忍睹」。

不過，千萬不要將這本書視為「寫作指南」。寫一篇好文章並非完全為了供人閱讀；將自己的思想藉由文章結構整理、組合成為金字塔型的知識，最有收穫的還是自己。

寫作能活化大腦

溫肇東

國立政治大學科技管理研究所所長

在知識經濟時代，除了要有觀點、有證據能推理外，能說能寫的表達能力也十分關鍵。《商業周刊》第1012期即以「越寫，越聰明！」的封面報導，將「寫作能力」列為廿一世紀的新競爭力。

從中小學開始，在作文課之外大概沒有人會指導你寫作。我在研究所指導論文，早期學生比較少，還能花一些時間指導他們的寫作表達。但目前較忙，力有未逮，發現不少碩士生、博士生，尤其是EMBA，其寫作能力是有問題的，而這個缺點有可能成為他們職涯上的瓶頸。

很慶幸地，我個人一路過來遇到不少貴人的指導，在不同的職場也都沒中斷過寫作。過去四、五年來我在不同的媒體上寫專欄，幫許多新書寫導讀，累積下來已超過上百篇文章。我的母校RPI以理工學院為主，學校在八〇年代發現理工科同學的寫作大有問題，會影響其研究成果的溝通與擴散，因而成立「寫作中心」（Writing Center）來加強同學的寫作。我自己在做論文、寫報告時也進出過寫作中心無數次，受惠不少。我的指導教授是一位多

產作家，對寫作特別有興趣，對於我們的報告幾乎是逐句批改。博士班期間除了跟著他編輯期刊，也參與他當時正在進行的幾本書，包括和出版社的交涉，以及分享他階段性的構思和成果。

儘管有這些際遇，我還是沒把握將不會寫的人教到會寫，而明托的《金字塔原理》正好是可以填補此一缺口的好教材。作者芭芭拉·明托因其卓越的寫作能力，被麥肯錫公司拔擢為首位女性顧問；任職於倫敦期間，潛心研究探索書寫報告的箇中奧祕，並將其成果整理出「金字塔結構」，藉以解決同仁及一般專業人士撰寫報告時，表達不清楚及其背後邏輯性結構的問題。

明托認為，如能於內心建立「金字塔結構」的邏輯基礎，將有助於寫作中章節段落、語句的連貫性與條理性；同時，讀者與作者之背景差異所可能產生的解讀誤會，也因邏輯條理被充分提示而能有所突破。

然而，在實際的寫作上，篇章段落間的論點該如何組織整合，才能達到言簡意賅、條理分明呢？原則上，每個層次的論點必定是下層「成組論點」的總結，每組裡面的論點須具備相同特性，而同組間的論點則應按照邏輯順序加以組織。除了依循先「主要、抽象性」，後「次要、支持性」的文句性質安排前後次序之外，觀點與觀點之間，也要有「問與答」的縱向關係，以及演繹或歸納的橫向關係。如能由引言安排故事情境，情境衝突來引發問題，以及逐層解答論述中心思想的整體貫串，建構由上而下完整的金字塔結構，應能使寫作達到一定的清晰度。儘管，由下而上的結構發想雖然是一般慣常的思考模式，但為避免此途的難以聚焦，由上而下的架構，會是較適合初學者的結構方法。

作者接著明確指出金字塔結構中各個環節的掌握要領：

首先，引言必須有一個反映「邏輯主線」的故事結構，依讀者與主題的需求決定篇幅長短，藉由情境與衝突的塑造，提示讀者主動提問。而邏輯主線的延伸，可運用提出一連串推理的演繹法，或組合相似論點、行動的歸納法，而作者認為後者較容易被讀者理解。

其次，經由邏輯次序衍生一組論點，分別依據判斷結果原因的「時間順序」、轉化成為我們大腦可以化整為零的「結構順序」，或由同類事物歸納或「程序順序」。分組論點間必須「彼此獨立、互無遺漏」（mutually exclusive, collectively exhaustive），才能概括成為高一層次的論點。其中，若行動是依時間順序進行，每個論述的核心思想逐層抽象區分，它的直接結果就能概括為行動論點；「情境論點」則因相似性被歸劃為同類，藉由說明這些論點的具體範圍，再暗示隱含推論。

此外，問題的界定與分析也主宰了整個文章結構的合理性。由設想問題發生的具體領域開始，闡述擾亂穩定狀態的事件來源，經過去蕪存菁並且轉化為引言來誘發讀者興趣，接著進一步導入理性的診斷架構，探查因果、分門別類、假設可能，並蒐集資料佐證，利用邏輯樹產生並測試，再建議解決的方案，也由此揭露論點間蘊藏的前後關係。

最後，金字塔結構不僅適用於寫作、思考、提問，作者也以三章的篇幅來分享書面呈現與口頭報告之內在邏輯：再提示善用標題、縮排、底線和編碼等文件編輯工具，藉以凸顯篇章結構；文字投影片製作應以簡潔、明快為原則；表格形式亦可清晰羅列

重點訊息，設想欲傳遞訊息的畫面並將具體轉化為文字，也有助於金字塔結構的實踐。

這本書發行於國際已有多國翻譯本，包括日本、大陸，算是一本長銷書。在亞馬遜網站累積了許多讀者的正面反應，應是寫作的好幫手，並可突破過去的障礙。當然一般專業的書寫和論文寫作的格式上或有不同，但邏輯概念的運用則應相當類似。

思考與寫作其實是互為因果，寫得不清楚通常反映了思考的不精準。我們今年暑假也將邀請一個國際團隊，特別為博士班開授「批判思考與寫作」的工作坊。當然，有了金字塔結構和原理、原則，「師父領進門，修行在個人」，最重要的還是要勤練習，才會「越寫，越聰明」。

妙筆生花之思考寶典

盧淵源

國立中山大學企業管理系教授

　　企業管理人才的養成教育，經常忽略對寫作邏輯能力與表達組織技巧上的基礎訓練，而偏重於管理技術層面。因而那些經由學院教育系統所訓練出來之管理人員，他們固然可以運用所學的各項企管技術，解決企業或環境中所發生的問題，但是在撰寫正式提案計畫或諮詢報告的過程中，卻往往眼高手低、不知如何有效地組織思考，將自身的意念有效地用書寫方式表達出來。結果造成詞不達意，無法將其專業知識充分融入文件中。

　　本書作者芭芭拉・明托（Barbara Minto）是著名企管顧問公司──麥肯錫的首位女性顧問。從她輔導多位歐洲員工之英文寫作能力的經驗中發現，文章的好與壞，分別受到「寫作風格」與「結構」的影響。想改變寫作風格來增進文章的可讀性是一件困難而複雜的事，然而要從改變文章的結構來增進其內容卻是相對容易而有效率的方式。藉由對文章結構的重新組織，在思考及寫作的過程中可以用一個簡單而明確的原則，將想要傳達的各項意念與邏輯做一個清楚的連結。而這個原則就是她極力倡導的「金字塔結構」的寫作觀念，這是一項將人類的思惟有系統地呈現在

文件上的實用工具。三十年來，這項工具已成為麥肯錫顧問公司培訓企管顧問的經典教材。

作者於1973年離開麥肯錫之後，成立明托國際公司（Minto International, Inc.），致力於推廣明托金字塔原理（Minto Pyramid Principle）。針對在工作中需要撰寫專業報告、研究論文、備忘錄或簡報文件的商業及專業人士提供寫作與思考上的訓練。至今，明托已經為美國、歐洲、澳洲、紐西蘭和遠東等地區的許多大企業和管理顧問公司開課傳授金字塔原理，並在哈佛商學院、史丹福商學院、芝加哥商學院、倫敦商學院以及紐約州立大學等擔任專題講座。

本書《金字塔原理》初版是在1973年，經過多次修訂，迄今仍歷久不衰，成為顧問界乃至學術界的經典書籍。大前研一於《思考的技術》書中所提到的金字塔結構思考法，正源於此書。此一最新版本，不僅收錄了作者過去對於研究人們寫作過程的想法與邏輯推演過程的體悟，更集合了許多精闢的實務例證！讀完本書，透過金字塔的邏輯結構，將可有系統地分層構築所想要表達的意念與思惟，明確分析問題與界定內容。在極短的時間內，妙筆生花，文思泉湧，以簡潔而明確的報告成為公司內的寫作達人。

前言

　　1973 年，我出版了一套名為《金字塔原理》（*Pyramid Principle*）的六本小冊子，探討一種可以解決報告寫不清楚的問題的新方法，尤其是在諮詢報告方面。事實上它談的就是，清楚的文件讓人一目瞭然，因為它擁有一個清楚的金字塔結構（pyramidal structure），而不清楚的文件則總是脫離那個結構。

　　在這個金字塔結構內的各個觀點是以為數有限的邏輯方法（往上、往下、橫向）建立關連性，使我們得以界定與它們有關的普遍性原則。因此，文章寫清楚的關鍵在於將你的思維建構成金字塔，並在你開始寫作之前先核對這些原則。

　　這些是我先後任職於國際管理顧問公司麥肯錫（McKinsey & Company）的克里夫蘭與倫敦營業處時所開發出來的觀念。1963 年，麥肯錫從那年哈佛商學院第一批錄取的八名女學生中挑選，雇用我擔任他們的首名女性顧問。麥肯錫很快斷言：我的數字實在不行，但是卻有寫作的才能。因此，他們把我調到倫敦，與那

些對於用英文寫報告有困難的歐洲人一起工作。

有趣的是，在我開始研究如何寫報告的資料時，我發現雖然有許多書籍探討如何把句子和段落寫得更好，但是卻沒有書籍討論如何組織那些句子與段落想要傳達的觀點。凡是觸及這方面主題的書籍也不過寫了些這樣的建議：「要有邏輯性」或「要有符合邏輯的大綱」。然而，究竟要如何分辨有邏輯的大綱和缺乏邏輯的大綱呢？我感到疑惑，並矢志找出答案。我發現的就是這個金字塔結構。

金字塔結構可以運用在任何你想要清楚呈現你的思維的文件上。為了方便說明，這裡有一個非常簡單的例子，說明觀點「組織前」與「組織後」的差別。

作者經歷的事件發展順序

柯林斯來電說他無法參加三點的會議；強生表示，他不介意晚一點開會，甚至改明天也可以，但時間不能訂在十點半之前；而克利福德的秘書說，克利福德明天要晚一點才會從法蘭克福回來。會議室明天已經有人預訂了，但週四是可以的；週四早上十一點看起來是不錯的時間，你可以開會嗎？

| 柯林斯：今天不行
強生：明天十點半後
克利福德：週四前不行 | 明天會議室已有人預訂

週四會議室可使用 | 你方便在週四
開會嗎？ |

按照金字塔原理組織重點：

　　我們可以把今天的會議重新安排在週四早上十一點舉行嗎？這對柯林斯與強生會比較方便，而且克利福德也能出席。這也是本週會議室唯一沒被預訂的時間。

　　1967年能夠接受這個觀念的人並不多，但是麥肯錫有一些很有智慧的人士給予我指正。今日，金字塔原理已成為麥肯錫公司的標準，並為世人公認是麥肯錫組織不可或缺的一部分。

　　我於1973年離開麥肯錫向更多的人推廣這些觀念，目前全球的顧問公司與個別公司約有一萬人上過我的課。我也分別在1981年和1987年出版這本書的先前兩個版本；在1981年開發一套錄影帶課程，並於1985年開發一套電腦軟體課程。而且今年（1996年）我還將完成一套新版的錄影帶課程。

　　我很高興告訴你，由於這種種的努力，金字塔原理已經成為顧問界的實質標準，而且許多其他的領域也採納金字塔原理的基本概念，並融入課程加以傳授。

　　這個持續不斷的教學過程，以及我最近開發新的錄影帶課程

所做的努力，當然讓我有了新的發現，並讓我得以開發並擴大原有觀念的許多部分。我也看到金字塔概念可以提供更廣泛的功能，而不只是幫助人們以書面形式組織及表達思維。它可以往後擴大涵蓋界定與分析問題的過程，也可以往前擴及指導整個寫作過程的管理。

因此，新版本的《金字塔原理》收錄了1987年以來我對人類思維之探討的所有體認和技巧。本書也收錄幾個新的章節，探討如何建構問題的定義與分析，以及視覺上如何在頁面與螢幕上呈現這個金字塔結構。

本書分成四個部分：

- 第一部分——**寫作的邏輯**：內容更動不多。它不只解釋金字塔原理，還告訴你如何利用它來建構一個基本的金字塔。閱讀這部分的內容足以讓你了解並運用這個技巧在所有的文件上。

- 第二部分——**思考的邏輯**：告訴你如何吹毛求疵地對自己的想法作仔細評估、確保你呈現的論點確實反映你所想要表達的所有想法。這個部分提供許多例子，並強調，為了清楚表達你的想法，強迫自己經歷「冷靜思考」（Hard-Headed Thinking）過程是至關重要的。

- 第三部分——**解決問題的邏輯**：這是全新的內容。它主要是針對撰寫諮詢報告的人，或是必須對複雜的問題進行分析而後提交結論給行動者的人。它說明如何利用各種基礎架構，在整個解決問題過程的不同階段去建構你的分析，

如此一來你的觀點可以有效地預先組織好，方便組成金字塔結構。

- 第四部分——**簡報的邏輯**：探討一些技巧，確保你在把觀點從金字塔結構轉換成書面形式或口頭報告的幻燈片形式時，讀者不會看不出這個金字塔結構。

本書還有三個附錄。附錄A處理分析式與科學式的問題解決方法之間的差異；而附錄B提出例子說明寫引言時所運用的各種常見模式；附錄C匯總本書的重點，凸顯主要的概念及思考的技巧以方便記憶。

運用金字塔原理還需要相當的訓練。然而，按照書中建議的方式，刻意強迫自己先想後寫，你應該能夠相當大幅度地：(a)減少你完稿通常需要花費的時間；(b)讓文章更清楚；(c)縮短文章的長度。你所獲得的成果就是，在極短的時間內寫出簡潔又清楚的文章。

芭芭拉‧明托（Barbara Minto）

1996年於倫敦

THE
MINTO
PYRAMID
PRINCIPLE
金字塔原理

PART 1
寫作的邏輯

引言

專業人士在工作上最討厭的一件事是，他們必須要以書面形式進行溝通，幾乎所有的人都覺得這是件苦差事，但願自己能夠更擅長寫作。還有許多人被明確告知，如果他們想要更上層樓，就必須精通這項技能。

多數人未能有很大的改進，原因是他們以為寫得更清楚意味著用更簡單、更直接的句子來寫，而且他們的文章裡往往充斥著太長或太累贅的句子。此外，他們所使用的詞彙經常太過專業或抽象，而且有時候他們的段落鋪陳很糟糕。

但是這些都是屬於「寫作風格」（style）的毛病，對於已經完成正式教育的人而言，改變寫作風格是很困難的。不是不能改，而是它就像學習打字，需要大量重複性的練習，多數產業界與政府的在職人士根本找不出時間。因此，他們不斷被告知必須寫得「更清楚」。

然而，文章寫不清楚還有第二個原因，它比第一個原因更普遍而且更容易改正。這指的是文章的「結構」（structure）──句子出現的順序（無關句子寫得好或壞）。如果某人的文章寫得不

清不楚，很有可能是作者表達這些觀點的順序與讀者的大腦處理它們的能力發生衝突。

對於讀者而言，最簡單的順序是先接收主要的、更為抽象的觀點，接著他才需要去接受次要的、支持性的觀點。而既然主要的觀點總是源於次要的觀點，則這些觀點的最理想結構，永遠是由一個中心思想綁住好幾組觀點所組成的一個金字塔結構。在金字塔結構下，這些觀點的關係可以是「縱向」（vertically）——亦即任何一層的一個論點都將永遠是下面一層成組觀點的總結；這些觀點的關係也可以是「橫向」（horizontally）——幾個觀點因為共同呈現一個邏輯論點而被歸類成一組。

只要從頂點並沿著這個金字塔架構的分支往下走，你可以非常輕鬆地將這些以金字塔結構組織的觀點傳達給讀者。這些支持中心思想的陳述會使得讀者對作者的論點基礎產生質疑，而金字塔的下一層就是要回答那個問題。然後你繼續進行這個問題／回答的對話（question/answer dialogue），直到你已經將所有的觀點傳達給讀者為止。

這種利用問題／回答的反應來陳述觀點，似乎是所有人的自然反應，不論你是哪個國家的人。同樣地，我們若要精確得知自己的想法，則必須要以某種方式，象徵性地將之表達出來，無論是說出來或寫下來。幸好，釐清自己的想法所需要的結構也是金字塔結構。因此，寫作者若能強迫自己把想法建構成一個金字塔，會發現自己的觀點分類得如此清楚，所以可以輕鬆地寫出清楚、直接的句子。

本書的第一個部分說明，為何讀者對金字塔架構的反應最

佳，以及組成金字塔的邏輯子結構之間如何相互作用。它告訴你，如何利用這個知識來辨識所有必須放入特定文章的觀點，並確認這些觀點之間的關係。它還提供關於引言邏輯的詳細分析，並澄清演繹與歸納這兩個容易混淆的概念。

最後，你將學習到一些基本原則，以幫助你將想法建構成簡單的金字塔結構。後續幾個章節將會解釋，運用金字塔原理的微妙之處在於，它能幫助你來檢查，放入金字塔結構的所有論點是否有效、連貫或完整，並協助你發現遺漏的觀點，同時還能以極具創造力的方式促進你的思維。

第1章

爲什麼是金字塔結構？

讀者透過閱讀你寫的文字，以了解你對某特定主題的看法時，通常也意味著，他們面對的是一項複雜的任務。即使你的文章很短，譬如只有不空行的兩頁 A4 長度，也有大約一百個句子。讀者必須吸收所有的句子、消化它們、找出它們的關連性，並將它們組織起來。如果這些句子是以金字塔結構送到讀者面前（也就是從頂部開始向下鋪陳），他們一定會覺得這項任務比較容易。這個結論反映了人腦運作方式的一些根本發現，具體來說就是：

- 大腦會自動將資訊分成幾組不同的金字塔，以便於理解。
- 如果一組觀點預先被組織成金字塔結構，讀者會比較容易理解。
- 這說明所有的書面文章都應該經過深思熟慮的建構，將觀點組織成金字塔結構。

後續內容將說明,把觀點組織成金字塔結構所指為何。

將觀點組織成金字塔

人們早就知道,大腦會自動將每件事情排定順序。基本上,大腦很容易把同時發生、相關連的一組東西視為同一類,並進而把一個邏輯模式套用其上。舉例來說,希臘人就證明了人類的這個行為傾向,他們抬頭眺望星空,不是看到點點星光,而是看到星座的輪廓。

大腦會把它認為擁有「共同命運」(common fate)的一組東西歸類在一起——因為它們都有類似的特性或是距離較近。以下面這六個點為例:

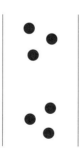

隨便看一眼,任何人看到的都是各有三個點的兩組圖形,主要是因為,有些點之間的距離比其他的點距離來得小。

以邏輯單位看所有事物,其價值是無限大的。為了證明這點,請看以下兩兩成組的幾個名詞[1]。在一般情況下,這些名詞彼此互無關連。

湖	■	糖
靴子	■	盤子
女孩	■	袋鼠
鉛筆	■	汽油
宮殿	■	腳踏車
鐵路	■	大象
書本	■	牙膏

現在，設法想像讓每一組都能有一個具關連性的情境，以便組織或記憶。例如：糖被溶解在湖裡，或是靴子立在盤子上。然後遮住右欄，並設法從閱讀左欄的名詞來回想右欄的內容。結果多數的人發現，他們可以毫不遲疑地就把所有的名詞背出來。

當你傾聽或閱讀別人的觀點時，也會發生相同的「組織」現象。你會認定，同時出現的緊鄰觀點隸屬同一類，並試圖把一個邏輯模式套用在它們身上。這個模式永遠都是一個金字塔結構，因為這是唯一符合人腦下述需求的結構：

● 大腦的記憶力停止在神奇數字七。

● 大腦陳述關係之間的邏輯性。

神奇數字七

你一次可以理解的觀點數量有限，例如你決定離開你溫暖、

---

[1] 原文註：取材自完形心理學家柯勒（Wolfgang Kohler）的著作《完形心理學》（*Gestalt Psychology*；Liveright Publishing: New York, 1970）。

舒適的客廳去買一份報紙。「我想出去買份報紙，」你對你的妻子說：「有什麼東西要我幫你帶回來的？」

「啊，看了那些電視廣告後，我好想吃葡萄，」在你走向櫃子拿外套時，她說：「還有，或許你應該再買些牛奶。」

你從櫃子取出外套，而她則走進廚房。

「讓我看一下櫥櫃，是否還有足夠的馬鈴薯，還有，對了，我知道了，我們沒有雞蛋了。我看看，沒錯，我們的確需要馬鈴薯。」

你穿上外套並走向門。

「紅蘿蔔，或許再買些柳橙。」

你打開門。

「奶油。」

你走下樓梯。

「蘋果。」

你坐進車裡。

「還有酸奶油。」

「都有了嗎？」

「沒錯，親愛的，謝謝你。」

現在，如果沒有重讀這段話，你還記得你的妻子要你買哪九項物品嗎？多數的男人回家只帶了報紙與葡萄。

主要的問題是，你碰到了神奇數字七。這是心理學家米勒（George A. Miller）在他的論文《神奇數字七加減二》（*The Magical Number Seven, Plus or Minus Two*）[2]裡創造的一個名詞。他指出，大腦的短期記憶裡無法一次容納約七個以上的項目。有的人腦可以容納多達九項，但也有人只能容納五項（我個人是五項）。容易記住的數目是三項，但最容易的數目當然是一項。

這意味著，當大腦看到同時出現的項目增加到四或五項以上時，就會開始對它們進行邏輯分類，以便於記憶。在這個例子中，大腦或許會按照你必須造訪的超級市場的區域，為這些需要購買的物品進行歸類。

為了證明這種做法有何好處，請閱讀以下清單，並按照這個方式，每看到一件物品就進行分類，你很可能會發現你把它們全記住了。

葡萄	柳橙
牛奶	奶油
馬鈴薯	蘋果
蛋	酸奶油
紅蘿蔔	

---

[2] 原文註：Miller, George A. *The Psychology of Communication: Seven Essays* (Basic Books: Pa.) 1967.

如果你設法將這個過程視覺化，你會看到你已經把具邏輯關係的物品組織成幾個金字塔結構。

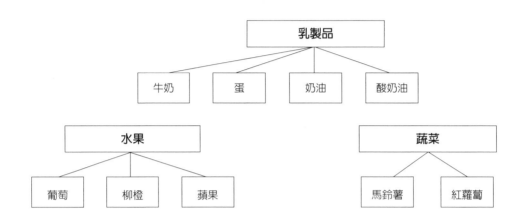

找出邏輯關係

很顯然地，若僅以邏輯的方式分類成幾個項目，卻沒有同時闡明之間的邏輯關係是不夠的。分類的目的並非只是把一整組九個項目分成四項、兩項和三項的不同組合，那麼結果還是九項。你需要做的是，把這九個項目「往上」挪，變成三個類別。

這意味著你不必一一記住這九個項目，而只需牢記它們所屬的三個類別。你思考的是更高一層的抽象層次，但正因這是較高層次的思考，所以它也自然讓人聯想到下一層所屬的這些項目。而且因為這層關係並不同於湖和糖的練習那般牽強，所以更容易記住。

所有大腦的運作（例如：思考、記憶、解決問題）顯然都會利用這個分類（grouping）與概括（summarizing）的過程，所以

人腦裡的資訊可以被視為由互相關連的許多金字塔所組成的巨大混和物。如果你想要成功傳達訊息給他人，你可以看到關鍵就在於，確保你所說的能夠成為對方既有金字塔裡的一部分。

現在我們要來探討溝通的真正問題所在。你可以非常清楚地「看到」這幾組分類項目。為了傳達這些觀點，意味著必須確保對方也能以相同的方式來「看」它們。但是如同幫妻子購物的那個例子，你只能逐項提出。當然，最有效率的方法是先提出類別，然後再列舉這些項目，亦即，由上而下來安排你觀點的順序。

由上往下排序

清楚寫作唯一最重要的行動，便是控制你表達觀點的順序。最清楚的順序永遠都是先給予概括的觀點，然後再分別討論包含其下的個別觀點。這一點是我必須再三強調的。

請記住，閱聽者只能逐句吸收你的觀點。你知道他們會假定那些同時出現的觀點在邏輯上屬於同一類。如果你沒有事先告訴對方這些觀點之間的關連性，而只是逐次逐句提出，對方會自動尋找相似性，他可能藉此把你所說的觀點進行分類，以便了解這幾組觀點的意義。

不幸的是，人們的背景與認知差別很大，他們對於你的邏輯分類很少會給予相同的解讀。事實上，他們經常看不出同一組觀點之間有任何關連性。即便他們了解你的陳述邏輯，你一樣會增加他們閱讀的困難，因為他們必須自行設法補充你沒有明確說明

的部分。

讓我用一個例子來證明，除了由上往下的順序之外，其他的順序有多麼令人傷腦筋。假設我和你一起在酒吧喝啤酒，我無緣無故提到：

> 上個禮拜我人在蘇黎世——你知道蘇黎世是個多保守的城市——我們外出到一間餐廳用餐。你知道嗎，十五分鐘之內，我看到至少十五個人，他們不是留山羊鬍就是留八字鬍。

現在，我已經給了你一些資訊，而不明所以的你將會自動推測我為什麼要告訴你這些資訊。換句話說，你會把這段陳述視為一組尚未表達完全的觀點的一部分，你的大腦會假設這個陳述的背後或許有目的，準備接受其餘的觀點。這份期待降低了你的分析能力，無法對每個後續觀點有全面性的了解；你只尋求與之前說過的話有共通點的內容。

因此，你可能會想到類似這樣的事情：「她是要說蘇黎世變得多不保守嗎？」還是：「她打算拿蘇黎世與其他城市做比較。」或甚至是：「她迷戀山羊鬍和八字鬍。」不管你有什麼反應，重點在於，你的大腦正在等待同一個主題的進一步消息，不論結果為何。看到你一臉茫然，我接著說道：

> 你知道，如果你隨便到紐約的一間辦公室轉一圈，你很少找到沒有鬢腳或留八字鬍的人。

現在我在暗示什麼呢？我似乎不太像是在比較城市，倒像是

在比較不同城市的辦公室員工；而且不只是山羊鬍與八字鬍，我似乎還涵蓋了各種臉上留鬍子的方式。「或許，」你想著：「她不贊同這種蓄鬍的作風。或者她要比較不同辦公室的風格，又或許她對於專業機構的高容忍度感到意外。」無論如何，你含糊說了幾句算是給了回應，所以我又繼續說明：

當然，多年來，臉上蓄鬍一直是倫敦街頭的景象。

「啊，」你想著：「我終於知道她要說什麼了。她想要表達的是，倫敦獨領風騷、領先其他所有城市。」而且你把你的結論告訴我。完全符合邏輯，但卻是錯誤的；那根本不是我的意思。事實上，我的意思是：

你知道，我很驚訝臉上蓄鬍在商業圈已經變得如此普遍。

蘇黎世……。

紐約……。

當然還有倫敦……。

一旦給了你判斷觀點之間關係的基本架構，你可以非常輕鬆地、用我希望你採取的方式來了解這組觀點，不是嗎？當你向讀者提出觀點時，讀者總是會尋求連結這些觀點的一個結構。為了確信他能找到你所想要表達的結構，你必須事先告訴他你的結構是什麼——以確保他知道要去找什麼。否則他很可能看到一個不是你想要的關係結構，或更糟糕的，什麼都看不到。在這種情況下，你們都浪費了彼此的時間。

關於後面這個狀況的例子，請參見一篇探討男女薪資平等的文章，其前面幾個段落的主要重點如下：

女性得到平等薪資最後的下場可能會比之前更糟糕——換言之，女性與男性之間的平均所得差距只會日益擴大而不會縮小。

（對雇主而言）平等薪資意味著同工同酬，或是相同的工作價值得到相同的報酬。

不管採用何種解釋都意味著：

不是迫使雇主為自身利益採取行動，就是不再對男性員工採取限制性措施。

儘管作者自認已經採取「由頂部開始著手」的論述順序，但是他卻給了你關連性並不清楚的五個觀點。你是不是覺得自己絞盡腦汁、努力想要找出一個關係，最後卻得出沒有關係的結論，只好飲恨放棄呢？這種精神壓力實在是太大了。

不幸的是，無論讀者有多聰明，腦力終究是有限的。有些人光是辨識和解讀所閱讀的文字就已經耗盡所有腦力；能力更強的人，或許還有些餘力，能設法了解觀點之間的關係，若還有剩餘的僅存腦力，便是了解這些關係的重要性。

你可以透過鋪陳這些觀點，節省讀者必須花在前兩項活動的時間，從而使得他們以最少的腦力去了解它們。反之，如果採取平鋪直敘的方式，大腦必須瞻前顧後、來回反覆地建立關連性，

這樣的做法實在糟糕，而且多數讀者也會以拒絕來做為回應。

　　總而言之，讀者自然會對你所提出的觀點進行歸類與概括的動作，以方便記憶。如果你的所有觀點也都事先做好分類與概括的工作，並由上往下呈現，讀者便能更快了解。這一切顯示，寫得最清楚的文章是以金字塔結構有系統地由上往下鋪陳資訊，即便最初的發想是由下往上進行的。

由下往上思考

　　如果你打算分類和概括所要表達的資訊，並以由上而下的方式呈現，你的文章結構看來勢必是相反的，亦即由下往上的結構。誠如圖表1.1所示，這些四方格代表你想要表達的個別觀點，你的思路從最底層開始，先是形成句子，而句子則按照邏輯組合成為段落。接著你把段落組成章節，並把章節組成完整的文章，由頂部的一個中心思想代表整篇文章。

　　如果你回想一下，你在寫作時確實做的是什麼，你就可以了解你是透過這種由下往上的思考方式去發展你的主要觀點。在金字塔結構的最底層，你把句子（每個句子包含一個獨立的觀點）組合在一起成為段落。

　　假設你把六個句子組成一個段落。為什麼你把那六個句子放在一起，而不放別的句子？理由是，你看到它們之間存在一個邏輯關係。而且那個邏輯關係將永遠是：這些句子都必須解釋或支持這個段落的主要論點，而這個段落的主要論點實際上就是這些句子的一個摘要。舉例來說，你不會把五個關於金融的句子和一

圖表1.1　文章的觀點永遠都應該組織成，由一個中心思想往下延伸的金字塔結構

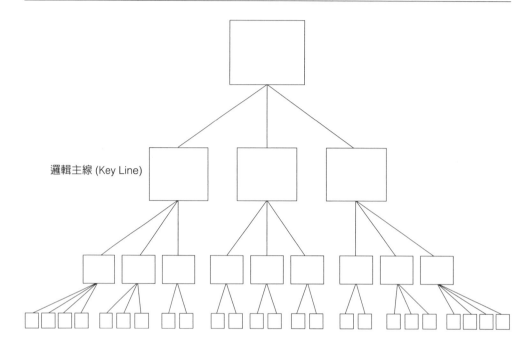

邏輯主線 (Key Line)

個關於網球的句子擺在一起，因為它們彼此的關係難以用一個概括的句子來表達。

　　找出這個概括的句子將能使你的抽象概念往上提高一層，並讓你在回想這個段落時，只需記得一個重點而非六個。有了這個超高效率的行動，接下來讓我們舉例，你把三個段落組織成一個章節，而每個段落則包含一個抽象層次比單獨的句子高一層的主要論點。

　　你將這三個段落組成一個章節，而不用別的段落，理由也是你看到它們之間的邏輯關係。而且這個關係同樣也必須說明或支持這個章節的主要論點，同樣地，這個主要觀點也是該章節其下

三個段落的一個摘要。

相同的思維也適用於把幾個章節放在一起構成一篇文章。你把三個章節組織在一起（每個章節由數個段落構成，而段落又是由數個句子所構成的），因為它們都必須支持這篇文章的主要論點，而這個主要論點同時也是這些章節的摘要。

你會不斷進行分類和概括的動作，直到你沒有更多的關係要建立為止。顯而易見的是，你所寫的每篇文章總是被建構去支持唯一的中心思想，而這個中心思想則是匯總你最後一組群組的摘要。這應該是你想要建立的主要論點，而其下所有的觀點（假設你已經正確建立起結構）將會以越往下越詳細的內容，來說明並支持那個論點。

幸好，透過核對你的觀點之間彼此的關係是否以金字塔結構方式呈現，你可以事先確認你是否正確建立這個結構。具體來說，它們必須遵守以下三項原則：

1. 金字塔結構中，任何一層的觀點永遠都必須是它們下面成組觀點的總結。
2. 每組觀點永遠都必須具備相同的特性。
3. 每組觀點永遠都必須按照邏輯順序組織。

讓我來說明，為什麼「永遠都必須」遵守這些規則：

1. 金字塔結構中，任何一層的觀點永遠都必須是它們下面成組觀點的總結。第一項原則反映如下事實：你在思考與寫作方面所進行的重要活動是，為下層的所有觀點做結，並創造出一個新

的觀點。如同上述，一個段落的重點就是組成這個段落的各個句子的總結，就如同一個章節的重點是這個章節的各個段落的總結一樣，依此類推。

然而，如果你想要從成組的句子或段落中汲取一個重點，首先這些句子或段落必須先被適當地組織。這時候就輪到第二項與第三項原則登場。

2. **每組觀點永遠都必須具備相同的特性**。如果你想要提高你的思維，把一組觀點向上提高至抽象的層次，那麼這組觀點在邏輯上必須具備相同的性質。舉例來說，你可以按照邏輯推論，把蘋果與梨子提高一層、歸類為水果；同樣地，你也可以把桌子與椅子歸類為家具。但如果你想要把蘋果與椅子放在一起呢？你無法在緊鄰的上一層中這麼做，因為它們已經被歸類為水果與家具了。因此，你必須移到更高的層級，並稱呼它們為「東西」或「無生物」。然而，這兩個分類範圍都太過廣泛，以至於無法點出這個群組的邏輯關係。

在寫作方面，你想要表達這個群組的邏輯關係所直接暗示的觀點，這意味著在這個群組裡面的所有觀點都必須屬於相同的邏輯類別。因此，如果一組觀點裡的第一個觀點是做某件事情的一個理由，則該組觀點裡的其他觀點也必須是做同樣一件事情的理由；如果第一個觀點是一個流程的步驟，則在這組觀點內的其餘觀點也必須是同一個流程的步驟；如果第一個觀點是公司內部的一個問題，那麼在這組觀點內的其他觀點也必須是相關的問題，依此類推。

　　檢查一組觀點的一個捷徑是，確保你可以輕而易舉地用一個複數名詞為這些觀點歸類。因此，你將發現這組觀點裡的所有觀點最後會變成諸如「建議」、「理由」、「問題」或「需要做的改變」等複數名詞。觀點的種類並沒有限制，但是每組觀點都必須具備相同的性質，能夠用一個複數名詞來形容。本書第二部分的第六章與第七章，將針對如何確保每次都能把相同性質的觀點組織在一起，做更完整的說明。

　　3. **每組觀點永遠都必須按照邏輯順序組織**。也就是說，一定要有明確的理由說明，為什麼第二個觀點排在第二位，而不能排在首位或第三位。第六章詳細闡述如何決定適當的順序。基本上，它說明安排一組觀點的順序只有以下四種可能的邏輯方法：

- 演繹法（deductively；主要前提、次要前提、結論）
- 時序法（chronologically；第一、第二、第三）
- 結構法（structurally；波士頓、紐約、華盛頓）
- 比較法（comparatively；首要、次要，依此類推）

　　你選擇的順序反映你用來組織一組觀點的分析過程。如果觀點的組織方式是演繹法，那麼這些觀點便是按照論證的順序組織；如果是透過找出因果關係，就是按照時間順序；如果是經由評估現有的結構，則這個順序就是由結構決定的；如果是由歸類來決定，則是依照重要性排序。由於大腦只能執行這四種分析活動——演繹推論（reasoning deductively）、找出因果關係（working out cause-and-effect relationship）、化整為零（dividing a whole into its parts），以及歸類（categorizing）──所以這些是大腦僅能賦予的順序。

所以，基本上，把文章寫清楚的重點是，把你的觀點放置於這個金字塔結構，並在你開始寫作之前，根據這些原則檢驗所有觀點。如果不符合這些原則，就代表你的觀念有瑕疵，或是這些觀點尚未發展成熟，抑或是觀點組織的方式無法讓讀者一眼就看出你所要傳達的訊息。這時候，你可以進行調整，直到它們確實符合這些原則，如此一來後面就不需要大肆修改。

第2章
金字塔中的子結構

誠如第一章所言，一篇清楚的文章，其所有觀點之間都存有一套嚴謹的邏輯關係，所以它們會構成一個完整的金字塔結構（請參見圖表1.1），進而從頂部開始沿著分支往下進行，把這些觀點呈現給讀者。

正因金字塔原理的明確性，所以如果你在開始寫作之前，便已掌握所有的觀點，你便可以相對容易地把這些觀點組織成一個適當的金字塔結構。然而，多數人坐下來寫東西時，對於想要表達的觀點只有模糊的想法（或是沒有想法），而他們也不應該奢求更多。因為除非你被迫用符號表達你的觀點（不管是藉由大聲說出來或是白紙黑字寫下來），否則你不可能精確地知道自己的想法，而且即便如此，你最早陳述的觀點也可能沒有最後所做的觀點陳述來得精確。

因此，你不可能期待一坐下來便能把觀點組織成一個金字塔結構，你必須先找出你的論點。但是這個金字塔結構需要一組子

結構（substructure）來加快這個尋找的過程，這些子結構就是：

- 主要論點與次要論點之間的縱向關係。
- 一組次要論點之間的橫向關係。
- 引言的敘事流（narrative flow）。

讓我在本章先解釋這些關係的本質，然後在第三章告訴你如何利用它們來發現、分類並組織你的觀點。如此一來，先是你，然後是你的讀者，都會清楚了解這些觀點。

圖表1.1　在一個中心思想之下，文章的觀點永遠都應該組織成一個金字塔結構

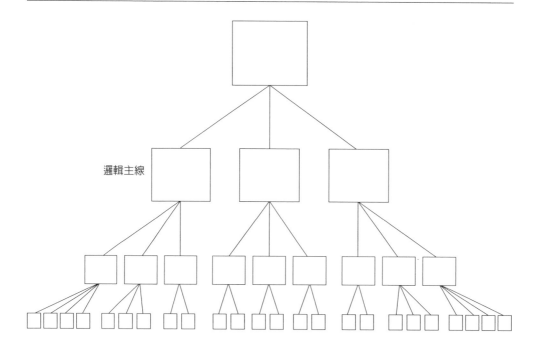

縱向關係

　　一些世界上最顯而易見的事實也需要經過多年的努力才能讓人接受，其中一個好例子就發生在你閱讀的時候。一般的文章都是以一維的方式（one-dimensional）寫就的，也就是一個句子接著另一個句子，在頁面上一路寫下來。但是這種寫作方式忽視了以下事實：觀點發生在不同的抽象層次。因此，主要論點之下的任何觀點，永遠都將與文章內的其他觀點同時有縱向和橫向的關係。

　　縱向關係非常有助於捕捉讀者的注意力。它讓你建立一個「問題／回答」的對話，誘使興致勃勃的讀者跟著你的邏輯進行推理。為何我們可以如此確信讀者會感興趣呢？因為他會被迫根據邏輯推理對你的觀點做出回應。

　　你把一個個觀點放進金字塔結構內的每個四方格裡，我把「觀點」（idea）定義為引出讀者腦中問題的一個陳述，因為你是在告訴他們某件他們不知道的事情。（既然人們通常不是為了找出他們已經知道的事情而去閱讀，我們可以這麼說，你傳達你的想法的主要目的永遠是要告訴人們他們不知道的事情。）

　　對讀者做陳述，告訴他們某件他們不知道的事情，將會自動在他們腦中引發一個邏輯問題——例如：為什麼？怎麼會？你為什麼這麼說？身為作者的你有必要在下面一層以橫向列舉的方式去回答那個問題。但是，在你的答案中，你還是在告訴讀者不知道的事情，所以你將引出進一步的問題，而下面那層則必須要再回答那些問題。

　　你繼續寫下去，引出問題並加以回答，直到你判斷讀者沒有

更多邏輯問題為止。（當作者達到這個目的時，讀者未必同意作者的推論，但是他們已經清楚地跟隨作者的推論。這就是所有作者可以期望的最好的效果了。）作者現在可以自由離開金字塔的第一個分支，並回頭往上到「邏輯主線」（Key Line），繼續回答頂部四方格內的論點所引發的最初的問題。

因此，確保抓住讀者全部注意力的方法是，在你準備好回答讀者的問題之前，不要在讀者的腦中喚起任何疑問；或是在你喚起疑問之前，不要回答問題。舉例來說，若有一篇文章先提出一個以「我們的假設」為標題的章節，之後才提出主要論點。你可以確定的是，讀者還沒有機會提出問題，作者就已經回答了問題。結果，這個資訊將會在對話的相關論點中不斷被陳述（或是被反覆閱讀）。

金字塔結構幾乎是神乎其技地迫使你只有在讀者需要時才提供資訊。讓我們來看幾個例子。圖表2.1取材自英國作家卻斯特頓（G. K. Chesterton）的一篇幽默的文章。我挑這個例子的原因是，它會告訴你縱向的「問題／回答」技巧如何抓住讀者的注意力，而且你不需要費心去思考內容的橫向邏輯。

卻斯特頓說，豬應該被當成寵物來養；讀者問為什麼？卻斯特頓回答：「因為兩個理由：首先，牠們非常美麗；其次，牠們可以被培育成很多品種。」

讀者：你為什麼說豬是美麗的？

卻斯特頓：牠們之所以美麗，是因為牠們非常胖，而且他們具有典型的英國特色。

圖表2.1　金字塔結構建立一個「問題／回答」的對話形式

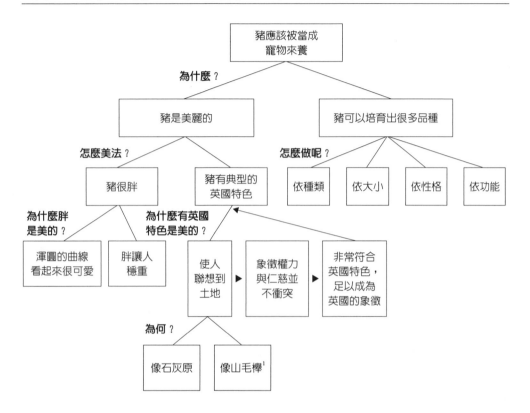

　　讀者：胖和美有什麼關係呢？

　　卻斯特頓：渾圓的曲線看起來很可愛，而且胖讓人穩重。

　　現在針對這點，雖然你也許不認同卻斯特頓的論證，但是至少你可以明白他的論點是什麼。你很清楚他「為什麼」說了那些

---

[1] 譯註：石灰原（chalk downs）為英國南部特有的地形，而山毛櫸（beech trees）也是當地有名的植物，此指豬跟石灰原和山毛櫸一樣，都具有典型的英國特色。

話，而且不需要有進一步的問題去釐清他的推論。因此，他可以繼續進行他的下一個論述——豬是美麗的，因為他們具有典型的英國特色。

> **讀者**：為什麼具有典型的英國特色是美麗的？
>
> **卻斯特頓**：豬讓人聯想到土地；這個關係象徵權力與仁慈並不衝突；這樣的態度是如此英國而且如此的美麗，所以牠們足以成為國家的象徵。

同樣地，對於這個觀點你可能持有不同看法，但是你很清楚他為什麼說這些話。而且這個論證是清楚的，因為這組觀點緊扣上一層論點所引發的問題來做回答。最後關於各種品種的部分，其論證也同樣清楚地進入讀者的腦袋。

你可以在下述的商業文件中（圖表2.2）看到作者運用相同的技巧。我們提供一份二十頁備忘錄的文章架構，內容建議購買英國禮蘭汽車公司（British Leyland）的經銷權（顯然，這是多年前的文件）[2]。這是一筆好交易，理由有三，而且每個理由的下一層陳述都回答了讀者腦中對這個理由的進一步問題。這個推論的陳述是如此清楚，因此讀者能夠決定他是否同意作者的論證，並提出與之相關的邏輯問題。

總而言之，金字塔結構的最大好處是，在你設法釐清你的想法時，金字塔結構迫使你在視覺上認清縱向的「問題／答案」關

---

[2] 譯註：英國禮蘭汽車於1986年更名為羅孚汽車（Rover Group），後者後來又歷經多次的併購和重整。

圖表2.2　所有的文章都應該反映這個「問題／回答」的對話

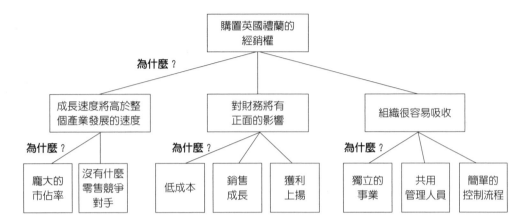

係。你所做的任何論點都必須在讀者的腦中引發一個問題，而你必須在下一層以橫向列舉的方式回答該問題。

橫向關係

在決定下一層要說什麼時，你所組織的幾個論點不只必須回答上層論點所引發的問題，還必須以符合邏輯推理的方式來回答。也就是說，它們必須呈現一個清楚的歸納（inductive）或演繹（deductive）的論證法，而且只能選擇採用其中一個方法，不能兩者同時採用。在為你的觀點分類時，歸納與演繹是唯一的兩種可能的邏輯關係。

運用演繹法組織你的觀點，意謂著採用一系列連續性的步驟。也就是說，你的第一個論點是對存在今日世界的一個情境做出陳述；第二個論點則是對那個陳述的主詞或述詞做出評論；而

第三個論點便是說明前兩個論點同時存在世界上的隱含意義。所以，這三個連續性論點將會以類似如下形式呈現：

- 凡人皆會死。
- 蘇格拉底是人。
- 所以蘇格拉底會死。

為了從一組具演繹關係的論點往上提高一個抽象層級，你為這組論證做一個簡略的摘要，而你的摘要主要在於最後的論點：「因為蘇格拉底是人，所以他會死。」

相較之下，運用歸納法來為你的觀點分類，亦即表示你可以用同一個複數名詞（支持的理由、反對的理由、措施、問題等等）來涵蓋所有這些論點。這個歸納論證的表現方式將是：

- 法國的坦克車在波蘭邊境。
- 德國的坦克車在波蘭邊境。
- 俄國的坦克車在波蘭邊境。

若要往上提高一個抽象層級，你得根據評估這些論點的共同點得出推論——亦即，它們都是針對波蘭的戰爭行動。所以，你的推論可能會是：「波蘭將受到坦克入侵。」

如果你選擇用演繹法回答這個因某個論點而引發的問題，你知道你必須進行一個三段式的論述。首先要有一個論點，第二個論點是針對第一個論點的主詞或述詞做出評論，而第三個論點則是從前面兩個論點得出一個結論。如果你選擇用歸納法回答問題，你知道這組論點在邏輯上必須有共同點，並且可以用一個複

數名詞來表示。

有了這個認知，你隨時都可以建構自己的金字塔，只要你有了一個中心思想，必要時再增加其他的觀點（不管是向上、向下，或是橫向建立關連性）。但是在你動手建立自己的金字塔之前，還需要知道一件事情。那就是你的文章必須為讀者將提出的第一個問題給予答案，而你可以透過探究引言的敘事流（narrative flow）來確定那個問題。

引言的敘事模式

在此之前，我們曾討論過，金字塔結構能夠讓你與讀者進行「問題／回答」式對話，但是除非引言的陳述對讀者而言有切身的關係，否則你不能指望這個對話能夠吸引他們的注意力。確認這種切身關係的唯一方法，便是確保它直接回答你知道早已存在讀者腦中的一個問題。

雖然之前我曾提及，寫作的主要目的是告訴人們他們不知道的事情。但是讀者唯有在需要時，才會設法尋求答案。如果他們沒有需求就不會有問題；反之亦然。

因此，為了確保讀者對你的文章感興趣，你必須使其能夠回答已經存在讀者腦中的問題，或者是他稍微思考一下周遭發生的事情之後可能會產生的問題。文章的引言可以透過追溯問題起源的整個來龍去脈，來確認那個問題。

既然這段來龍去脈將會以敘事方式呈現，就應該遵循典型的事件發展的敘事模式。那就是，一開始應該為讀者建立一個「情

境」（Situation）的時間與地點。在那個「情境」中，發生了某件所謂的「衝突」（Complication）事件，導致讀者提出（或將使得他們提出）「問題」（Question），而你的文章將針對這個問題給予讀者「答案」（Answer）。

這個典型的說故事模式——情境、衝突、問題、回答，讓你在帶領讀者了解你的論證過程之前，能夠先確保你與讀者是「站在相同的位置」。它同時給予你文章頂部的論點一個清楚的重心，也是判斷你是否以最直接的方式傳達正確訊息的一種方法。

為了闡明以上觀點，在此提供一個商業報告中常見的引言：

這份備忘錄的目的是整合一些意見，以便進一步思考並討論以下問題：

1. 董事會的組成及其最適規模。
2. 董事會和執行委員會所扮演的角色、各自的具體職責，以及彼此的關係。
3. 讓外部董事會成員成為有效的參與者。
4. 董事會成員的選舉及任期的一些處理原則。
5. 公司有哪些替代方法可以改善目前的董事會與執行委員會，以達成公司希望的運作方式。

請注意，當這份備忘錄以敘事模式改寫時，其目的與訊息就更容易為人所理解：

十月成立的這個新組織把日常營運的所有權力與責任明確地賦予這兩個部門的經理人。此舉使得董事會得以專心行

使其專屬的政策與規劃的職權。

不過，董事會長久以來將自己定位在處理短期的營運問題，導致它目前並未有效地將其重心轉移到長期的經營策略發展上。因此，它必須考慮做一些改變，以便能全心處理長期策略。具體而言，我們認為董事會應該：

- 將日常營運的工作交付執行委員會。
- 擴大編制，容納外部成員。
- 建立政策與作業程序，以規範內部作業。

總而言之，引言以故事的形式告訴讀者他已經知道的事情，或是你可以合理預期讀者知道你在討論的主題，並進而提醒他已有的問題，而且他可以期待這篇文章給他答案。故事提出「情境」，在情境中發生了「衝突」，而衝突引發出「問題」，你的文章則是要針對這個問題給予「答案」。一旦你清楚說明這個「答案」（你的金字塔頂部的論點），將會使得讀者腦中產生新的問題，而你將會在下面一層回答這個問題。

這三個子結構的存在——亦即縱向的「問題／回答」對話、橫向的演繹或歸納邏輯，以及引言的敘事法——幫助你找到建立一個金字塔結構所需的概念。

了解縱向關係，你可以判斷下層的成組觀點必須傳達何種訊息（即他們必須回答上層的問題）；了解橫向關係，你可以判斷你歸類在一起的觀點，是否按照邏輯推理來傳達訊息（即建構一個合理的歸納或演繹的論證）；最後也是最重要的是，找出且了

解讀者會問的第一個問題，將能確保所有你組織起來的觀點彼此都是相關連的（即它們的存在必須有助於回答問題）。

　　現在，你一定想要以條理分明的方式著手應用這些知識，第三章將會告訴你怎麼做。

第**3**章
如何建立金字塔結構

在你坐下來寫作時，通常會面臨的問題是：你大概知道你想要寫什麼，但是卻無法具體知道你想要說什麼或如何表達。儘管知道你最後要寫下的觀點（不論為何）必須構成一個金字塔結構，但是這種不確定感還是揮之不去。

不過，對於即將完成的作品，你已了解得不少。首先，你知道在金字塔結構的頂部，你將有一個擁有主詞與述詞的句子。你也知道那個句子的主詞將是你文章的主題。

除此之外，你知道這個句子將會被視為答案，以解答早已存在讀者腦中的一個問題。而且那個問題是因為一個情境（讀者熟悉的）而產生，在這個情境中，一個衝突（讀者同樣熟悉的）形成，引發這個讓你必須在一開始就寫好的問題。你可能還大致知道你想要提出的一些論點。

至此，你已經算是了解得夠多了。你可以把這個知識運用在建立你的金字塔結構，不管是透過由頂部開始往下發展的方法，

或是由底層開始往上發展的方法。第一個方法通常比第二個方法來得容易，所以應該先嘗試第一個方法。

由上往下法

由頂部開始往下發展的做法通常比較容易，因為你由思考自己最有把握的事情開始——即你的主題以及讀者對這個主題的了解，而你將在引言裡提醒讀者。

但是，你不想只是坐下來就開始撰寫引言的開場白。相反地，你想要利用引言的敘事結構汲取你大腦裡面確實的想法。為了做到這點，我建議你遵循圖表3.1所示的流程，並附帶說明如下：

1. **畫一個四方格**。這個四方格相當於你的金字塔頂部的四方格。如果你知道你要討論的主題，就把它寫在格子裡面。如果不知道，請移往步驟二。

2. **決定「問題」**。想像你的目標讀者。你寫給誰看？還有你寫完的時候，你希望已經回答他們腦中對於這個主題的什麼疑問？如果你知道，就說明這個「問題」，否則就接到步驟四。

3. **寫下「答案」**（如果你知道的話），或是註明你**能夠**回答。

4. **確認「情境」**。接下來你想要證明，你在這個階段能對「問題」和「答案」有最清楚的陳述。為了做到這一點，你把「主題」提升為「情境」，並對此做出第一個你可以

圖表3.1　相互檢驗的結構因素

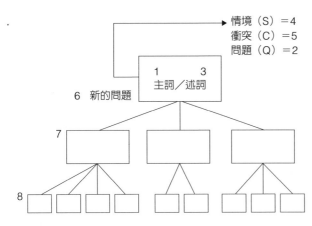

情境（S）＝4
衝突（C）＝5
問題（Q）＝2

填入頂部的四方格
1. 你討論的「主題」是什麼？
2. 你回答的「問題」是什麼？
3. 「答案」是什麼？

使「答案」與引言吻合
4. 「情境」是什麼？
5. 「衝突」是什麼？
2. 「問題」與「答案」符合邏輯嗎？

找出邏輯主線
6. 「答案」引出什麼「新的問題」？
7. 你會用演繹法還是歸納法回答這個問題呢？
7. 如果採用歸納法，你的複數名詞是什麼？

建構支持的論點
8. 在這一層重複「問題／回答」的過程。

做的沒有爭議的陳述。你可以對讀者說的第一件你認為他會認同的事情是什麼（不管是因為他知道，或是因為這件事通常是真的而且很容易查證）？

5. **發展「衝突」**。現在你開始與讀者進行「問題／回答」式對話。想像他點頭認同並說道：「是的，我知道那件事，那又怎樣呢？」這應該讓你想到引發讀者疑問的那個「情境」中發生了什麼事情。有些事情不對勁、或許有些問題產生，或是很清楚出現一些邏輯上的矛盾。在這個「情境」中發生了什麼事情引發這個「問題」呢？

6. **重新檢查「問題」與「答案」**。「衝突」的陳述應該能讓讀者立即聯想到前面你已經寫下來的這個「問題」。如果沒有，就要更改這個陳述，讓它成為一個確實會引發那個問題的陳述。也有可能你有錯誤的「衝突」或錯誤的「問題」，所以必須重新思考。

這整個練習的目的是，要確保你知道自己設法要回答的「問題」為何，一旦你有了這個「問題」，其他的一切就相對容易了解。

我將利用這個技巧重寫圖表3.2所顯示的這份書面建議，讓你知道你的想法會如何發展。這份書面建議來自於美國一間大型軟性飲料公司的會計部門。

公司的送貨員把產品送交客戶時，他們同時也會把一張上面列有一組編號、日期與交貨數量的交貨單據送回給會計部門。這些交貨單是公司記帳系統的憑據，整個系統的作業流程大致如下：

五週

處理交貨 ▶ 單據	送出帳單 ▶	收到支票 ▶	處理付款

訂貨量很大的一家漢堡專賣店〔我們都稱之為大酋長（Big Chief）〕是這間公司的客戶，為了自己的會計作業方便，大酋長希望記錄每日帳單的累計數量。它想要知道是否可以保留每次的送貨單據，把它們記錄在電腦磁碟裡、計算總數，然後每月一次將磁碟連同支票送交這間飲料公司的總部。換句話說，它提出一個帳務系統，其作業方式如下：

一天

收到磁碟 ▶ 和支票	處理付款

圖表3.2　答非所問

謹　　致：Mr. Robert Salmon
報告人：John J. Jackson
主　　旨：大酋長　　　　　　　　　　　　　　日期：

　　我們按照要求，重新評估處理大酋長（公司編號8306）透過磁碟將交貨單轉入我們的「全國帳務系統」（National Accounts System；以下簡稱N/A系統）的可行性。且必須由大酋長與我們針對預付款項，合力完成這個處理程序。我們已經完成這項請求的評估，結果如下：

　　1. 任何由外部轉入我們N/A系統的數據，我們的首要要求是，這些數據必須採用規定的格式：

　　a. 公司編號
　　b. 銷售點編號
　　c. 交貨單編號
　　d. 每張單據的美元金額
　　e. 每張單據的交貨日期

　　如果大酋長無法提供公司編號和銷售點編號，我們將從我們的「客戶檔案」（Customer Master）提供這項資訊給他們。然後大酋長可以把這項資訊加入他們的系統，以方便日後單據資料的處理。

　　2. 大酋長將會製作一個提取資料的程式，以執行他們的檔案（A/P Liability），去提取目前在那個檔案上的所有單據資料。由這個程式產生的輸出檔將會採用這個N/A子系統APMMD的「現金收據報告」（Cash Receipt Advice）可接受的格式（參見數據格式）。然後以磁碟記錄的數據會送交給我們做結算。同時，大酋長的支票連同以磁碟列舉的詳細清單（參見報表格式＃1）將會被送交N/A資料安全系統。

　　我們的數據處理部門所收到的這個磁碟將會根據我們規定的程序來做結算，最後結果美金支票與磁碟數據必須是「零差額」。

　　3. 結算完畢後，我們將透過全國帳務系統處理這張磁碟，以檢查更新結算的單據數據是否與全國帳款結算的結果相吻合。

　　這間飲料公司的會計部門主管必須回答這樣的改變是否可行，而他在提交的書面建議中卻只說了：「這個新系統的確可行，以下是我們的發現。」並未確實回答這個問題。

　　如果你是這名會計主管並運用圖表3.1的技巧，以下是你原本該採取的做法：

1. 你可能已經畫了一個四方格並對自己說：「我現在討論的是什麼『主題』？」（大酋長要求改變。）

2. 我回答讀者腦中關於這個主題的什麼「問題」呢？（它是一個好點子嗎？）

3. 「答案」是什麼？（是，它是好點子。）

4. 現在我們把引言仔細想清楚，來檢查那是否是真正的「問題」及真正的「答案」。為了做到這點，我把「主題」提升至「情境」。「情境」的第一個句子必須是關於「主題」的陳述。我可以想到形容這個「主題」的第一個沒有爭議的事情是什麼呢？——即某件我知道讀者不會質疑、而是會接受為事實的事情。（大酋長要求改變帳單處理程序。）

　　在你著手寫出引言時，你當然會在這個段落裡解釋這個改變的本質，但是如果你的用意是為了找出想法，則只需要弄清楚段落論點最重要的部分即可。

5. 現在你想像讀者說：「是的，我知道那點，那又如何？」這應該會直接將你導往「衝突」的陳述。（你問我改變是否有意義。）

　　如你所言，這個「問題」現在明顯會是跳進讀者腦中

的下一件事情（改變是否有意義呢？）。既然那個問題大致就是你已經陳述的「問題」，你可以了解「問題」與「答案」是吻合的，所以你已經確認你所做的論點對讀者而言是站得住腳的。

6. 假如這個改變的陳述確實有意義，你可以往下確定你對讀者的陳述會在他腦裡引發什麼「新的問題」。（為什麼呢？）

7. 所有「為什麼？」的問題的答案永遠都是「理由」，所以你知道整個「邏輯主線」中你所需的論點都必須是「理由」。你的理由可能是什麼呢？

   ● 它將給予我們所需的資訊。

   ● 它將提高我們的現金流量。

   ● 它將減少我們的工作量。

8. 在確定這些論點均屬實且符合邏輯順序之後，下一步是往下走，並詳加說明理由以支持上面的論點。不過如果文件很短，你或許可以不需要進一步建構金字塔結構，就可以開始動筆。你可能很容易就想到這些支持你論點的理由，而且是筆隨心至。

如同你所看到的，這個方法迫使作者只會在大腦裡尋找與讀者的問題有切身關連的資訊。但是這麼做的同時，也有助於促進作者的思考能力，周延地去處理這個問題，而不是像原來的例子（請見圖表3.2），只處理部分的問題。再者當然，如果作者書寫時遵循由上往下的順序來呈現這些論點，讀者將會非常容易吸收這整個訊息（請見圖表3.3）。

圖表3.3　解決問題的回答

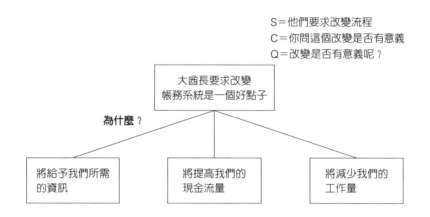

S＝他們要求改變流程
C＝你問這個改變是否有意義
Q＝改變是否有意義呢？

大酋長要求改變
帳務系統是一個好點子

為什麼？

將給予我們所需
的資訊

將提高我們的
現金流量

將減少我們的
工作量

由下往上法

很多時候你會發現自己的想法不夠成熟，無法建構金字塔的頂部。這時可能是你無法確定你的「主題」為何，或是你不清楚「問題」，抑或是你搞不清楚讀者知道和不知道什麼。在這些情況下，只要往下來到「邏輯主線」（key line）這一層。

如果你可以想出任何「邏輯主線」的重點，很好；但是你往往辦不到。不要灰心，你可以依照以下三步驟的程序，由下而上釐清你的想法。

1. 條列出你想要表達的所有重點。
2. 釐清它們之間的邏輯關係。
3. 下結論。

同樣地，讓我利用一篇需要重寫的文件（圖表3.4）為例，來說明這個方法的作用。這份文件是一名年輕顧問花了兩週的時

圖表3.4　紊亂的推論

謹　致：　　　　　　　　　　　日　期：
報告人：　　　　　　　　　　　主旨：TTW

以下是過去兩週的工作成果總結。

誠如我們所知，在所有新書成本中，排版成本是最重要的部分，約佔精裝本的40%到平裝本的50%至55%不等。

排版成本主要包括：

機器排版	30-50%
校對	17-25%
初校樣和校訂	10-16%
拼版	10-20%
整版和擺版	10-15%

與平均標準相較顯示，TTW在排版方面生產力相對較低。目前專家正在評估我給他們的一些具體的例子。

每本書的排版工作基本上都要經過相同的步驟以確保高水準的品質。這或能部分說明，在簡單的排版工作方面，他們自認為不具競爭力。

艾爾斯伯里公司（Aylesbury）非常想要找出其排版成本背後的實情。我已經與渥特、湯普森和甘迺迪談過這點，甘迺迪願意做一個實驗以找出：(1)排版流程中是否有任何步驟可以省略，尤其是某些工作；以及(2)明顯低落的生產力背後的原因為何——即為什麼他們低於平均標準。

目前排版工作超過負荷，部門裡多數工作的進度大為落後。低產能的現象在手工排版方面尤其嚴重。TTW給的薪資低於該地區的其他印刷公司，而且越來越難以招募或是留住排版人員。

目前，TTW公司面臨工會所提出的新要求，而兩名排版人員才剛離職。

這個部門擁有的員工不及編制人數，而且加班時數也高於原先規定的50%以上。

結論：

1. 似乎可以透過以下兩個方法降低排版成本：

    a. 簡化較便宜的排版工作的流程
    b. 藉由改變工作方式提高生產力

2. 為了實現第一個方法，有必要針對特定的工作做一些實驗，追蹤整個流程，並控制改變校對的次數及時間對品質造成的邊際效應和顧客對這些改變的反應。此舉所節省的費用可能達排版總成本的10%。

    我認為第二個降低成本的方法需要複雜的方法研究。TTW在排字及手工排版方面的產能低於標準20%-50%，而且似乎有改善的空間。

3. 將TTW與Baird、Purnell或Waterlow做比較，可能有助於了解這個現象。甘迺迪與渥特似乎對於進行這項比較研究很感興趣，我已經告訴過他們可能會徒勞無功。

4. 艾爾斯伯里對排版成本的看法也不一；卡爾弗特覺得這些成本確實太高；甘迺迪認為沒有很強的證據顯示成本太高；而渥特承認這些成本對他而言是個難解的謎題。他們似乎都很願意進行調查。

間進行他的第一項任務之後，寫給其專案經理的一份報告。客戶是英國的一間印刷公司TTW。

除了報告所述的內容，我對於文件裡的情境或主題一無所知。因此，我們討論的內容僅限於這份文件，而不去評斷他所說的內容是真是假。我們只想讓這篇文章的思路變得清楚易懂。

步驟1：條列重點

問題：	解決方案：
1. 排版生產力低	1. 簡化便宜排版工作的生產流程
2. 每件工作的步驟都相同	2. 藉由改變工作方法提高生產力
3. 簡單工作的定價不具競爭力	
4. 進度落後	
5. 薪水偏低	
6. 人力短缺	
7. 嚴重超時工作	
8. 排字與手工排版低於平均水準	

由於判斷行動觀點的有效性永遠比判斷情境觀點的有效性（參見第七章）來得容易，所以我們先從解決方案著手。簡化工作流程與改變工作方法之間的關係是什麼呢？答案是沒有關係；它們都是在說相同的事情，所以分析這些毫無益處。

我們繼續來到問題部分，只消看一眼就能清楚看出其中隱藏的一些因果關係，而且你希望盡可能把這個關係勾勒清楚，讓人一目瞭然。

步驟2：找出邏輯關係

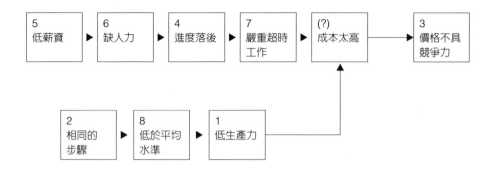

　　這個分析透露出兩條獨立的邏輯推理線，有可能是遺漏了一些應該列出的重點。現在你準備下一些結論：這名顧問表示，成本過高是因為生產力低及超時工作嚴重；或者他想表示，為了降低成本，你必須簡化工作方法並提高薪資。

步驟3：下結論

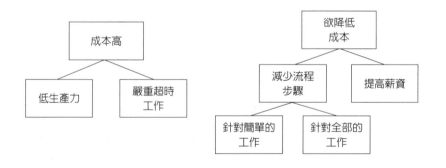

　　為了決定採用何種結論，你需要仔細思考引言。原有的報告顯示讀者已經知道什麼？明顯地，他們知道成本是重要的；也知

道TTW在簡單工作的定價是不具競爭力的；而且很可能知道，TTW公司裡沒有人知道成本是否過高。在那個情況下，你的思路可能如下所示：

1. **主題**	＝排版成本。
2. **問題**	＝這些成本是否太高？
3. **答案**	＝是的。
4. **情境**	＝排版成本是總成本最重要的因素。
5. **衝突**	＝不知道成本比重是否太高，但是不具競爭力顯示成本可能太高。
問題（2）	＝可以降低成本嗎？
答案（3）	＝可以。
6. **新問題**	＝怎麼做呢？
7. **邏輯主線**	＝省略排版流程中不必要的步驟，並提高薪資至具有競爭力的水準。

　　圖表3.5以讀者可接受的方式來呈現這些論點。你可能不認同這名年輕顧問的推論，但是至少能了解這份報告的呈現方式。身為讀者的你可以決定是否贊同，或是設法找出疑點。

　　我在此處重寫這位年輕顧問的整份報告，因為我想要用實例說明，完整的引言包含邏輯主線的重點表述。有了這些資料，讀者大約讀了三十秒就能了解你整個思路。而且既然這份文件其餘部分的存在只是為了解釋或是支持你已經陳述的事情，讀者可以相信後面不會出現任何令他們大吃一驚的重要論點。所以，如果他們的時間有限，只需要瀏覽即可。事實上，如果讀者無法在三

圖表3.5　清楚的推論

謹致：

報告人：　　　　　　　　　　　主旨：TTW

　　我花了過去兩週的時間在艾爾斯伯里調查排版的成本。誠如我們所知，排版成本佔精裝書成本的40％以及平裝書成本的50％-55％。TTW不知道這些成本是否過高，但是這間公司被認為在簡單的排版工作方面是不具競爭力的。

　　根據我們的初步調查顯示，透過以下方法或許可以大幅降低排版成本：

- 省略排版流程中不必要的步驟。
- 提高薪資至具有競爭力的水準。

省略步驟

　　TTW在排字與手工排版方面的產能比平均標準低20％-50％。檢視排版方法顯示，無論是印製聖經或恐怖小說，每本書的排版工作基本上都要經過相同的步驟以確保高水準的品質。這在某種程度上或能說明為什麼他們被認為不具有競爭力。

　　我與渥特、湯普森、甘迺迪討論過這些觀察結果。甘迺迪願意安排實驗以了解：(1)是否流程中有任何步驟可以省略，尤其是簡單的工作；以及(2)低於平均標準的原因。

　　下週起，我們將會追蹤幾件簡單排版工作的整個流程、控制改變校對的次數與時間對品質的邊際效應，並測試客戶的反應。此舉所節省的費用可能達排版總成本的10％。我們也將進行一項複雜的方法研究，設法縮短與平均標準的差距。

提高薪資

　　TTW提供的薪資比該地區的其他印刷業者來得低，所以難以招募及留住排版人員。兩名排版人員才剛離職，使得部門員工人數低於編制。因此，多數的工作進度落後，而且加班時數也超過原本規定的50％以上。

　　公司目前面臨工會提出的新要求，可能迫使他們提高薪資。若真如此，他們應該能夠雇用合適的員工並減少加班費用。

十秒內讀懂你的整個思維，你就應該重寫。

除此之外，標題強調這個結構的主要重點，以便讀者可以很快地找到任何重點的詳細論述。如果文章很長，這點尤其有用。為達到這個目的，你必須在標題用語上花些心思（參見第十章），設法以明確的字眼表達，好讓標題反映的是觀點而非類別，例如：標題名稱永遠不要是「結果」或「結論」，這樣的標題沒有瀏覽的價值。

最後來談一下寫作風格。你會注意到原先的TTW報告（圖表3.4）與重寫的版本（圖表3.5）在用語或措辭方面差異很少。第二份文件的清楚性來自於金字塔式的論點建構順序，而非來自於寫作風格的精鍊。

初學者應注意事項

金字塔原理的存在讓你可以從金字塔結構中的任何一個觀點著手，並找出其他所有觀點，雖然基本上你不是由上而下就是由下而上發展。我已經設法以普遍的原則告訴你確切的作法，但是你依舊會碰到各種層出不窮的可能狀況，所以難免會有疑問。針對金字塔原理的初學者最常問的一些問題，以下提供解答。

1. **永遠先嘗試由上往下法**。當你將思想訴諸文字時，通常會極盡華美之能事。你的文章看似字字珠璣，使得你就算有必要也不肯修改。因此，試著不要一開始就把整篇文章「全寫下來」，以為後面可以更容易找出架構。很有可能你

一看到寫出來的東西就愛上它，也不管你的思路事實上有多麼混亂。

2. **利用「情境」做為思索引言的起點**。一旦你知道你在一大段引言內想要說的內容——「情境」、「衝突」、「問題」與「回答」——你便可以根據想要創造的效果，在書寫的時候按照你喜歡的順序來組織這些內容。你選擇的順序會影響文章的調性，而且你自然會想要按照不同類型的文章而採取不同的做法。不過，請先從「情境」開始著手，如此你便能夠找出正確的「衝突」與「問題」。

3. **不要省略仔細思索引言的步驟**。很多時候，你會坐下來就開始振筆疾書，且腦中已有了完整的主要重點，所以引發這個重點的「問題」顯而易見。然後你很容易會直接跳到「邏輯主線」，並開始回答這個主要重點的陳述所引發的「新問題」。不要被騙了。在多數情況下，你會發現你所建構的資訊依舊屬於「情境」或「衝突」的部分，並因而迫使自己陷入複雜又龐大的演繹論證。先釐清引言的資訊，如此方能全心全意處理較低層次的論點。

4. **將歷史背景放在引言內**。你不能在文章的正文中才告訴讀者已發生的事實。正文只能容納觀點（即提供讀者新思維且引發讀者腦中疑問的論述），而且各個觀點只能按照邏輯推理來建立相互的關連性。這意味著你唯有詳細說明這些必須透過分析來發現的因果關係，才可以針對事件進行討論。簡單的歷史背景不能當成邏輯思考的結果，因此無法被歸為觀點。

5. **引言只能提及讀者會認同其真實性的論述**。引言的用意只是告訴讀者他們已經知道的事情。當然，有時候你不會知道讀者是否確實知道某件事情；有時候，你可以肯定他們確實不知情。如果所做的論點可以輕易通過客觀的觀察者的檢驗與證實，那麼你便可以假定你的讀者「知道」這件事情，因為他不會質疑其真實性。

　　同樣地，小心不要在引言裡提及任何讀者「不知道」的事情。涉及讀者不知道的資訊會造成你扭曲他的「問題」。當然，反之亦然，不要把任何讀者「確實知道」的資訊放入金字塔結構中。利用讀者確實知道的資訊去回答金字塔結構中較低層次的問題，意味著你在引言中漏掉重要的資訊，而讀者如果在引言裡就已知道這些資訊，或許會提出不同的問題。

6. **如果可以選擇，「邏輯主線」層次上的論點宜採用歸納法，而非演繹法**。這一點在第五章裡會有更完整的討論。你會發現，在「邏輯主線」層次上，採用歸納法比起演繹法更容易讓讀者吸收，因為歸納法需要花的理解功夫比較少。人們習慣用他們發展思維的順序來表達，而發展思維的順序通常是一個演繹的過程。然而，你用來發展構想的方式，並不一定得等同於表達方式。在多數的情況下，你可以用歸納的方式來表達演繹發展出來的想法。

假設你建議某人購買一間倉庫，而且你採用以下的演繹論證來支持這項建議：

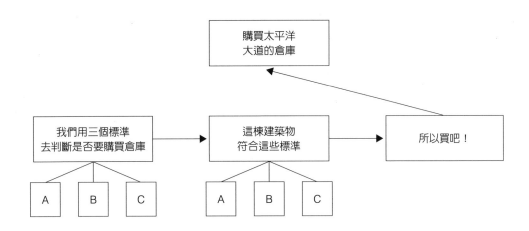

　　這裡的第三個論點並未引發讀者的疑問。假設你的寫作順序是要先說明頂端的論點，然後再說明「邏輯主線」的幾個要點，那麼你就不需要第三點來解釋這個訊息。這是一個過度建構的論證順序，而採用歸納法將更能有效傳達你的訊息：

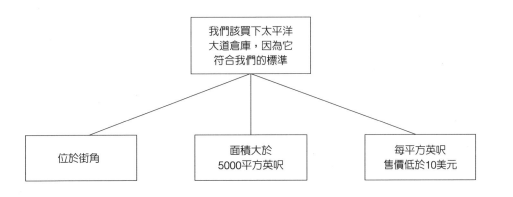

第4章
引言的寫法

引言透過概述讀者已知的訊息建立問題的切身關連性，而你的文章則是給予讀者問題的答案，然後你便可以全心全意去解答這個問題。

引言永遠採取說故事形式（story）——亦即建立一個熟悉的情境、利用衝突引發問題，然後回答那個問題。說故事形式是組織讀者先備知識（prior knowledge）的一個最有用的工具。一旦精通這個工具，將會使你能夠非常快速地找出多數短文的結構，尤其是當你知道引言通常只有以下幾個常見的模式。

故事形式

關於文章的引言，你可以視之為一個環繞在你的金字塔頂端，並在你所呈現的論點結構之外的一個圓圈（參見圖表4.1）。引言總是在告訴讀者一個他們已經知道的故事，意指：說明一個

圖表4.1 引言應該採用說故事形式

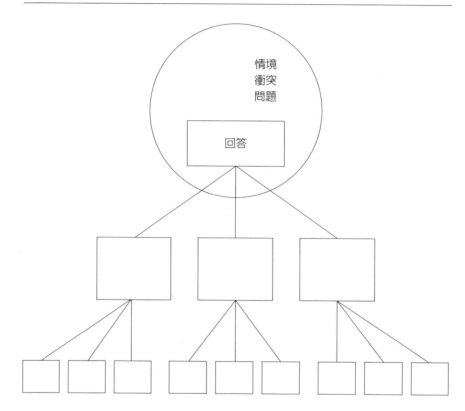

情境，在這情境之內發展出衝突，而衝突引發問題，文章則給予這個問題答案。你或許會問：為什麼引言永遠都必須是說故事的形式，還有為什麼它是讀者已經知道的事情呢？

為何採取說故事形式？

如果你想一下，你可能會對此感到認同：沒有人會真把你寫的東西當成一本保證扣人心弦又迷人的小說一樣感興趣。讀者的大腦裡面已經有許多混亂又不相干的思緒，多數是關於其他的主

題，而且這些主題都是他們非常喜歡且感興趣的。讀者若在事先未能確定對你的訊息感興趣，他們必須花費很大的力氣，才能把這些思緒拋開，只專注於你所提出的訊息。唯有非常大的吸引力，他們才會樂意去花那個力氣。

即便讀者很想得知你的文章內容，並且相信這篇文章很重要，他們還是必須花上好一番功夫，把自己的思緒拋開，全心全意注意你的言論。相信你我都有過這種經驗：讀完某篇文章的一頁半內容後，突然發現自己一個字都沒看進去。這是因為我們沒有拋開早已存在自己腦袋裡的東西。

因此，你想要提供讀者一個方法，讓他們能夠輕鬆地拋開其他想法，並只專注於你說的話。這種非常簡單的方法就是利用未完的故事來吊人胃口。舉例來說，如果我對你說：

「兩名愛爾蘭人午夜在陌生城市的一座橋上相遇……。」

不論在你讀這些話之前可能在想什麼事情，眼下你的注意力被我牢牢抓住。我將你的心思吸引到一個具體的時間與空間，並透過敘述這兩名愛爾蘭人的言行，有效控制你的思路，直到我說出關鍵性的重點為止。

這就是你在一篇引言裡所需做的事情。你藉由告訴讀者一個關於主題的故事，逐步提高讀者對該主題的興趣。每個好的故事都有一個開始、中段與結束。那就是，它建立情境、帶入衝突，並提供解決方案。既然你寫東西不外乎解決問題或是回答已經存在讀者腦中的一個疑問，你的主要重點永遠都在於這個解決方法。

但是這個故事對讀者而言也必須是個「好」故事。如果你有小孩的話，你知道全世界最好的故事是他們已經知道的故事。因此，若你想要告訴讀者一個真正好的故事，你得說一個他們已經知道的故事，或者是一個如果讀者被確實充分告知，你可以合理預期他們會知道的故事。

當然，就心理學角度來說，這個方法讓你在告訴讀者他們可能不認同的事情之前，可以先說一些你知道他們會認同的事情。讓讀者輕鬆閱讀他們可以欣然認同的重點，而非讓他們在雜亂無章的思路裡自行摸索，更能使得他們接受你的想法。

「情境」要從何處著手？

你必須藉由說明你知道讀者會認同的主題著手撰寫「情境」，因為你是在告訴讀者，他們知道是事實或是將會接受其為事實的某件事情。如果你發現自己並非從說明主題著手，則結果往往是你有錯誤的主題，或是你開始討論的地方不對。

當你清楚你的目標讀者時（例如撰寫信件或備忘錄時），通常決定從哪裡開始是非常容易的。你著手撰寫的時機就在於，你可以做出與這個主題有關的獨立（self-sufficient）且不具爭議性（noncontroversial）的陳述。獨立陳述是指，在這項陳述之前不需要別的陳述去解釋其確切的意涵；而沒有爭議意指你可以預期讀者自然會了解並認同這項陳述。

但是，如果你是撰寫發行量很大的報告、雜誌文章或書籍，則這個工作就不是提醒讀者問題，而是把問題深植於讀者的大腦。在這個情況下動手撰寫「情境」的難度會高一些，但是你可

以假定你的讀者已經得到適度的訊息，並針對這個主題普遍為人所接受的知識提出說明。

我的經驗法則是，如果這個訊息出現在《商業週刊》（*Business Week*）或《財星》（*Fortune*），你可以認定你的讀者群會認同它的真實性。一旦讀者看到你用說故事的方式去組織所要傳達的訊息，而且往往是以他們之前未曾思考過的方式，他們將會受到啟發，提出你想要討論的問題。

所有「情境」開場白的重要特色是，它們把你固定在一個特定的時空，為接下來的故事奠定基礎。以下提供一些典型的開場白：

- 南斯拉夫能源投資公司正在考慮，將旗下莫斯塔爾鋁冶煉廠的氧化鋁出口到捷克斯拉夫的可能性。（備忘錄）
- 所有大型的醫療保健單位都因為資源日益稀少的壓力感到困擾，愛爾蘭醫療保健處也不例外。（報告）
- 根據考古紀錄，人類歷史最早的二百五十萬年所留下來的工藝品清一色都是功能性的：石器。（雜誌文章）
- 今日商業界的經理人就跟所有人一樣，也是他們自身文化的產物。（書）

讀者對於上述陳述的普遍反應是點頭並說：「沒錯，我相信那是事實，但是那又怎樣呢？」；或者他們會更有禮貌地表示：「你為什麼要告訴我這點呢？」這個反應給你加入「衝突」的機會。

何謂「衝突」？

引言的「衝突」（Complication）並非這個字眼所帶有的「問題」意味的衝突，雖然它可能經常是一個問題。它是你說的故事情節的「衝突」，並因而創造了引出「問題」的戲劇張力。

利用前面建立的與主題相關的事實做為起點，「衝突」接著訴說故事接下來的發展，進而無可避免地導向「問題」。「接下來的發展」通常是圖表4.2所顯示的各種可能性中的一個變數。

圖表4.3為每個結構類型各列舉一個例子，這些例子全部出自於亨利·史特拉吉（Henry Strage）的文選——《*Milestones in Management*》，過去三十年該書在形塑管理思維方面頗有建樹[1]。閱讀這些例子時，你可能會注意到，人們在試圖體現情境—衝突—問題（S-C-Q）的基本結構所表現的故事時，寫作風格方面可能有許多變化。

圖表4.2　多數文章回答以下四種問題之一

情境 （建立與主題相關的事實）	衝突 （接下來的發展並引出問題）	問題
• 有某項任務要執行	• 某事使我們無法執行該項任務	• 我們該怎麼辦？
• 有某個問題	• 知道解決方案	• 如何執行這個解決方案？
• 有某個問題	• 有人提出解決方案	• 這是正確的方法嗎？
• 採取某項行動	• 行動失敗	• 為何失敗？

---

[1] 原文註：Strage, Henry A., McKinsey & Company, *Milestones in Management, An Essential Reader*. (Blackwell Publishers: London) 1992。

圖表4.3　具故事結構的引言

資本投資的風險分析

　　在企業主管必須做的所有決策之中，最具挑戰性、也最受關注的，莫過於在幾個資本投資機會之中做選擇。是什麼讓這種決策如此困難呢？當然，這個難題不在於任何特定假設下的預估投資報酬率的問題，而是在於這些假設以及它們的影響。

　　每個假設都有不同程度的不確定性——通常是高度的不確定；而且，總合起來，這些不確定性可能相加成為具有關鍵影響力。這是風險因素介入之處，而企業主管從目前可用的工具和技巧卻無法得到任何風險評估的幫助。

　　藉由提供企業主管一個實際可行的風險評估工具，可以幫助他們強化重要的資本投資決策。有了這個衡量投資報酬風險的工具，企業主管就可以根據公司的目標更有效地評估各種行動方案。

David B. Hertz，《哈佛商業評論》
1964年1至2月及1979年9至10月

S＝必須在幾個資本投資機會之中做選擇
C＝不知道如何評估不確定性的風險
Q＝是否有實際可行的評估風險的方法呢？
A＝有

再一次談：你如何激勵員工

　　不知道有多少文章、書籍、演說與研討會曾經哀怨地提到：「我如何讓員工照我的意思做事？」

　　動機心理學（psychology of motivation）是非常複雜的，而且我們對它的了解實在很少。但是臆測多於知識的可悲比例並未能阻擋新的騙術不斷湧入市場，而且其中不乏有許多學術界的推薦。

　　毫無疑問地，這篇文章將不會降低市場對新騙術的需求，但是既然文章內所表達的這些觀點已通過許多企業和其他組織的檢驗，我希望能有助於糾正上述的失衡比例狀態。

Frederick Herzberg《哈佛商業評論》
1968年1至2月

S＝想要讓員工採取特定行動
C＝必須運用動機心理學
Q＝該怎麼做呢？
A＝應用這篇文章的觀點

圖表4.3 具故事結構的引言（續）

行銷短視

　　每個重要產業都曾經是成長產業。但是目前一些熱門產業卻深深籠罩著衰退的陰影，還有些老產業事實上已經停止成長。在任何情況下，產業成長受到威脅、趨緩或是停止的原因都不是因為市場飽和，而是因為管理的失敗。

Theodore Levitt，《哈佛商業評論》
1960年7至8月及1975年9至10月

S＝許多重要產業已停止成長或受到衰退的威脅

C＝假設成長受到威脅是因為市場飽和

Q＝那是正確的假設嗎？

A＝不對，都是因為管理失敗

努力走過經濟低潮

　　過去幾年期間，美國企業遭遇了明顯的競爭活力下降，以及整體經濟體質籠罩著日益不安的氣氛。經濟學家與企業領袖將經濟體質與信心雙雙下滑的現象，歸咎於石油輸出國家組織（OPEC）的貪得無厭、政府的稅賦與貨幣政策的缺失以及規範增加等因素。我們發現這些理由並不充分。

　　舉例來說，它們並沒有說明為什麼美國的生產力成長率不僅呈現下滑，下滑幅度也相對大於歐洲與日本。它們也沒有解釋為什麼美國在許多高科技產業和成熟產業都失去它的領導地位。雖然我們有許多可以隨口說出的外力因素——例如：政府法規、通貨膨脹、貨幣政策、稅法、勞動成本與限制、害怕資本短缺、進口油價——造成美國企業的損失，但是這類壓力同樣也影響海外的經濟環境。

　　例如，一名德國經理人就無法被這些理由所說服。德國的進口石油佔95%（美國的進口石油佔50%），政府支出佔國內生產毛額（GDP）的比重約37%（美國大約是30%），而且多數的重大決策都必須與勞工磋商。然而自從1970年以來，德國的生產力事實上是提高了，而且最近甚至升至美國的四倍以上。在法國的情況也類似，然而今日該國的製造業儘管有鋼鐵與紡織業的危機，生產力成長卻是美國的三倍以上。所有的現代工業國家都有美國企業所遭受的這些問題和壓力，既然如此，為什麼我們發現美國企業競爭力降低的幅度卻相對較大呢？

Robert H. Hayes 與 William J. Abernathy，《哈佛商業評論》
1980年7至8月

S＝美國企業遭遇顯著的競爭力下降的情況

C＝美國面臨的問題與法國和德國相同，但是美國的衰退卻更加嚴重

Q＝為什麼？

A＝經理人沒有把重心放在長期的技術性競爭上

為何採用這個順序？

引言的情境—衝突—解決方案的結構是絕對必要的。但是這些成份的順序可以有所變化，以反映你在文章內想要建立的語氣。以下是一個基本架構和分別以四種不同順序重寫的例子。請注意，每個例子的語氣都略微不同。

基本結構

S = 過去五年中，公司的多角化研究業務成長了40%

C = 我們的業務無法證實能為客戶帶來顯著效益

Q =（如何確保多角化研究確實能為客戶帶來顯著效益呢？）

A = 成立「公司發展專案計畫」（Firm Development Project），以研究這個問題

標準語氣：情境—衝突—解決方案

最近幾年，公司向許多客戶收取大量的多角化經營研究費用。但是，倫敦辦事處卻沒有人能夠證明，客戶的購併案是因為我們的研究才得以成功。既然過去五年中我們的多角化研究業務成長了40%，因此，現在已是成熟的時機，由「公司發展專案計畫」來決定，我們如何確保多角化研究確實能為客戶帶來顯著效益。

這份備忘錄概述此一計畫期間應該解決與檢驗的主要問題與假設。

開門見山的語氣：解決方案—情境—衝突

我們的「公司發展專案計畫」的第一要務，應該是加強我們的能力以幫助客戶進行多角化經營。單是在倫敦辦事處，我們協助客戶尋找購併對象的業務在過去五年中已成長了40%。然而，我們無法指出任何一個購併案是因為我們的研究才能成功。

憂心的語氣：衝突—情境—解決方案

據我所知，倫敦分公司的顧問所做的多角化經營研究，尚未為客戶帶來自身無法達成的明顯效益。由於過去五年間，我們在這個領域的業務已經成長了40%，因此這個情況令人非常吃驚。良心上，我們無法用沒有明顯效益的工作繼續向客戶收取費用並維持我們的良好聲譽。因此，我建議實施「公司發展專案計畫」，以研究如何讓多角化研究為客戶帶來顯著的效益。

積極的語氣：問題—情境—衝突

我們如何可以確保多角化研究繼續成為我們的重要業務呢？這些研究目前佔了我們40%的業務，但是我們無法指出我們為客戶所做的比他們自己能做的還要多。除非我們開始採取行動提高自身價值，否則我們在這個領域會面臨失去競爭力的危機。

為此，我建議立即成立「公司發展專案計畫」，研究如何可以提升我們在這個業務領域的工作技巧，有系統地為客戶帶來顯著的效益。

為何要有「邏輯主線」？

「邏輯主線」（Key Line）不只回答你的「主要重點」（Main Point）陳述所引發的新「問題」，同時也指出文章的結構。因此，如果文章篇幅很長，你必須如圖表4.4所示，在頁面的中間部分羅列這些要點。然後你可以放小標來說明第一個要點，並開始撰寫（參見第十章）。

條列要點使得讀者能夠在大約前三十秒內了解你的整個思路。既然後續內容只是說明或支持這些要點，你禮貌性地讓讀者

圖表4.4　一開始就要列出邏輯主線要點

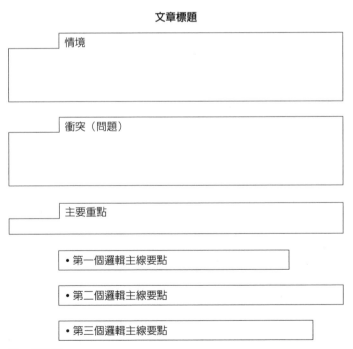

得以決定是否必須繼續讀下去，或是就此接受你的結論。無論如何，讀者現在可以猜想得到文章接下來會有什麼發展，而且文章不會突然冒出一些出乎意料的內容，閱讀起來也比較輕鬆。

如果是每個章節只有一、兩個段落的短文，你當然不需要列出這些要點，然後又在小標題裡再說一遍。在這樣的情況下，你可以把這些要點當成段落的主題句，並在下面劃線，以便讀者一眼就可以看到。

記住，邏輯主線要點應該被當成「觀點」來表達。舉例來說，如下的引言並不適當。

這份備忘錄描寫專案團隊確定並達成顯著獲利改善的方法，全文分為以下六個部分：

- 背景
- 專案團隊的方法原則
- 什麼是專案工作
- 如何組織計畫
- 豐厚的獲利與具體的成效
- 成功的先決條件

就文章向讀者傳達訊息的意義而言，羅列這些要點是毫無意義的，只是強迫讀者接受一堆他們無法理解的文字。它是老太婆的裹腳布，浪費讀者的時間並延誤他們對文章的理解。

就經驗法則而言，你絕對不想要有個章節的標題是「背景」或「引言」，因為這種標題內含的訊息與後面其餘要點的訊息不

會在相同的抽象層次上。再者，只條列主題而不條列觀點可能會有危險，即原本應該支持主題的這些觀點有可能無法構成一個清楚的歸納或演繹的論證關係。

在上面的例子中，我們會懷疑各個章節內的觀點事實上是非常混亂的。舉例來說，「極好的獲利與具體的成效」或許應該被放在「專案團隊的方法原則」下討論，而「成功的先決條件」或許應隸屬於「如何組織計畫」。永遠不要寫類別，只要寫觀點。

引言應該寫多長？

引言應該要有多長？人腿應該有多長？（長到足以踩在地上。）引言應該長到足以確保你與讀者是「站在相同的位置」，之後你才引領讀者完成你的邏輯論證。

一般而言，這意味著二或三個段落，組織方式如同圖表4.4所示。「情境」與「衝突」可能各有三或四段長，但是永遠不要超過那個長度。（提醒某人他已經知道的事情還需要更長的段落嗎？）事實上，如果你發現自己用圖表把引言弄得亂七八糟，你可以確信自己已過度陳述這些顯而易見的事實。

對照之下，引言也可以短到只有一個句子。「在你一月十五日的來信中，你問我是否……。」你與你所寫的對象平日關係越親近，引言就可以越短。但是引言的長度一定要足以提醒讀者他們的「問題」。

這些例子證明，引言的長度未必與後面正文的長度有關，而是與讀者的需求有關。為了讓讀者充分了解你的主要重點，同時願意繼續閱讀以了解你如何得出這樣的結論，你必須告訴讀者哪

些事情呢？

如果你開始認為寫好引言並不容易，你是對的。引言是文章中最容易出錯的部分。然而，經由閱讀大量且充分的例子，你應該懂得什麼是好的引言，並進而寫好自己的引言。

信件

詹姆斯・史特巴（James Sterba）在他的文章〈日本商人：日圓比劍更利〉中，讚揚Sony公司在開發電晶體的商業用途上一路領先，而發明電晶體的貝爾實驗室「只知道把電晶體賣給五角大廈，並不知道要怎麼開發」。

這個陳述既非描述事實也非客觀比喻，貝爾實驗室在發明電晶體之前就已經知道它的用途。

報紙社論

美國尼克森政府假意抨擊電視網，而電視網也做樣子回擊。結果，不明就裡的人們以為這個國家的自由正遭受攻擊。

事實上，問題在於我們想要透過電視塑造什麼樣的社會。我們想要有一個無政府主義傾向的放任社會，還是一個帶有菁英文化色彩、具有更嚴格的普遍約束力的社會。

雜誌文章[2]

許多傑出公司的成功讓產品經理人獲得應有的掌聲。面對今

---

[2] 原文註：B. Charles Ames, *Harvard Business Review*, November-December 1963。

日競爭激烈的混亂市場，他們因為帶領許多知名產品贏得市場領
導地位及高收益而得到讚賞——而且他們也理當獲得讚賞。在許
多生產多項產品且組織繁複的大公司中，產品經理強力領導不同
的產品；而組織相對簡單的小公司則是由高層領導一條基本的產
品線。

然後，最近的一項調查發現，調查樣本中，每四家公司中就
有三家採用這個組織概念，這個結果並不令人感到意外。令人意
外的是，目前人們對於產品經理人與這個產品經理概念的運作方
式非常不滿。

這些越來越多的抱怨是否導出如下結論：產品經理概念本身
並不實際？當然不是，許多例子顯示這個概念還是非常成功，證
明它不但是一個健全的概念，在許多方面還是必不可少的概念。
正因為這個概念可行，所以才有這麼多成功的實例。然而，因運
用此概念而失敗的公司裡，過錯幾乎總是出在管理階層如何運用
（或是錯用）一個基本上算可行的工具。

內部備忘錄

如你所知，程序部門負責維護一份作業流程手冊，內容涵蓋
那些為避免傷害公司所必須遵守的行為規範。不管是因為開發了
新的工作程序，或是因為舊的程序已被修改，這份手冊都必須不
時進行更新。為了確保一致性，我們都應該遵照下述方法來修改
手冊。

報告

大陸人壽長久以來一直是公認的人壽業龍頭。該公司的資產名列第五大股份公司，儘管競爭壓力越來越大，公司過去十年期間始終還是能夠維持保費收入的持續成長。然而，公司的傳統行銷環境正經歷重大的變革，對其地位有重大的影響：投保人的興趣正從產業險轉向一般保險、付款方式從借記轉帳變成繳費通知，而且競爭也變得更為激烈而廣泛。

管理階層清楚了解到分公司苦於長期的營運問題，使得業績表現無法改善。他們也了解，總部的組織與管理問題使得公司無法提供分公司處理這些問題所需要的領導與指導。因此，管理階層適時了解到，只試圖改正分公司的問題是目光短淺的做法，應該要先加強總部的組織結構與管理流程。本報告將詳細說明如何達成該目標。

論說文[3]

這個世界遲遲無法了解，今年（1930年）我們的生活正籠罩在當代史上最大的經濟災難的陰影之下。但是現在一般人民已經開始意識到正在發生的事情，不明所以的人們充滿了恐懼（雖然可能事後證明是過度的恐懼），就跟之前經濟災難第一次出現時一樣欠缺理性的焦慮。

人們開始懷疑未來，他們現在是否正從美夢中甦醒，轉而面對現實的黑暗呢？或是陷入一個終將會過去的夢魘呢？他們毋須

---

[3] 原文註：J. M. Keynes, *Essays in Persuasion* (The Royal Economic Society, 1972)。

懷疑，這不是一場夢；這是一場夢魘，將會隨著早晨的到來而消失。

因為自然資源和人類的創造力就和過去一樣富饒多產，我們解決生活物質問題的進步速度並未減慢，我們與過去一樣能夠提供每個人高標準的生活（我所謂的高標準是與二十年前相較），並將很快學會提供一個甚至更高標準的生活。

我們過去並未受騙。但是今日我們已經使得自己陷入異常的混亂狀態，在一個我們並不了解如何運作的精密機器的控制之下走得跌跌撞撞。結果使我們的財富發展可能浪費掉一段時間——或許是很長的一段時間。

書[4]

西元第二世紀，羅馬帝國涵蓋地球上最富庶及人類文明最開化的地區，而捍衛這片廣大疆域的是長久以來帝國的威望及紀律嚴明的英勇戰士。

兼具仁慈與威嚴的律法促成各地方的團結。愛好和平的人民恣意享受財富與奢華。自由憲法的形象因為得到適當的敬重而得以保存。表面上擁有最高統治權力的元老院將政府的所有行政權轉移給皇帝。涅爾瓦（Nerva）、圖拉真（Trajan）、哈德良（Hadrian）和兩名安東尼皇帝（Antonines）的賢能之治，為羅馬帝國帶來超過八十年的盛世。本章以及後續兩個章節主要是描述這五帝統治下的帝國榮景；第四章起則是談自安東尼爾斯

---

[4] 原文註：Edward Gibbon, *Decline and Fall of the Roman Empire*。

（Marcus Antoninus）去世，羅馬帝國衰亡的最重要的因素：一個歷史將永遠銘記的巨大變動，影響所及今日世上各國仍然可以感受得到。

期刊[5]

法國事務週評

一掃新聞記者和差勁政客
以及各界的錯誤與偏頗

1704年2月19日週六

引言

這份報刊是一個很大又有用的計畫基礎，如果能得到適當的鼓勵，可能有助於讓人們更清楚歐洲事務，並杜絕不可靠的報導及三流記者的偏袒報導，他們日日月月在我們被打敗時用偉大的勝利故事來討好人們，在我們勝利時大談奇蹟，還有各種不可靠和前後矛盾的故事，結果造成人們得到錯誤的訊息，受騙於甜言蜜語，相信胡說八道和自相矛盾的說法。

---

[5] 原文註：G. M. Trevelyan, *Illustrated English Social History: Volume Three: The Eighteenth Century*, Pelican Books, London, 1964。

「邏輯主線」的要點需要引言嗎？

　　每個「邏輯主線」的要點也應該有引言，雖然這種引言短了許多，但大致上與你用來寫開頭引言的S-C-Q流程相同。也就是，你同樣想要告訴讀者一個簡短的故事，確保他們對每個「邏輯主線」的要點提出問題時，跟你是站在相同的位置。

　　為了說明這點，請參見圖表4.5，該圖是一篇關於「九○年代管理工具」的論文結構。

圖表4.5　「邏輯主線」也需要引言

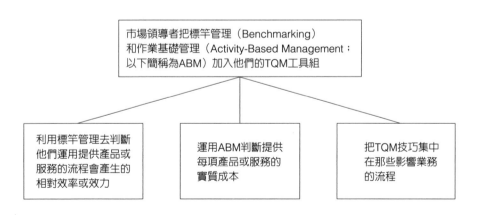

S＝ 全面品質管理（Total Quality Management；以下簡稱TQM）是八○年代的熱門管理工具，被用來降低成本、改善產品或服務品質，進而贏得競爭優勢和更高的獲利。

C＝ 大多數的主要公司現在都已經採用某種形式的TQM，但是並非總是看得到預期的獲利產生。市場的領導者多少還是掌握或取得市場佔有率，並獲得豐厚的獲利。

Q＝ 為什麼？這些市場領導者採取了什麼更好的措施？

市場領導者把標竿管理（Benchmarking）和作業基礎管理（Activity-Based Management；以下簡稱為ABM）加入他們的TQM工具組

利用標竿管理去判斷他們運用提供產品或服務的流程會產生的相對效率或效力

運用ABM判斷提供每項產品或服務的實質成本

把TQM技巧集中在那些影響業務的流程

關於引言的開頭，其結構如下：

S ＝ 相信使用X工具將會帶給你Y

C ＝ 同樣都在使用X，但卻是別人得到Y

Q ＝ 為什麼別人得到Y？

A ＝ 使用A＋B＋X

答案直接導向新的問題：「使用這些工具如何獲得Y（競爭優勢、更高獲利）？」，同時還說明了市場領導者的「邏輯主線」要點：

- 利用標竿管理判斷他們的產品或服務的相對效率或效力。
- 運用作業基礎管理判斷提供每項產品或服務的實質成本。
- 把TQM技巧集中運用在那些對業務會產生影響的流程。

每一個要點之下的問題都是：「那如何起作用呢？」，而且這個複數名詞是「步驟」（steps）。但是你不能只是說出每個論點，然後支持這些論點，接著就開始寫作。你必須用一個反映重點的標題，在頁面上標示它的位置，然後再介紹這個論點。因此你不會說：

標竿管理

市場領導者利用標竿管理來判斷他們提供產品或服務的流程的相對效率與效力。為此，他們：

- 衡量主要流程的效率。
- 與競爭者的績效相比較。

● 找出造成差異的潛在因素。

更確切地說，你必須使用一個更能清楚反映這個要點的標題。而且你可以藉由帶領讀者回顧他們對於這個主題（標竿管理）已有的認知，以及這個論點所回答的問題如何發生，逐步導向這個論點。舉例來說：

標竿管理流程的效率

S＝假設你已經採用TQM，並將貸款申請流程的時間從兩天縮短成兩小時。

C＝這樣大的縮短幅度可能足以取得競爭優勢。

Q＝真的足以取得競爭優勢嗎？

A＝除非你與競爭對手相比較，否則無從得知。

其他「邏輯主線」的引言也是遵循相同的模式。

判斷實質成本

S＝假設你現在已經完全為你的企業進行調整、校正，並變成最好的，每個人都會以你的企業為對照基準，以衡量他自己。

C＝假如提供產品／服務的實質報酬超過生產／供應的實質成本，你絕對有權利感到驕傲。

Q＝你如何斷定最好的就是值得做的呢？

A＝不要用功能（function），而是要以活動（activity）做為分析成本的基礎（作業基礎管理）。

修正TQM技巧

S ＝ 現在已經完成標竿管理，也運用作業基礎管理。了解與
　　 競爭對手相較之下，自己有哪些流程弱點，以及有哪些
　　 產品或服務的成本過高或獲利甚豐？

C ＝ 現在是開始強化這些流程的時候。

Q ＝ 這是我們使用TQM的時機嗎？

A ＝ 是的，但目前主要是把TQM的作業運用在那些會對公
　　 司造成重大影響的流程。

　　關於引言的開頭與結尾，兩者之間的差異在於，讀者閱讀時
所在的位置。你寫開頭引言的目的，是為了提醒讀者對這篇論文
主題（當前的管理方法）的了解。在第一個邏輯主線要點，你的
目的是為了提醒讀者為什麼「這個」主題與整篇的論點有關。在
其他的邏輯主線要點，你的目的是為了提醒讀者這個即將被討論
的主題與前面討論的要點是相關的。

　　換句話說，你讓自己充分了解已告知讀者哪些訊息，以及從
讀者的觀點來看，他還需要知道哪些訊息，才能針對你的下一個
論點提出正確的問題。

　　想要寫出好的引言，必須注意以下原則：

1. **引言的用意是提醒，而非告知。** 亦即不應放入你必須要提
   出證明才能讓讀者接受的論述。例如：不要使用圖表。

2. **引言應該永遠具備故事的三個要素，即「情境」、「衝
   突」，以及「解決方案」。** 在較長的文章裡，你會想要針對
   後面的內容增加說明的篇幅。這三個要素未必非得要按照

典型的敘事順序排列，但是引言一定要具備這三個要素，而且還要將它們組織成說故事的形式。

3. **引言的長度取決於讀者與主題的需求。**因此，引言的內容使讀者充分了解所需要的任何訊息：問題的歷史成因或背景、概述你在其中所扮演的角色、你或其他人先前做過的調查，以及這些調查的結果、術語定義和認可的陳述。以上所有內容也應該被組織成故事的形式。

從這些例子可知，整篇文章所倚靠的軸心是開頭的「問題」，一篇文章永遠只有一個開頭的問題。如果你有兩個問題，它們必然是有關連的，例如：「我們必須進入市場嗎？如果是，要怎麼做呢？」這句話事實上就是：「我們應該如何進入市場？」倘若第一個問題答案為否，第二個問題就不會成立。如果第一個問題的答案是肯定的，於是就變成金字塔頂部的中心思想，引發出第二個問題：「要怎麼做呢？」，而答案就在「邏輯主線」上。

有時候你不能夠單憑思索引言來判斷這個問題。在此情況下，要視你正文的內容而定。每當你想要列出一組論點，你的目的都是因為你認為讀者應該知道這些論點。為什麼讀者應該知道呢？只因為這些論點回答了某個問題。為什麼那個問題會發生？因為讀者的處境。所以透過往前回溯，你可以創造一個看似有理的引言，給你的問題一個符合邏輯的來由。

常見模式

久而久之，你會發現自己從各式各樣文章的引言找到一些共通模式，並注意到寫文章時，通常回答的問題不外乎以下四種：

1. 我們應該做什麼？
2. 我們應該怎麼做／我們將怎麼做／過去我們怎麼做？
3. 我們應該做嗎？
4. 為什麼會發生呢？

絕大多數的文章都是寫來告訴人們，在不同的情況下要採取什麼行動。事實上，人們通常想要知道的，除了某件事情為什麼發生之外，同時也想要知道要採取什麼行動，除非這篇文章是描述某個分析研究初期階段的發現。

當然，你常採用的模式取決於你所處的行業，但是以下我要說明四個我最常見到的模式：

1. 指令模式（我們應該做什麼？我們應該怎麼做？）
2. 尋求同意模式（我們應該做嗎？）
3. 解釋方法模式（我們應該怎麼做？）
4. 多選一模式（我們應該做什麼？）

指令模式

「指令」必定是世界各地最常見的商業備忘錄的類型，反映你以寫文章來要求或告訴別人去做某件事情。在此情況下，你不是提醒讀者這個問題，而是把問題深植於他們的大腦。

　　舉例來說，假設你將召開分公司業務人員的會議，你打算教導他們一個如何為連鎖雜貨店擺設貨架空間的新方法。但為了有效達成目的，你需要每位與會的業務人員提供他們所在區域裡最有問題的連鎖店。你如何建構這個引言呢？很可能是用這個方式：

S＝在分公司銷售會議中，我們想要教導你如何執行新空間　　管理計畫。

C＝為了這麼做，我們需要你們提供所在區域內最有問題的　　連鎖店的資訊。

Q＝（我要怎麼給你這個訊息呢？）

或是，盡可能直截了當：

S＝我們想要做X

C＝需要你去做Y

Q＝我們如何做Y？

　　在此情況下，由於此種敘述方式不需要詳加說明這個問題，所以這個問題不會挑明而是隱含的。但是在你動筆之前，你應該詳細了解這個問題。否則，你有可能不清楚你的問題。

　　在這個例子中，問題是「怎麼做呢？」（How?）每當問題是「怎麼做呢？」答案總是「步驟」，所以你最後會有類似圖表4.6所示的結構。同樣要注意，「衝突」與「答案」大致上是互為相反的，因為「答案」是採取這些行動的效果，當然會解決這個問題。

圖表4.6 指令把問題深植於讀者的腦中

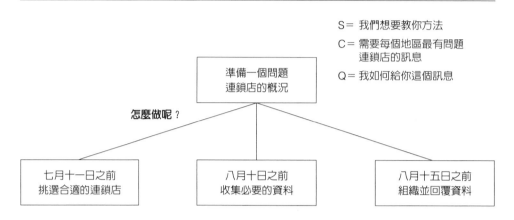

讓我再舉另一個例子，假設你有一份作業流程手冊，公司內部的每個人都可以進行更新或刪減資料，你想要確保他們都用相同的方式執行。

S ＝ 我們有一份手冊，內容是為避免傷害公司所必須遵守的行為規範。這份手冊不時需要更新。

C ＝為了確保一致性，遵守相同的流程是重要的。

Q ＝（這個流程是什麼？）

同樣地，你有另一個沒有明白寫出來的暗示性問題。直截了當的表現模式如下：

S ＝ 你做X。

C ＝ 必須用Y的方式來做。

Q ＝什麼是Y方式？

尋求同意模式

另一個很常見的備忘錄模式是尋求同意、批准經費申請。讀者的「問題」永遠都是：「我應該同意這項請求嗎？」同樣地，這個「問題」在此並沒有明白說出來，而是暗示性的。

支出請求的架構大致如下：

S ＝ 我們有個問題。

C ＝ 我們有一個解決方法將需要花費 ＿＿＿＿ 美元。

Q ＝（我應該同意嗎？）

或是加上實質的內容：

S ＝ 如你所知，過去四年來我們部門的業務每年成長20%。
　　不過，按照總部的政策，我們的人力只維持十四個人。
　　結果造成超時工作和週末加班，但工作量不減反增。

C ＝ 累積的工作已造成進度落後二十二週，分公司發現已經
　　到了無法接受的地步，而且我們沒有增加工時的空間。
　　研究顯示，我們可以透過花 ＿＿＿＿ 美元裝置一台IBM
　　＿＿＿＿，同時減少積壓的工作及加班的需求。

Q ＝（我應該同意嗎？）

A ＝ 我們極力要求你同意這項請求。

在同意支出的請求方面，用來支持這項支出的，通常會有三或四個標準理由：

你應該同意這項請求，因為：

- 解決該問題刻不容緩。
- 此行動將會解決該問題（或如果有其他可用的方法，這是解決這個問題的最好方法）。
- 估計省下的費用將超過成本（或是其他合理的財務形式）。
- 我們還可以得到其他好處。

第一點讓你可以完整描述整個問題；而第二點可以讓你完整提出解決方法；第三點則是標準的財務分析。

至於第四點，事實未必支持最後的論述，有時可能表示為：「它將創造新的服務機會。」但是如果確實成立，你應該把它加進來。換句話說，你不會為了這個理由採取行動，但是一旦你計畫採取行動，不妨指出這個額外的好處。

以下是該文的金字塔結構。

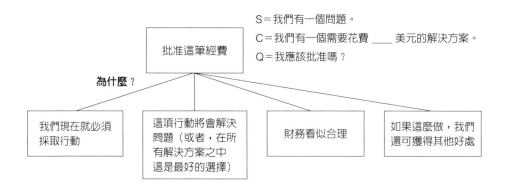

解釋方法模式

你寫文章的動機，經常是因為某人有了問題，而你要告訴他如何解決問題，尤其在顧問界更是如此。任何關於「怎麼做？」的文章，其「邏輯主線」結構都是「步驟」，結構如下：

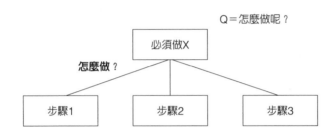

在此模式下，引言有兩種不同的結構：一為告訴讀者如何做某件從未做過的事情，另一則是指導他如何正確地去做他已經在做的事情。第二章裡董事會角色的備忘錄是屬於第一種類型的例子：

S＝必須做X工作。

C＝沒有準備要這麼做。

Q＝我們要如何做好準備？

相較之下，假設有間公司的市場預測系統作出錯誤的預測，而且他們想要你來告訴他們，如何讓這個系統提供正確的預測。這個結構必然是：

S＝你目前的系統是X。

C ＝這個系統並未正常運作。

Q ＝如何改變這個系統，使其正常運作？

訣竅是一五一十地排出目前的作業流程（參見圖表4.7），然後列出你認為應該有的流程。第一與第二個流程架構之間的差別會讓你了解，邏輯主線上應包含哪些步驟。

圖表4.7　兩個流程之間的差別決定邏輯主線要點

目前流程

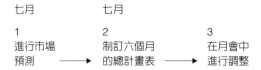

建議流程

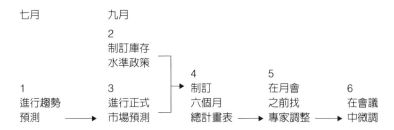

建議架構

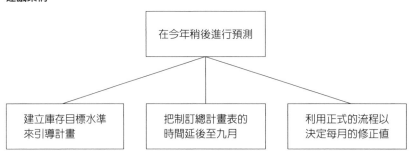

在你提筆撰寫之前，請讓我重申釐清這兩個流程的重要性。你也許自認為非常清楚這些流程，因為長久以來你的工作即是與它們為伍。但是除非你把它們列出來並做比較，否則你非常可能漏掉某些重要的東西。

在這個領域，我曾經看到非常多思慮不周的例子，我在這裡特別指出來，並在附錄B有更詳細的說明。事實上，我們在第三章也有一個「大酋長」備忘錄的例子。

多選一模式

經理人經常要求下屬分析問題並提出解決方案，且補上一句：「讓我看看你的替代方案。」嚴格來說，如同我們即將在第八章討論問題定義時所見，如果問題定義恰當的話，並不會有所謂問題的替代解決方案。你提出的解決方案不是會解決問題，就是不會解決問題。就那個意義而言，根本沒有替代方案。

這名經理人真正的意思是：「如果你無法想出一個可以徹底解決我們的問題的方法，就給我們另一個可以嘗試的不同方法。」因此，關於撰寫一份處理真正替代方案的備忘錄，你的唯一時間點是，讀者事前已經知道這些方案（或許是因為公司之前已經討論過這些方案）。在那個情況下，引言的結構很簡單：

S ＝ 我們想要做X。

C ＝ 我們有一些不同的方案可以做X。

Q ＝哪一種方案最可行？

或是加上實質內容：

S ＝ 如你所知，最新的評估結果顯示，冷溫下鑽油最有效率
　　　的是5-105HP馬達，而這項消息已使得我們最大的客戶
　　　宣布，他將從我們的10HP馬達，轉為採用我們競爭對
　　　手的$7^3/_4$ HP機型。

C ＝ 我們有三個可以採取的回應措施：
- 將我們的10HP馬達的價格降到與我們的$7^1/_2$ HP機型
  同一個價格。
- 重新設計$7^1/_2$ HP機型，好讓它能與$7^3/_4$ HP結合。
- 專門設計5-105HP。

Q ＝ 哪一個方法最可行呢？

一旦你選擇其中一個方法，你通常有兩個方式可以建構邏輯
主線，以回答為什麼這個選擇比其他的選擇要好。孰優孰劣全視
你的分析結果而定。如果可以，最好也是最容易的做法是，按照
你用來做判斷的標準來建構這個金字塔結構：

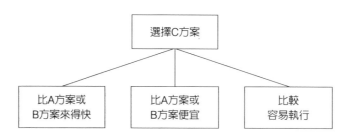

　　當然，問題在於，Ｃ方案未必總是在所有三個評量標準上都比Ａ方案或Ｂ方案好。在那個情況下，你只可以透過針對每個方案做陳述來提出你的論點。

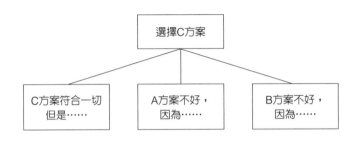

　　換句話說，你說明你選擇Ｃ方案的主要理由，以及你放棄Ａ方案與Ｂ方案的主要理由。

　　相對地，你可能碰到所有方案都無法讓你滿意的情況；或如果事先不知道有什麼方案，你便無法建議任何行動，以達成解決方案的目標。在那些情況下，「問題」不是「哪一個？」，就是「我們應該做什麼？」，而且答案將是：

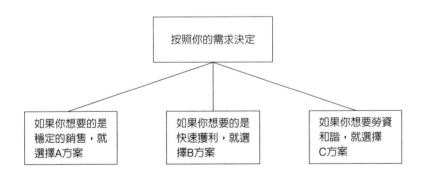

請注意，即使在這裡，你也不是根據「解決問題的替代方案」來建構你的文章，而是根據「替代目標」來建構你的文章，這是兩回事。

諮詢文件的常見模式

諮詢性文件與一般商業文件不同之處在於，前者較長，且其主要寫作目的是為了激勵行動。因此，無論這份文件是備忘錄、報告、簡報，或是企劃書，顧問通常回答的，只有圖表4.2所引述的四個問題中的前三個問題。我在第八章與第九章會詳細解釋如何思考諮詢文件。此處我想要針對最常見的兩種諮詢性文件進行簡短的說明：

- 企劃書。
- 進度報告。

企劃書

這些文件是顧問界的命脈，因此過去幾年顧問公司花了許多心血在上面。多數公司遵循這種做法：

S ＝ 你有一個問題（用一、兩個句子描述這個問題）。

C ＝ 你已經決定要找外面的人來解決這個問題。

Q ＝ （你是我們應該聘請來解決這個問題的外人嗎？）

這個隱含的問題，其答案總是肯定的。當然，通常跟著分成

四個部分的結構：

1. 我們了解這個問題。
2. 我們有一個可靠的解決方法。
3. 我們在運用該方法方面有相當多的經驗。
4. 我們的商務安排很公道。

在實質內容方面，你可能會想暗示「衝突」與「問題」，所以文章讀起來可能如下：

> 我們很高興與你會面，討論有關你在面臨公司內部歧見下，決定要用什麼方法來處理汽車修配零件市場的問題。這份文件簡要說明我們的提案，幫助你從這些方案中仔細挑選，並發展出一個可讓你在短期內能夠取得大規模市場的策略。

這種企劃書的建構方式一般都是針對新的客戶，這名顧問花費相當大的心力在問題的解說上，以便讓讀者了解他在該領域突出的專業知識。在針對合作已久的老顧客或這份企劃書只是個形式的情況下，或許你看到的引言內的問題描述方式會比較簡單明瞭，我將在第八章提供更完整的說明。

S ＝ 你有一個問題（三、四段的說明）。
C ＝ 你想要尋求顧問協助解決這個問題。
Q ＝ 你將如何著手解決我們的問題呢？

在這個案例中，文章的其餘部分是以顧問將會用什麼方法解

決問題，來組織這篇文章，其所採取的理論是，顧客會以解決問題的方法為基礎，來決定要用哪家顧問公司（雖然情況並非總是如此）。這個結構鼓勵作者，結合其所經歷過的案例，以及他如何和為什麼計畫採取他所描述的方法。這些業務安排通常都被放在文件附函中。

進度報告

進度報告通常是顧問與客戶或上司在一個案子的每個階段結束時的正式溝通，最終則導向一個最後的報告。第一份進度報告之後的所有報告，其結構都是相同的。

第一份報告具有類似如下的結構：

S＝我們一直在處理X問題。

C＝我們已告訴你，此分析的第一個階段將會決定Y是否成立。而我們現在已經完成分析。

Q＝你們發現了什麼呢？

一旦完成這份報告，讀者將會有一個特別的反應。或許他會要求你針對工作中所發現的不合理現象進行調查；又或許他可能同意你所做的，並告訴你繼續進行第二階段。如此，在你的下一個進度報告，你可能會有類似如下內容：

S＝在我們上次的進度報告中，我們已告訴你有生產力的問題。

C＝你說你認為這不會是長遠的問題，因為你相信你的競爭

　　　　對手很快就會出局。你要求我們調查是否真是如此，我
　　　　們現在已經完成調查。

Q＝（你發現了什麼呢？）

A＝我們發現你還是會有生產力的問題，而情況只會更壞。

如果以概要的方式呈現，則是：

S＝我們告訴你X。

C＝你要求我們調查Y，我們已經完成調查。

Q＝你發現了什麼？

（在附錄B中，可以找到一些實際的諮詢文章的引言範
例。）

　　針對開頭引言的討論，希望能讓你了解投注足夠心力以寫好
引言的重要性。因為從這些例子可以得知，好的引言不只是吸引
或抓住讀者的興趣，它還影響讀者的認知。

　　引言的故事敘述方式，能讓人們對於作者特定的情境詮釋方
式，感受到真實性。況且，詮釋情境的本質，原本就是一個相關
事實的偏頗選擇。這種真實可信的感覺讓讀者比較不會用不同於
作者的角度去詮釋情境，這倒很像辯護律師的開場白，希望能給
陪審團一個架構，好接受後面要提出的證據。

　　故事的結構也給作者的結論一個邏輯的正當性，讓讀者比較
不會對文章的思路產生質疑。說故事的方式也反映了作者對讀者
考慮周詳的態度，希望讀者清楚了解這個情境——去看故事背後
所代表的真實。

第5章
演繹與歸納的區別

如同我們已經證明的，清楚的寫作源於清楚說明相同主題的一組論點之間的確切關係。以適當的方式組織這些論點，必然會形成一個金字塔結構，即在某個中心思想下，建立不同抽象層級，且互有關連性。

金字塔中的論點有三種關連性——向上、向下，以及橫向關係。上層的論點是下一層的一組論點的總結，而下層的這些論點則反過來解釋或支持上層的論點。同時，同一組的論點彼此之間以符合邏輯的順序橫向排列。而邏輯順序則取決於一組金字塔結構的論點是採用演繹法或歸納法構成。

演繹法與歸納法是建立論點之間的邏輯關係僅有的兩種模式。因此，為了能夠釐清你的思路，並以寫作的方式清楚表達，則有必要了解它們之間的差異與原則。

圖表5.1簡單說明了這個差異。演繹法呈現線性推論，導引出一個「所以」的結論，而且上層的這個論點是此線性論證的總

圖表5.1　演繹與歸納的差別

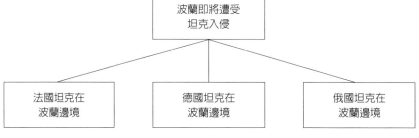

演繹論證

我會飛，因為我是鳥

鳥會飛 → 我是鳥 → 因此我會飛

歸納論證

波蘭即將遭受
坦克入侵

法國坦克在
波蘭邊境　　德國坦克在
波蘭邊境　　俄國坦克在
波蘭邊境

結，而這個總結很大程度取決於演繹推論的最後一個論點。歸納
法則是將一組事實或論點界定為相同類型的事物，然後針對該相
同性做出論述（或推論）。演繹的論點之間彼此環環相扣；歸納
的論點則並非如此。

　　由此可知，演繹與歸納的差異非常大，以下將有具體的說
明。一旦你了解這些差異，你應該不難辨識這兩種推理方法，且
能明智地選擇足以清楚表達你的意思的邏輯推理方法。

演繹推論

演繹推論似乎是大腦思考時慣用的思考模式，可能是因為這個方法比歸納推論更容易建構。此外，演繹推論也經常是人們解決問題時所遵循的模式，因此人們在傳達想法時會試圖採取這個模式。然而，雖然它是有用的思考方式，卻是個無趣的寫作方式，以下我將加以說明。

演繹推論如何進行

首先，讓我們來了解何謂演繹推論。它通常採用三段論（syllogism）的形式來說明——一種從兩個前提（主要及次要前提）推論出結論的論證。我發現，這些演繹推論的術語運用在寫作上，反倒使人感到困惑。因此我不再使用這些術語。

反之，讓我們把演繹論證視為必須做以下三件事情：

- 對存在於這個世界的一個情境做論述。
- 對同時存在於世界上的一個相關情境做出另一個論述。如果第二個論述是說明第一個論述的主詞或述詞，代表第二個論述與第一個論述有關。
- 說明前兩者論述同時存在於世界上的隱含意義。

圖表5.2舉出幾個演繹論證的例子，每個例子都可以看出明確做到上述三件事情。每個例子上層的要點大致概括下層的成組論點，且很大程度取決於最後一個論點，例如：「因為蘇格拉底是人，所以他會死」；或是「由於工會已像是個壟斷企業，所以

圖表5.2　演繹論點彼此之間環環相扣

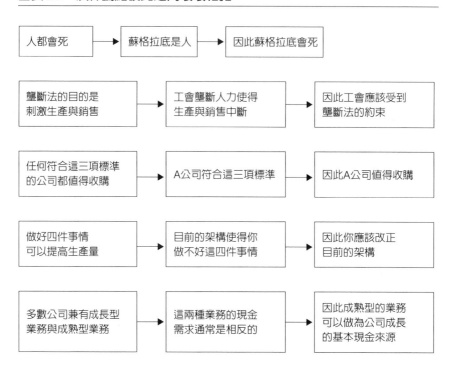

它們應該受壟斷法的約束」；或是「如果你想要提高產量，必須改正目前的結構」等等。

　　以上的例子，包含了每一道推論的步驟，但有時你想要省略其中一個步驟，並把兩個以上的演繹論證連結在一起，因為放入每個步驟太過耗時，聽起來也很迂腐。如果你的讀者可以領會並同意省略這些步驟，這些論證的連結是完全可以接受的。

　　圖表5.3提供一個串連的演繹論證的例子，其可能的推理如下：

- 我們生產足夠的舊報紙，以滿足自己的需求。
- 但是我們把舊報紙賣給其他國家。
- 因此我們有短缺的問題。
- 舊報紙短缺造成新聞用紙短缺。
- 我們有舊報紙短缺問題。
- 因此我們有新聞用紙短缺的問題。

圖表5.3　演繹論證可以被串連

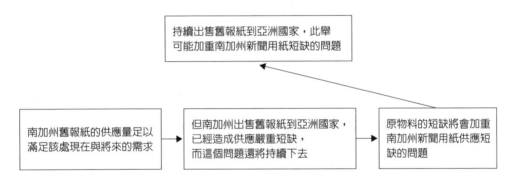

　　如果你把每個步驟都囊括進來，你可以看到這個論證讀起來有多乏味，總之，那是我對於在寫作中使用演繹論證不滿的主要原因。它們讀起來既冗長又枯燥，最大的原因是它們把原本應是直截了當的論點，變成一個神秘兮兮的故事。

何時採用演繹推論

　　這種慢吞吞的方法使得我要大聲疾呼，在「邏輯主線」那一層，應該設法避免使用演繹法，而是盡量採用歸納法來表達你的訊息。為什麼？因為對於讀者而言比較輕鬆。

　　讓我們來看看，在你要求讀者吸收一個用演繹法組織的報告，你究竟強迫讀者做些什麼。假如你想要告訴他必須做某種程度的改變。你的論證看起來會如同下圖：

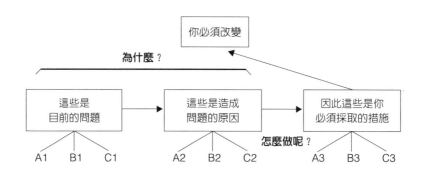

　　為了理解你的論證，讀者必須先接受並記住目前的問題（A1，B1，C1）。我同意這並非難事，但是接著你要求他挑出A1的問題，帶到造成問題的原因A2，找出兩者之間的關係，然後把這個關係記在腦裡，同時你還要依此類推，找出B與C的配對。接下來，你要求讀者重複這個流程，這次是把A1的問題與A2的問題成因結合起來，整個拉過去套用在A3應採取的措施。B1－B2－B3和C1－C2－C3也是同樣的做法。

　　你不僅使得讀者必須費盡千辛萬苦，才曉得他們應該怎麼做。同時你也迫使他們必須重新經歷一次你的整個解決問題流程，才能獲得期望的報酬。你好像是在告訴他們：「我很努力才得到這個答案，而且我非得要你知道這點。」如果你簡單地用歸納法來表達相同的訊息，所有人都會輕鬆多了。

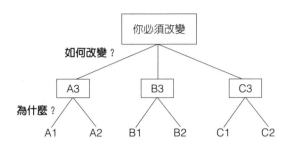

請不要先回答「為什麼？」（why?）的問題，之後才回答「怎麼做？」（how?）的問題，而是簡單地把整個順序顛倒過來。而且雖然你有可能是在比較低的層級使用演繹論證，但你還是直接回答了讀者的主要問題，並清楚劃分不同主題之間的思維，而且每個主題的資訊都集中在一處。

人們經常問我：演繹論證不是比歸納論證更為有力且嚴謹嗎？一點也不。論證的方式都是一樣的，我們只是討論如何在寫作上呈現你的推理。

換個方式來說明。在解決問題流程的最後，你將得出一組可以分門別類的論點，納入「建議工作表」中（如圖表5.4所示）。這份工作表讓你可以清楚看到，你已經收集了各種發現，而這些

圖表5.4　問題分析必採用演繹法

發現	結論	建議
目前的問題	問題的成因	應該採取的措施：
• A1觀點	• A2觀點	• A3觀點
• B1觀點	• B2觀點	• B3觀點
• C1觀點	• C2觀點	• C3觀點

發現使你得出結論，進而做出建議。

發現、結論、建議等用語雖然被廣泛使用，但事實上卻是某種程度的誤用。除了相當武斷的抽象層次之分外，發現與結論之間其實並無差別。一組發現的總結永遠都是一個結論。因此，你將有一組發現與結論去支持目前的問題，還有另一組去支持問題成因。

為了得出這幾組結論，你將必須使用三種論證法：歸納法、演繹法（這兩種都是你知道的），以及逆推法（abduction）。如同你在附錄A中所見，逆推法發生在你做一個假設，並尋找資訊來支持這個假設的時候。但當你一旦有了資訊，這種論證方式又變成歸納法。

上述工作表中所列的論證是完整的──唯一要做的決定是，如何呈現你的論證。如果你想要用演繹法來呈現這個訊息，你可以一次列出一欄，如同前頁所示。如果你想要用歸納法來呈現，你只要把整個圖往左轉九十度，並將建議放在邏輯主線上，同時把整組對應的發現或結論放在下層。

此處的問題是，下述哪一個是比較好的方式：告訴讀者「為什麼」他們應該改變及接下來該如何改變；還是告訴讀者應該改變及為什麼每項改變都是有意義的。根據經驗法則，在提出論證之前，先提出行動總是比較好的做法，因為那是讀者在乎的。

然而，對讀者而言，什麼時候「行動論證」會比行動本身更重要呢？就是當你在金字塔頂端所做的論點與讀者的期待能相符時。舉例來說，想像下述對話：

情境一

　　讀者：告訴我如何降低我的成本。

　　作者：降低你的成本非常容易。

　　讀者：怎麼做呢？。

　　作者：做 A、做 B、做 C。

很明顯地，此處我們需要一個標準的歸納型金字塔結構。

情境二

　　讀者：告訴我如何降低我的成本。

　　作者：不用管降低成本，你應該考慮賣掉公司。

　　讀者：為什麼？怎麼做呢？你確定嗎？天啊！

在這裡，你明顯需要一個演繹論證。

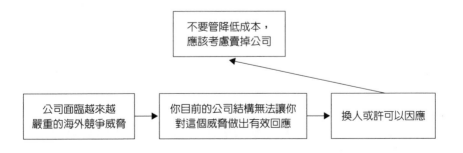

　　另一個在邏輯主線上需要運用演繹論證的情況是，如果沒有事前解釋，讀者便無法了解需要採取的行動。例如第四章裡探討如何進行風險分析的文章。在這個例子中，讀者必須事先知道這個分析方法背後的論證過程，才能了解這個方法的確實步驟。

　　但是，商業文件的讀者鮮少屬於這兩類，所以一般你會組織你的金字塔的邏輯主線，以形成歸納性的論證。請注意，這裡我指的只有邏輯主線，不是指更下面的幾層。如果表達得很直接，演繹論證是非常容易理解的，例如：

　　不過，如果你的第一個和第二個論點以及第二個與第三個論點之間必須苦讀十或十二頁的文章，那麼讀者就無法一目瞭然。因此，你應該盡可能把演繹推理放在金字塔的較低層次，將中間相隔的資訊降到最少。在段落層次，演繹論證很討喜，而且容易理解；但是在更高的層次上，歸納推論總是更容易理解。

　　如果你真的決定在金字塔結構的較低層級使用演繹推論，除了基本的「三段論」，還有一些可以採用的論證類型（請參見圖表5.5）。

　　在串連演繹論證時，必須謹記以下原則：(1)你在演繹論證中不能有四個以上的論點；(2)你不能將兩個以上的「所以」串連在一起。事實上，如果你要突破這些限定的話，也是可以的（法國哲學家一直都是這麼做的），但是這些組合將會太大，以至於無法有效總結。所以，如果你想要做出適當的總結，你必須把你的

圖表5.5　演繹論證有各種變化

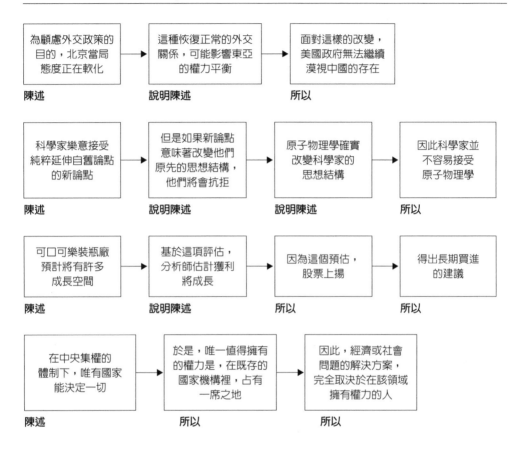

演繹分組限制在四個要點之內。

歸納推論

做好歸納推論，要比做好演繹推論困難得多，因為前者是一個更具創造力的行動。在歸納推論方面，大腦注意到一些不同的事物（想法、事件、事實）在某種程度上是相似的，它將這些相

似的事物歸為一組，並說明這個相似性的意義。

在圖表5.1所引用的波蘭和坦克車的例子中，這些事件都被定義為「針對波蘭所採取的戰爭行動」，因此得出「波蘭將被入侵」的推論。然而，如果這些事件被定義為「波蘭的盟國對歐洲其他國家所做的攻擊準備行動」，則得出的推論將會截然不同。

為了發展創造性思考，以進行歸納論證，我們必須具備以下兩項重要技巧：

- 確定群組裡的論點。
- 找出其中屬性不合的論點。

第六章中詳細說明如何精確地做到這兩點。但在目前這個階段，你只需要了解如何分辨歸納法與演繹法的基本原則。

歸納推論如何進行

關鍵技巧就是找到一個能形容一組論點的字詞，而這個字詞永遠都是一個複數名詞，因為：(1)任何「類型」的事情永遠都是一個名詞；(2)在你的分組中，這「類型」的論點永遠都不只一個。在這個意義上，「戰爭行動」是一個複數名詞，「攻擊準備行動」也是複數名詞。

如果你看圖表5.6中幾組採用歸納法的論點，你將很容易發現，每組論點都可以用一個複數名詞來描述：計畫、步驟、不利的影響。同樣地，在每個例子中，你可以看到這所有三組論點裡，沒有論點是不符合的；每個論點都符合其複數名詞所描述的屬性。

圖表5.6　歸納論證將類似的論點歸成一組

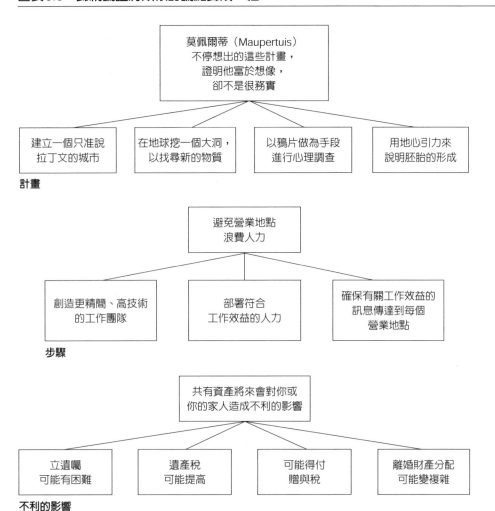

下一步則是檢查你的推理，而且是由下往上進行檢驗。舉例來說，如果你看到一個人想要建造一個只准說拉丁文的城市，或是在地球中心挖一個大洞等諸如此類的計畫，你可以推斷這是一個極富想像力但卻不是很務實的人嗎？是的，你可以這麼推斷；

圖表5.7　推論不應逾越分組論點

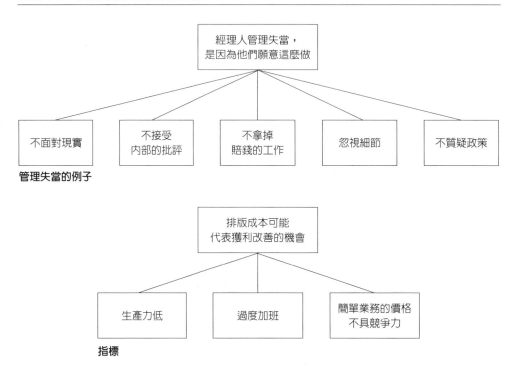

或者至少在這些話最初寫下時，你就可以這麼推斷。

比照之下，我們來看圖表5.7的兩個例子。如果你看到經理人不想面對現實、不接受內部的批評等，你可以由此推斷，他們管理不當是因為他們願意如此嗎？當然不行，這是很草率的推理。

那下面一個例子呢？如果生產力低、加班情形嚴重且價格不具競爭力，你可否就此推斷你有一個改善獲利的機會呢？有可能，但是我還可以想到三、四件事情，也可以被歸為獲利改善機會的指標。在那個情況下，你知道這個總結的重點，其抽象關係

層次遠高於下面組成的三個論點，因為它並沒有做出一個「明確且只與這三個論點有關」的陳述。

　　然而，事實上，你可能還記得第三章所言，這實際上是一個偽裝成歸納論證的演繹論證。低生產力導致過度加班，進而導致沒有競爭力的價格（不管什麼時候，任何事情如果你只有一個證據，你就必須用演繹法去推論）。因此，金字塔頂部隱含的重點是：「我們的價格高，因為我們的生產力低。」

演繹法與歸納法之間的差別

　　我相信你現在可以了解演繹法與歸納法的差別有多大，也可以非常輕鬆地分辨這個差異。記住，如果你採用演繹推論，你的第二個論點總是在說明第一個論點的主詞或述詞。如果第二個論點無法如此說明第一個論點，你應該能夠用同一個複數名詞來概括這兩個論點，以測試其是否為一組適當的歸納性論點。

　　舉例來說，我最近在一本邏輯書裡看到兩個所謂的演繹法的謬誤推論，其內容如下：

　　　　所有支持共產主義的人都是公費醫療制度的支持者。
　　　　一些政府官員是公費醫療制度的支持者。
　　　　　　因此，一些政府官員是支持共產主義的人。

　　　　所有的兔子都跑得很快。
　　　　一些馬跑得非常快。
　　　　　　因此，有些馬是兔子。

　　我確信你一眼便能夠了解，在這兩個例子中的第二個論點並「沒有」針對第一個論點做出說明，所以這兩個例子的論點沒有演繹推論的關係。這兩個案例的第二個論點，都是加入一個新的成員到第一個論點所建立的分組中（複數名詞）。將論點加以分組是用複數名詞來界定這些論點，而你知道那就是歸納法。

　　為了測試你自己，假如我跟你說：

　　　　日本商人加速進軍中國市場。

　　你可否分辨下面兩個論點中，哪一個與上述的論點屬於歸納關係？哪一個又是演繹關係？

　　　　美國商人將很快進入中國市場的事實，必然會促使日本商人加快腳步。
　　　　美國商人加速進軍中國市場。

　　很顯然，第一個論點採用的是演繹法，第二個是歸納法。

　　請注意，關於歸納性的論點，你通常不是主詞一致、述詞有變化，就是述詞一致、主詞有變化。舉例來說，你可以說：

　　　　日本商人加速進軍中國市場。
　　　　美國商人加速進軍中國市場。
　　　　德國商人加速進軍中國市場。
　　　　投資客正湧入中國。

　　或者你可說：

　　日本商人加速進軍中國市場。

　　日本商人加速進軍印尼市場。

　　日本商人加速進軍澳洲市場。

　　日本商人正積極進軍東南亞。

再看第三個例子：

　　日本商人加速進軍中國市場。

　　日本商人加速進軍冰島市場。

　　日本商人加速進軍秘魯市場。

　　除了日本商人進入市場之外，中國、冰島和秘魯有什麼相同之處呢？沒有。這三個事實並沒有關係，因此無法啟發你去得出更具概括性的論點。你陳述這些句子只是傳達「訊息」，在一篇目的是為了傳達你的想法的文章中，並沒有留空間給「訊息」。

　　由於「訊息」是事實，很容易使得一些作者認為，這樣的論點理當可以放入一篇文章中。因此，訊息與想法的區別是很重要的，必須謹記在心。回想第一章：把一個論點放入一篇文章的唯一合理理由是，這個論點（連同其他的論點）有助於解釋或支持一個更高層級的論點。不管是採用歸納法（相同的主詞或述詞）或演繹法（第二個論點說明第一個論點），唯有符合邏輯關係的一組論點，才能以符合邏輯的方式得出更高層級的論點。

　　總之，如果第二個論點說明第一個論點，導出一個「所以」的結論，那麼演繹關係就成立。歸納關係則存在於句子的結構中。找出主詞或述詞的相同性，並根據那個相同性得出你的推

論。如果找不出相同性，你就無法得出推論，那麼這些論點也就不屬於這篇文章。

有趣的是，無論你是把幾個論點組織在一起，以建構一組歸納性論點，或是建構一組線性演繹推論的起點，你的大腦自動會期待出現一個概括性的論述或是一個總結的論點。大腦對於完成演繹與歸納論證的期待，往往導致讀者預先投射他們的想法、去猜想你的下一步會是什麼？如果他猜想的與你實際的意思不同，他可能會感到困惑與不悅。因此，你必須藉由先給予讀者金字塔頂部的要點，之後再說明下層的成組論點，以確保讀者清楚了解你的思路。

THE
MINTO
PYRAMID
PRINCIPLE
金字塔原理

PART 2
思考的邏輯

引言

當你嘗試將金字塔原理運用於具體的寫作時,在多數的情況下,只要稍微練習,應該不難決定你的想法的整體結構。你通常可以不用花太多力氣,便能找出你的「主題」、清楚說明讀者的「問題」、徹底地思考「情境」和「衝突」,並提出你的中心思想與邏輯主線要點。然後利用問題/回答的方法,你可以相對輕鬆地提出每個邏輯主線要點的下一層論點。

隨著你的金字塔建構到邏輯主線的下一層,我建議你可以坐下來動筆,而不要試圖發展更多較低層級的論點,這部分可以等到你文章寫到再說。不過,當你完成文章時,你還是必須仔細檢視文章的論點結構。在這個階段,你可能發現自己犯下兩個常見的錯誤:

- 列舉關係鬆散的論點(如:「十個步驟」或「五個問題」)。僅以一個複數名詞來概括這些論點,證明其為一組

相似論點，而非以其共有一個內在的邏輯關係來評斷。

● 不用具有啟發性的論點，而是採用空洞的主張（「公司有五個問題」），來做為全文的中心思想。

人們習慣採取列舉的方式似乎是個普遍的現象，而這也不失為一個好方法，可以用來取得你想法的大致樣貌。然而，此法的技巧在於，不能就此打住，而是要深入並確保每組論點確實具備內在的邏輯，然後明確地說明那個邏輯關係所暗藏的意義。

嚴格檢視幾組論點需要下功夫（事實上，它是邏輯思考過程的核心），這一點無疑是人們經常忽略它的理由。但是忽略它意味著你並沒有完全把你的想法告訴讀者；更糟的是，你從來沒有完全抓住自己想法的核心。如此一來不僅浪費時間與資源，不幸的是，可能還意味著你的思考並不深入和周全。

舉例來說，請你想一想，再來判斷以下兩個版本中，第一個版本會使人多花多少時間，才能決定解決問題的方案：

原文版：

客戶不滿意銷售與庫存系統報表。

1. 報表發布的頻率不適當。

2. 庫存數據不可靠。

3. 庫存數據太晚發布。

4. 庫存數據與銷售數據無法吻合。

5. 客戶希望報表格式能改進。

6. 客戶希望刪除沒有意義的數據。

7. 客戶希望將例外的情況特別標示出來。

8. 客戶希望減少人工計算。

修正版：

銷售與庫存系統產生一個沒有用的月報。

1. 報表的數據不可靠。

2. 報表的格式使用不便。

3. 報表發布的時間太遲，無法採取實際的行動。

第二部分的主旨就是從第一個版本得出第二個版本的方法。首先，這些方法是要找出組織論點的邏輯架構，並賦予合乎邏輯的順序（參見第六章）；其次，是要仔細分析這組論點所暗藏的意義——即所謂的「歸納的飛躍」（inductive leap）（參見第七章）。

這兩章合起來構成一個我稱之為「冷靜思考」（Hard-Headed Thinking）的過程。不管是學習或運用，這個過程都不容易，但是如果你真的想要了解自己的思維，就一定要精通這項技巧。為此，我強力建議你要花費必要的時間學習這些技巧。

第**6**章

採用合乎邏輯的順序

金字塔原理的第二個原則是：所有歸類在同一組的論點都必須按照邏輯順序。此原則有助於確保被你歸類在一起的論點確實屬於同一組論點，並防止你遺漏任何一點。換句話說，你可能按照常理，把一組標示為「步驟」的論點歸類在一起，但是除非你可以將它們按照一、二、三的順序排列，否則你無法確信它們屬於相同的邏輯過程，也不能確定它們就是所有的步驟。

當然，要在演繹性論點組裡找出邏輯順序不成問題，因為演繹論證結構本身已有邏輯順序；但是在歸納性論點組方面，你必須選擇如何安排順序。因此，你必須知道如何做選擇及如何判斷你做對了選擇。

為此，你必須了解，理論上，文章論點的組成絕非巧合，它們必然經過大腦的選擇，因為大腦看到這些論點之間存在一個邏輯關係，例如：

- 解決某問題的三個步驟。
- 某企業成功的三個關鍵因素。
- 某公司出現三個問題。

大腦必須先進行邏輯分析，以便看出這樣的關係。在此情況下，你選擇的順序應能充分反映大腦在進行分組時所執行的分析活動。而大腦在這方面只會執行以下三種分析活動（參見圖表6.1）。

圖表6.1 分類的基礎決定文章的邏輯順序

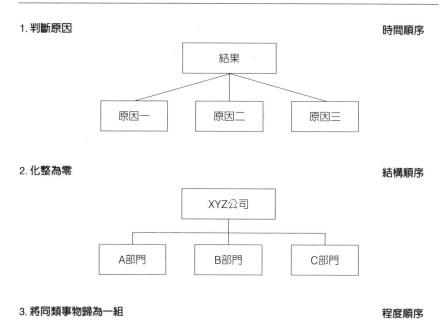

1. **大腦可以決定某項結果的成因**。每當你撰寫報告，告訴讀者去採取某項行動（譬如：開除業務經理，或是由各地區承擔業績壓力），你這麼做是因為你認為這項行動將有一個特定的結果。你預先決定你想要達成的結果，然後找出達到這個結果所必須採取的行動。

　　當達成這個結果需要同時採取多項行動時（例如，用三個步驟去解決一個問題），這些行動就成了一個過程或系統──即共同造成這個結果的一組原因。完成該過程或是執行該系統所需的這些步驟只能夠隨著時間逐一進行，因此，代表一個過程或是系統的一組步驟永遠都是按照「時間順序」（time order）進行，而這組行動的總結永遠都是實行這些行動的結果。

2. **大腦可以化整為零**。這是在創造組織圖或是描繪產業結構時，你所熟悉的技巧。舉例來說，如果你要決定「產業成功的關鍵因素」，你必須先想像那個產業的結構。這麼做了以後，再決定取得每個部分的成功必須做好什麼事情。得出的一組三或四個關鍵因素將會被按照邏輯排列，以配合你設想的結構所顯示的各個部分的順序。這就是「結構順序」（structural order）。

3. **大腦可以將同類事物歸為一組**。每當你說一間公司「有三個問題」，你真正的意思並非僅限於字面上所指涉的。公司有許多問題（一大堆的問題），而你是在與其他問題做某種比較之下，將特別值得注意的三個問題歸成一組。你的意思是，每個問題擁有一個特性，透過這個特性你能夠

分辨它是某種特定類型的問題——例如：因為每個問題都是拒絕授權的結果。

這三個問題都擁有相同的特性，但是擁有的程度卻不同（如果它們擁有相同程度的特性，你就無法區分它們）。因為它們的程度是不同的，所以無論最初是何種特質使你將它們界定為某問題，你是按照它們所擁有的特性的程度大小來排列順序，這種順序可以被稱為程度順序（degree order）、比較順序（comparative order）或重要性順序（order of importance）。

此上這些邏輯順序既可單獨應用，也可綜合應用，但是每一組論點必然都要存在其中一個順序。換句話說，由於唯有透過應用這三種分析架構的其中之一才可能創造一組論點，則任何一組論點都必須要有這三種順序之一來做為基礎。因此，你應該謹慎地在你的每組論點中尋求一個邏輯順序。如果你沒有找到一個邏輯順序，你馬上知道這組論點是有問題的。了解邏輯順序暗藏的架構可以幫助你找出這個問題。

讓我來進一步說明每種邏輯順序的架構，以及你可以如何利用它們來檢查你的思路。

時間順序

時間順序似乎是所有的邏輯順序中最容易了解的，因為它最常被用來當做一組論點的基礎。你在時間順序分組中所做的，是反映個人為了達到特定效果，必須按照一、二、三的順序採取行

動。這組論點可以是實際的步驟或是某種行動概念（例如：建議、目標等等），也可以是大腦暗藏的邏輯思維過程所得出的結論。在這兩種情況下都有可能產生邏輯不清的問題：第一種情況是因為人們在條列論點時無法分辨原因和結果；第二種情況則是因為人們未能意識到，他們的思維已包含了某種邏輯過程。

分辨原因與結果

最常見的問題是無法分辨原因與結果。如同之前我說過的，採取一組行動只是為了達成一個特定的結果。但是在一個擁有許多步驟的冗長過程中，會有層層的因果關係。為了說明這點，請看下面的例子，這是一名顧問幫助一間公司改善其生產力所提出的幾個建議步驟：

第一個階段將要採取以下步驟：

1. 與重要管理人員和主管進行訪談。

2. 追蹤並記錄交易活動與工作流程。

3. 找出所有關鍵業務。

4. 分析組織結構。

5. 了解服務與績效措施。

6. 評估業務功能的績效水準。

7. 找出問題與原因。

8. 找出並證明任何提升生產力的潛在機會。

首先，這組建議的重點太多、令人難以掌握，不要忘了前面說過的「神奇數字七」。

（事實上，我建議每組論點不要超過四或五點。超過五點以上，有些論點的關係勢必會比較遠。如果你沒有指出那個關係，會使得你的一些想法令人難以理解。舉例來說，指出「十誡」有些是「對上帝之罪」、有些是「對人之罪」，會比逐一列出十誡更容易讓人了解。）

除此之外，雖然以上列出的八個步驟確實應該按照以上的順序進行，但是它們並非全在相同的抽象層次上。其中一些步驟是為了成就其他步驟所採取的步驟，所以它們在總體的過程中代表的是一些有清楚的開始與結束的子過程。若不去區別這些子過程，會混淆作者真正想要表達的意思，而他真正想要表達的如下所述：

第一個階段，我們將找出潛在的機會，以改善你們的生產力
1. 決定公司的關鍵業務（3）
   ● 與關鍵人士進行訪談（1）
   ● 追蹤並記錄交易活動與工作流程（2）
2. 找出那些業務在執行上的弱點（7）
   ● 詳細說明組織架構（4）
   ● 決定服務和績效措施（5）
   ● 評估績效水準（6）
3. 建議實質的改善方式（8）

現在這名顧問可以檢查這個過程所包含的這些步驟是否恰當，以及是否遺漏任何步驟。比方說，人們若要找出改善生產力的潛在機會，是否只需要進行這三個步驟呢？如果我與關鍵人士

進行訪談，並追蹤和記錄交易活動與工作流程，是否就足以決定公司的關鍵業務呢？

避免因果關係錯誤的方法，是想像你自己實際上採取了你在每個案例所寫的行動，並確定行動結束時你將握有什麼。然後你可以判斷在你可以採取下一個行動「之前」，是否必須採取一項特別的行動，或是「為了達成」下一個行動，你是否必須採取這項行動。

在快速判斷你的分類是否明確表達你的意思時，想像自己採取這個行動是一個非常省時的方法。以下表為例：

策略規劃必須考慮時間週期。

1. 了解需求
2. 發展策略，以創造經得起檢驗的產品或服務
3. 執行策略
4. 市場接受期、高成長期
5. 成長減緩期、步入成熟期
6. 高現金增值期
7. 下滑／衰退期

嚴格檢視這個過程的第一步是，看你是否了解上述的過程。將你自己放在行動者的位置，並想像自己採取行動。「首先我了解需求，然後我發展策略，接著我執行策略，然後我……」唉呀，這裡出問題了。

作者原本列出的這幾點，似乎是把公司採取的三項行動與這些行動產生的四種結果歸類在一起。如果你看一下這些結果，你

可以發現它們反映標準的產品生命週期的曲線，你得出的是下圖：

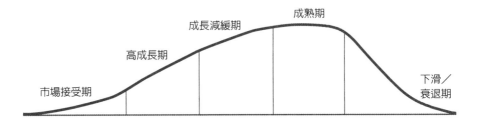

因此，作者的第四個步驟必定是指類似「評估市場反應」的事情，而上述這幾個時期即屬於市場反應的各階段。（我們確實漏掉了一點：高現金增值期，但是這點通常是步入成熟期的一項特性，所以該點並不屬於這個表。）經過修正後的步驟如下所示：

策略規劃必須考慮時間週期：
1. 了解需求
2. 發展策略，以創造經得起檢驗的產品或服務
3. 執行策略
4. 評估市場反應
5. 配合市場反應改變策略

揭露暗藏的邏輯思維過程

認清你是基於一個隱含的邏輯過程得出結論，可能對於清楚表達你真正的想法有相當大的幫助。人們經常用暗示性的方式提出結論，而不明說他們真正想要表達的想法，如以下例子：

企業的定位：

1. 主要依賴創造性過程
   - 需求區隔
   - 供給區隔
2. 隨時間變化
   - 生命週期的早期與晚期階段
   - 競爭的動力
3. 在特定產業裡未必是唯一的
4. 受自身與競爭對手的實力所影響

即使這組論點的金字塔頂部沒有重點，但人們還是認為這組論點的確傳達出某些訊息，因為這些話是可以理解的，而且每個論點都有意義。但是如果你試圖想要清楚證明這些論點的順序是合理的（首先區隔市場，然後回應市場的變化，接著評估市場地位），你可以看到這個訊息與你如何定義行業有關，而且你將因此能夠更清楚地表達你的觀點：

你的企業定位需要謹慎的分析：

1. 確認市場區隔
2. 評估你在每個區隔市場的競爭地位
3. 長期追蹤競爭地位的變化

作者現在可以做合理的判斷，是否漏掉任何企業定位所需的步驟。在這個例子中，這些步驟或許是完整的，但是這種強迫你的思維重新瀏覽整個流程的行為，確實能使你知道如何透過提問

來檢查別人的思路。舉例來說，假設你的員工來找你，他說：「這是我打算在明天做的簡報，你覺得可以嗎？」

　　傳統的投資評估重點是：比較未來的收益與可能的成本
　　1. 技術上通常不可靠
　　2. 基於過分簡單化的概念
　　3. 導致錯誤的指示

如果你直接看邏輯順序，你可以看到這名員工的想法背後可能是時間順序。最後一點應該提到頂部，因為它是另外兩個行為的結果。

　　傳統的投資評估重點導致錯誤的指示
　　1. 基於過分簡單化的概念
　　2. 技術上通常不可靠

然而，從第一個版本變為第二個版本，你必須想像做為分組基礎的這個邏輯過程。

```
┌────────────────┐     ┌────────────────────┐     ┌────────────────┐
│ 建立一個適當的概念 │ ──▶ │ 基於這個概念發展一個方法 │ ──▶ │   應用這個方法   │
└────────────────┘     └────────────────────┘     └────────────────┘
```

　　你現在可以看到作者對過程中的第一個和第二個步驟做了評論，但是並沒有對第三個步驟做評論。原因：(a)他們應用這個方法的方式沒有問題；(b)作者忘了。在此處，極大的可能性是作者忘了。但是因為你追蹤這個想法的源頭，檢查這個想法的你應該要問：「他們應用這個方法的方式有沒有問題？」

　　有時候你會發現，時間順序被加諸於現有的結構上，因而使得結構本身決定了步驟的數目與順序。為此，讓我們來看一下結構順序。

結構順序

　　首先，究竟什麼是結構順序？它是當你透過圖表、地圖、繪圖或照片時，想像某件事情的順序。你所想像的「某件事物」可以是真實的或是概念性的，也可以是一個物體或是一個過程。但是它必須被適當地劃分，顯示其結構部分。

創造結構

　　當你化整為零時（不管是實體或概念上的整體），你必須確保所產生的這幾個部分符合以下條件：

- 彼此獨立（mutually exclusive）。
- 全無遺漏（collectively exhaustive）。

　　我將這兩句冗長又拗口的句子縮寫為MECE。當你每次創造組織圖時（參見圖表6.2），這是一個你毫無疑問會自動應用的概念。

　　彼此獨立意味著輪胎部門的業務不會與家庭用品部門重複，且運動設備部門的業務與其他兩個部門都不同。全無遺漏意味著所有這三個部門的業務就是阿克倫輪胎橡膠公司的全部業務。換句話說，沒有遺漏任何業務。

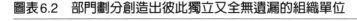

圖表6.2 部門劃分創造出彼此獨立又全無遺漏的組織單位

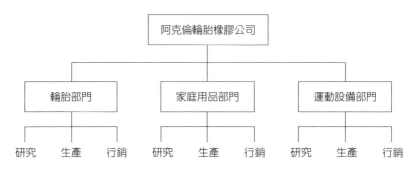

　　如果你在進行劃分時應用這兩個原則，你可以確信所創造出的結構足以顯示所有必須向他人說明的部分。所以，簡單來說，結構順序意味著你將按照圖表上出現的順序來描述結構的各部分。

　　但是你如何知道要按照什麼順序把各個部分放在圖表上呢？這是畫組織圖時最常發生的問題。你把四方格放入圖表的順序，將會反映你用來創造它們的劃分原則。

　　組織業務的劃分基本上有三種方式——業務活動的劃分（例如：研究、行銷、生產）、業務發生的地點（例如：東部、中西部、西部），以及針對特定的產品、市場或顧客的幾組業務（例如：輪胎、家庭用品、運動設備）。

● 如果劃分是為了強調「活動」，反映的是一個過程，因此是以時間順序進行。

● 如果劃分是為了強調「地點」，便是按照結構順序，反映地理的現實。

●如果劃分是為了強調與單一產品／市場相關的活動，則你
　會透過你認為與程度有關的措施來進行分類（例如：銷售
　量、投資規模），因此這些論點是採取程度順序來進行。

假設你在市府重組中創造了以下這組部門：

1. 住房
2. 交通
3. 教育
4. 休閒娛樂
5. 個人保健
6. 環境衛生

　　這些是你認為市府應該負責的所有業務，排列順序則是按照
如果整個城市從頭開始建設時，市政府對其的關注程度。強迫你
自己採取這種順序（尤其當你在創造像組織等新的事物），讓你
可以檢查你的目標是否做到「全無遺漏」。

　　不過，如果你是劃分組織以外的事物，你的目標通常是分析
那些事物如何運作。因此，你是透過功能來劃分，而且你會按照
各部分預計執行那個功能的順序來呈現。所以，如果你在討論一
個雷達裝置，你會為了反映它們的功能順序來安排各個部分的邏
輯順序：

1. 調制器
2. 射頻振盪器

3. 附有掃描裝置的天線

4. 接收器

5. 指示器

調制器接收能量，接著射頻振盪器把能量發射出去。天線將能量聚集為光束，接收器接收從光束掃描器傳回來的訊號，然後指示器顯示數據。

描述結構

一旦建立起結構之後，描述結構的一個方法是，跟著結構順序從上而下和由左而右，依照出現的順序來描述每個部分。如果你要描述的是雷達裝置或是某個機械裝置的技術，這就是你會遵照的描述方式。

但是，你也可以在敘述上加上一個過程順序。舉例來說，這裡有一張西奈沙漠的地圖，其下的文字則描述了這個地圖的結構。

這些觀察西奈半島的各種「背景」，便是按照眼睛看地圖時對這些背景的了解來排列順序，從左上角順時針移動。首先眼睛看到的是與蘇伊士運河切割西奈半島與埃及，然後看到以色列的南部，接著是沙烏地阿拉伯的頂端。最後視線會從東邊回到西邊。由此得知，作者事先就已設想到讀者檢視這張地圖時會採取的順序，並在他的敘述中反映了那個順序。

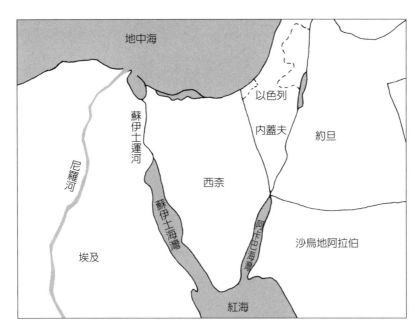

在任何中東地圖上，西奈半島都座落於正中央，形成一個幾近完美的倒等腰三角形，像是一個尖銳的楔子劈開非洲與亞洲的阿拉伯國家。西奈半島依照不同的政治背景，分別可被視為：埃及的東臂及神聖的埃及領土，而蘇伊士運河於一百多年前將西奈半島與它的祖國切割；它也可被視為以色列南部領土的自然、合法的延伸，是內蓋夫沙漠的大幅擴張；或被當成沙烏地阿拉伯北部的附屬地，中間隔著狹窄的阿卡巴海灣；或是，很簡單，它就是自古以來連接東西方的陸橋，是商隊往來沙漠及軍隊入侵的一條便道。[1]

結構修改建議

　　設想過程與結構的關係是很常見的方法，尤其如果你是提筆建議改變一個現有的結構。舉例來說，假設下面所示的舊市政府組織圖有25個部門隸屬於23個委員會之下：

---

[1] 原文註：取材自1979年6月4日當期的《紐約客》（*The New Yorker*）所刊載，伯恩斯坦（Burton Bernstein）所寫的文章：〈*Sinai: The Great and Terrible Wilderness*〉。

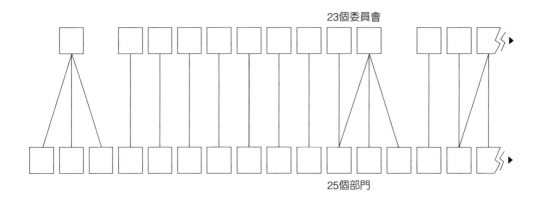

而你建議用以下的組織圖來取代舊的組織架構。新組織架構基本上有6個委員會,下轄6個部門,再加上一個行政管理分支的結構。

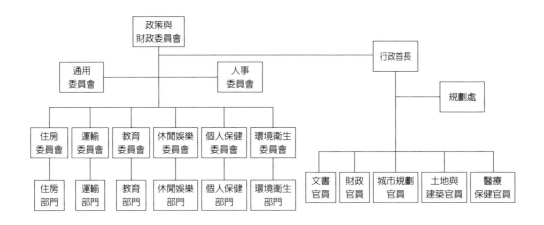

從第一個組織結構變成第二個結構需要進行四項改革。你應該採用什麼順序,在報告中提出這些改革建議呢?這些改革都同樣重要,所以你無法採用重要性順序。理論上,這些建議必須同時完成,因而採取時間順序也不合適。

　　像這樣的情況，最適當的順序是，你在白紙上畫出每個部分、逐一向讀者陳述時所採用的順序。因此，第一個步驟將會是如上圖左邊所示，將為數眾多的委員會改組成隸屬於政策與財政委員會之下的六個委員會。第二個步驟是配合這六個委員會改組部門。第三個步驟是創造兩個單位支持政策與財政委員會。最後的步驟則是在行政首長之下，建立處理規劃工作所需要的管理團隊。

　　修改完成的報告，其實際內容如下：

為了改善市府的管理制度，並使其可以更有效地執行重要的任務，市議會應該採取以下的措施：

1. 將直接服務民眾的工作交給政策與財政委員會之下的六個委員會。

2. 配合委員會的結構，將原有的部門改組為六個計畫管理部門，每個部門各有一名計畫主持人。

3. 利用下面兩個單位建構管理及其他內部業務：

　　● 創立通用委員會。

　　● 使人事委員會發揮更積極的角色，改善市府員工的行動力與士氣。

4. 任命一名行政首長領導市府官員。

利用結構順序概念釐清思路

　　如同時間順序一樣，你也可以利用結構順序的概念幫助你找出分組裡面的問題邏輯。假設你是一個大城市的交通局長，有人

提出以下步驟請你批准：

就我們的了解，這項任務的目標是：

1. 評估並分析維修和建築方面的現場作業。
2. 判斷是否有足夠的組織與管理的彈性，讓現場工程師可以正確地回應日常的營運問題及公眾的要求。
3. 評估與分析初期工程、道路與橋樑設計、環保、用地許可，以及交通管理等領域的問題。
4. 評估並分析交通局的組織結構。
5. 找出每項研究領域內的優缺點。

為什麼採取那個順序呢？這些想法從何而來？首先，你可以看到第五點與其他四點並不合，因為它論及所有前面這四點，所以我們可以不用考慮第五點。接著，讓我們來看作者在另外四點談及哪些主題：

1. 維修
   建築
2. 日常營運
3. 初期工程
   道路與橋樑設計
   環保
   用地許可
   交通管理
4. 組織結構

如果你打算針對與道路建設等有關的過程來看這些主題，你會認為這個過程涉及以下步驟：

1. 設計
2. 建造
3. 營運
4. 維修

在此情況下，或許作者想要說的任務目標是：

判斷交通局是否經過適當地組織和管理，以執行它的四項業務。

我想要再給你一個例子。這是一個非常困難的例子，因為其論點之間屬於自由聯想的關係。不過，作者在開始動筆之前，他的腦中確實已經有了一個架構；但由於他並不清楚這個架構，所以無法利用它來引導思路。

某間軟性飲料製造公司已經決定不用玻璃瓶裝，而改用塑膠瓶容器，但是關於如何進行，這間公司面臨兩個選擇：對外購買塑膠瓶，或是自行生產塑膠瓶。以下是該公司某名員工的意見，他反對自行生產塑膠瓶。

關於投資塑膠瓶工廠的計畫，我們有一些內部與外部的風險和限制：

1. 技術性風險——不成熟的設計問題。
2. 環保風險——法律禁止使用無法回收再利用的飲料容器。

3. 加價風險——消費者在通貨膨脹期間拒絕高價的包裝。

4. 非獨占性：(a)外部銷售降低市場影響力；(b)因為所有權的問題，可能難以向其他廠商進行銷售。

5. 需要大量資本——這項計畫的回收期非常長。

6. 對每股收益（EPS）造成負面影響（槓桿作用加深對EPS的衝擊）。

7. 近期研發費用

8. 企業現金流量的問題——擴充現有業務需要資金。

9. 玻璃製造商大幅降價，而塑膠的通膨率比玻璃低。

10. 由於偏低的投資報酬率（ROI）目標（許多製造商介於7-10%的範圍），其他塑膠製造商在進入市場的時候可能大幅砍價。

11. 容器業的特色是利潤偏低，且進軍這個行業的致勝關鍵是成為成本最低的製造商。進入這個市場意味著可能要下修我們的本益比（P/E）。

這看起來好像很亂，但是修改整理的過程就跟其他的例子一樣。首先，逐一檢查每一條意見，了解作者反對的原因。為什麼作者認為每一點都是不利的因素呢？你將可以看出一些線索：

1. 高成本

2. 法律限制

3. 強迫減少銷售或降低價格

4. 低銷售量

5. 高投資、低投資報酬率

6.每股收益率減少

7.高成本

8.必須貸款

9.強迫降價

10.強迫降價

11.利潤低、本益比下降

　　每當商人談到成本、銷售量、價格、投資和投資報酬率時，他們都認為自己對這些事物之間關係的了解，就如同一個標準的投資報酬率樹狀圖上面所顯示的一樣。如果把上述相關重點放在樹狀圖上，你便能清楚了解作者的意思：這個計畫將會對投資報酬率產生負面影響。

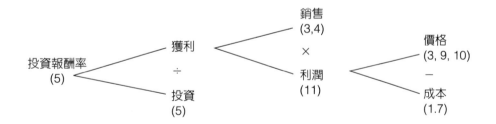

　　有關收益率和本益比的論點還暗示了另一個樹狀圖及另一個訊息：這個計畫將對收益率產生負面的影響。

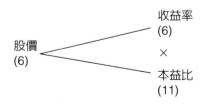

　　然後我們剩下兩點：第八點（必須貸款）和第二點（因為法令禁止使用不能回收的瓶子，所以我們有可能無法販售塑膠瓶飲料）。如果我在「獲利」這一層之下增加「稅收與利息」，第八點貸款問題就可以加進這個樹狀圖。我在之前的樹狀圖省略這一點，是為了讓你更容易理解。

　　如果我們試圖把所有的論點都組合在一起，作者的原意即是：

我們在進軍塑膠瓶事業之前應該仔細考慮：

　　如果法令禁止無法回收的容器，可能會使我們無法生產塑膠瓶。

　　即便法律沒有限制，它也會削弱我們的獲利能力。

　　　　短期會對收益率造成負面影響。

　　　　長期會對投資報酬率造成負面影響。

　　現在你了解作者所要傳達的訊息，你可以仔細檢查每個論點，確認它們是否成立。我猜它們並不成立，只因為我知道這間公司已從事塑膠瓶的生意，而且做得非常成功。很顯然地，作者在思考這件事情時，忘了評估塑膠容器對產品銷售的有利影響。

　　我想要重申這一點：除非你先給文章一個結構，否則你無法分辨你寫的東西是否合乎邏輯。採用符合邏輯的結構，才能讓你看到文章的缺陷與遺漏。

程度順序

最後，我們來談程度順序，也被稱為重要性順序，這是你針對擁有共同特性而被你歸類在一起的一組事物所採用的順序，例如：三個問題、四個理由、五個變數。而這也是你特別容易只羅列論點而卻不去思考的順序。

創造適當的分組

在進行分類時，當你說：「公司有三個問題」，你的大腦會自動將這三個問題與公司有的或可能有的其他問題分開來，創造出如圖表6.3所示的一個分枝結構。定義上，這兩組是「全無遺漏」，當然也意味著「彼此獨立」。

透過明確界定這三個問題共有的屬性，你證明它們是「彼此獨立」，然後仔細檢查你的論據，確保所有已知擁有這個相同特性的事物都已經被包含在你的分組之中。接著你把這些事物依照符合你分類特性的程度，依序排列——將最具有該特性的事物排在第一位。

圖表6.3 藉由分類，將想法限制在有限的範圍內

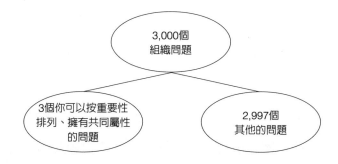

許多人問我，在決定各點的相對重要性之後，是否一定要把最重要的論點放在首位。他們指出，把最不重要的放在第一位，而最重要的擺在最末位，如此會更具戲劇性。的確，這樣會更具戲劇性，但戲劇性是訴諸情感的考量，不是出於邏輯的考量，因此就成了寫作風格的問題。在某些例子中，為了營造更大的情緒張力，你的確有權顛倒重要性的排列順序。

但是，在多數情況下，你應該先放最重要的論點。舉例來說，假設你寫了以下論點：

電信計費系統的設計應具有廣泛的使用性：

1. 符合外部客戶的需求。

2. 滿足內部管理的要求。

3. 符合外部規範。

雖然這個系統必須滿足以上三項功能的需求，但是此處的排列順序意味著，滿足客戶比起符合外部規範更重要。而此評估的基礎就是基於以下分類：

結論是，在商業寫作方面，採取歸類法的程度順序並不如時間順序或結構順序的使用來得普遍。這並不是說歸類法行不通。

歸類是一個普遍存在的人類習性，而且人們看到每件事物時，都會為其命名以進行歸類。但是他們並未限制自己只是按照擁有共同屬性將類似的論點進行分組。如果這些論點源自相同的「過程」或是得自相同的「結構」，人們也會認為這些論點是相同的並將之進行分組。

如果你很清楚你的分類基礎並按照它所採用的順序，這是完全符合邏輯的做法。舉例來說，這裡有一個由三個「理由」所支持的論點：

你們不應該考慮採用交易你的倉庫空間，以換取銷售商專營權的策略，因為：

1. 你們的倉庫不夠大，位置也不理想。
2. 即使你的倉庫夠大、位置也好，這個方法需要雙重管理。
3. 即使你接受雙重管理，可能節省的行政管理工作還是微乎其微。

但是這個順序意味著一個既有的結構（你們有一間倉庫，在這個倉庫中你們採用這個管理方法，從這個方法計算節省下來的行政工作）。

找出不當的分組

找出適當的假設分組基礎，對於幫助你釐清真正要表達的想法可能很有用。假設你提出以下這個概念：

傳統投資評估的財務重心對企業行為造成誤導：

1. 企業應該投資在所有可能報酬超過資本成本的領域。

2. 對於未來不確定性與風險進行更好的量化，是使資源分配更有效率的關鍵。

3. 規劃與資本預算是兩個不同的過程。

　　● 資本預算是財務行為。

4. 管理高層的角色是挑戰數字而非挑戰內在思維。

顯然這四項「誤導」反映出一般所認為的企業「經驗法則」。但果真如此嗎？如果你用簡短的形式，把這幾點當成結果，重新說明如下：

財務重心：

1. 鼓勵企業投資。

2. 強調對不確定性的因素進行量化。

3. 區分規劃與資本預算。

4. 使得最高管理階層將重心放在數字。

除了第三點以外，其他幾點都可以被視為決策過程的一部分；決策過程一定要採用時間順序，進而使得主旨更為清楚：

傳統投資評估的財務重心可能導致不當的資源分配決策，因為它：

1. 強調未來的不確定性與風險的量化是選擇投資計畫的關鍵。

2. 使得管理高層只看重數字而忽略內在思維。

3. 鼓勵投資一切可能報酬超過資本成本的機會，忽略其他的考量。

這是很容易了解的一個例子，因為你所處理的觀念，只要透過閱讀就很容易找出問題所在。但是，你經常會發現，自己要處理的是一長串被歸類為「理由」或「問題」的論點，而事實上這其中還包含了各種理由或問題的子集合。不要忘了第二部分引言的這個例子：

客戶不滿意銷售與庫存系統報表：
1. 報表發布的頻率不適當。
2. 庫存數據不可靠。
3. 庫存數據太晚發布。
4. 庫存數據與銷售數據無法吻合。
5. 客戶希望報表格式能改進。
6. 客戶希望刪除沒有意義的數據。
7. 客戶希望將例外的情況特別標示出來。
8. 客戶希望減少人工計算。

解決方法就是，看過一遍之後，將它們大致分成幾個類目，之後再來細看。藉由定義每個情況所討論的「問題類型」，你可

抱怨的原因	問題類型
1. 報表發布的頻率不適當 3. 庫存數據太晚發布	1. 時機不對
2. 庫存數據不可靠 4. 庫存數據與銷售數據無法吻合 6. 他們希望刪除沒有意義的數據	2. 數據沒有參考價值
5. 客戶希望報表格式能改進 7. 客戶希望將例外的情況特別標示出來 8. 客戶希望減少人工計算	3. 格式毫無用處

以得到幾個類目。舉例來說，「報表發布的頻率不適當」，其所顯示的問題類型是「時機不對」，依此類推。

你可以看到，作者抱怨這些報表有以下三類問題：時機、數據，以及格式。這三類問題應該要採取什麼樣的邏輯順序呢？答案取決於，你要討論的是準備報表的過程、閱讀報表的過程，或是改善問題所要遵循的過程。換句話說，邏輯順序反映過程，而過程則取決於需要回答的問題：

為什麼系統會產生沒有用的月報呢？	為什麼客戶討厭這份報表？	我們要如何解決這個問題？
2. 收集不可靠的數據	1. 報表太晚發布	3. 確認想要的數據及格式
3. 採用不便使用的格式	3. 收到報表時，找不到數據	2. 確保收集的數據是可靠的
1. 太晚發布報告，以至於無法採取實際的行動	2. 即使找到數據，也是錯誤的數據	1. 確保準時送出報表

這個例子證明了，理解一組論點的真正想法，唯有經過以下過程：

1. 找出問題的類型
2. 將相同類型問題的論點組織在一起
3. 找出這幾組問題之間隱含的邏輯順序

以下提供另一個例子，以說明這項過程的應用：

紐約衰退的原因既多且複雜，其中包括：

1. 工資高於美國其他地方的一般水準。

2. 能源、租金與土地成本太高。

3. 交通擁塞，迫使運輸成本提高。

4. 欠缺現代化工廠的建設空間。

5. 高稅率。

6. 技術的改變。

7. 面臨美國西南部與西部的新經濟中心的競爭。

8. 美國經濟與社會生活重心轉移至郊區。

同樣地，上述只是一份清單，並非真正表達想法。但是，理解潛在想法的過程，確實有助於釐清作者想要表達的想法。首先，你要找出相同點。

抱怨的原因	問題類型
1. 工資過高 2. 能源、租金和土地費用太高 3. 運輸成本太高 5. 稅率太高	1. 成本高
4. 缺乏現代化工廠的建設空間 6. 技術改變（導致工廠必須現代化） 8. 商業活動轉移到郊區	2. 地域條件不適合
7. 西南部與西部是新的經濟中心	3. 替代選擇

接下來，找出順序與文章所要傳達的訊息。在這個例子中，或許可以採用重要性的順序：

我們很容易找出紐約衰退的理由：

1. 成本太高。

2. 工作條件太差。

3. 其他吸引人的選擇。

總而言之，我已經設法利用所有例子來證明：檢查邏輯順序是檢查分組有效性的關鍵方法。在評估任何一組歸納論點是否符合邏輯時，務必要先快速瀏覽所有的論點。你是否已找出邏輯順序（時間順序、結構順序、程度順序）了呢？如果沒有，你能否找出分類的基礎（過程、結構、歸類），並給它一個邏輯順序呢？如果你有一長串名單，你能否發現可以讓你做出子集合的共同點，並給予那些共同點一個邏輯順序呢？

一旦你知道某組論點成立且完整，你就能夠從這組論點得出邏輯推論，第七章將有詳細的說明。

第7章

概括分組論點

最後我們來仔細思考金字塔原理的第一個法則：金字塔結構中，任何一層的論點永遠都必須是它們下面成組論點的總結，因為上一層的論述事實上是衍生自下一層的論述。

當一組論點傳達的是演繹論證時，你可以很輕鬆地、透過做一個簡單的總結，取得上層的論點，而這個上層論點很大成分取決於下層這組論點的最後結論。但是當這組論點採用歸納法時，即代表由一組某種程度上你認為關係密切的論述所組成，而上層的論點必須能說明下一層論點之間的隱含關係。換句話說，概括這組論點的行為，就是完成這個邏輯思考的行為。

多數的作者只是把論點組織起來，並沒有完成邏輯思考。如同我們之前所見，人們很容易將只是具有一般關係而非具清楚關係的論點結合在一起，所以這些論點並不是真的屬於同一類，也因此無法被概括。但是即便這些論點確實屬於同一類，找出完成邏輯思考的概括性重點也是項艱難的工作。人們通常不會去做這

個工作，而是訴諸於我所謂的「空洞主張」（intellectually blank assertions），例如：

- 公司應該有三項目標。
- 組織有兩個問題。
- 我們建議五項變革。

我稱這些為空洞的主張，因為它們事實上並未概括其下層的那組論點的精髓，只是針對即將要討論的想法，說明它們屬於哪一種論點「性質」。這些主張本身，無論是對於讀者或作者而言都是相當枯燥乏味的。

避免空洞的主張

空洞的主張對讀者而言是毫無吸引力的，因為它們並未抓住讀者的心、無法刺激讀者往下閱讀，而且意味著非常現實的危機：讀者事實上並不了解你想要說的話。舉例來說，以下是幾年前我在收音機上聽到的對話：

甲：約翰・韋英[1]說自己很適合撰寫山謬爾・強生[2]的傳記，理由有三：

　　同樣來自貧窮的英格蘭斯塔福郡（Staffordshire）

---

[1] 譯註：John Wain；二十世紀英國詩人、小說家、評論家。
[2] 譯註：Samuel Johnson；十八世紀英國詩人、作家。

　　同樣在牛津受過教育

　　同樣愛好文學

乙：我不認同，斯塔福郡根本沒有所謂真正的實話。

　　然後所有的人大笑，說話的兩個人繼續談論別的事情。我心忖：「我不相信我所聽到的。」讓我們來看一下發生的事情。你坐在那裡，等著聽別人說他們的想法，但是你卻聽到一個空洞的主張（「因為三個理由」）。還是摸不著頭緒。當你聽到：「同樣來自貧窮的英格蘭斯塔福郡……」，你認定這就是甲的主要論點，因而根本聽不下後面的兩點。所以如果你打算做出回應，你會回應你所聽到的那個重點。

　　如果甲原先說了些像是這樣的話：

韋英說他很適合寫這本強生的傳記，因為他和強生基本上是同類型的人。

　　然後，在你不得不聽取支持主張的各個論點時，你會對你所聽到的論點做回應。反之，前面那兩個人就是各說各話。

　　上面的例子說明了我所指的概括重點（summary point），你可以了解，相較於「他因為三個理由，所以做那件事」，如果你聽到的是：「因為他們是同類型的人，所以他做了那件事」，你的大腦會比較容易接受後續的資訊。前者聽起來索然無味，事實上也是索然無味，而且要閱讀這類具空洞主張的一篇文章，可想而知會有多無聊。

　　但是避免空洞主張還有一個更重要的理由，那就是它們掩蓋

了不周延的思考，進而欺騙你，讓你錯失良機，無法利用有條理及有創造力的方式去推展你的想法。對一組論點做出嚴謹的總結，其主要價值之一是：此舉必能激勵進一步的思考。因為一旦你取得一個概括的洞見，你的大腦自然會利用以下兩個方法的其中之一，進一步發展你的想法：

● 對想法做進一步的評論（演繹法）。
● 找出其他類似的想法（歸納法）。

但是在這個過程能夠發展出新的見解之前，你必須先有一個概括重點，而且這個概括重點是經由適當分組的幾個論點衍生而來（參見圖表7.1）。

舉例來說，我過去有名同事曾經寫道：「公司有兩個組織問題」，然後列出這兩個問題。這個陳述是空洞的，所以他知道必須改寫。如果金字塔結構下層組成的兩點：(a)都是組織問題；(b)有一個邏輯順序，如此就很容易改寫。但是我們找不到一個邏

圖表7.1　概括重點啓發進一步的思考

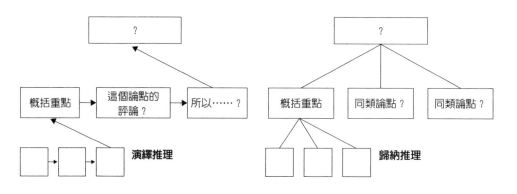

輯順序。

　　在被迫說明這兩個問題的基礎及它們的相似性時，他發現實際上自己想要討論的，並非廣泛的「組織問題」，而是專門鎖定在「哪些組織領域需要更大的授權」。當他了解到這一點，就知道所謂的問題領域不是有兩個，而是有四個，而且他只真正找出其中的一個。然後他能夠了解到，公司面臨的主要組織問題是無法授權（圖表7.2）。清楚找出問題之後，他就可以專心思考問題的解決之道。

　　因此，請務必要從你的分組論述取得適當的概括論述。這意味著你應該要做什麼呢？首先，如同第六章所示，你必須檢查這組想法的基礎，確保它是MECE（彼此獨立，全無遺漏；亦即它的順序反映一個有效的過程、結構或分類）。然後，你必須檢視你所做的「論述類型」。

　　無論這個想法的基礎為何，它的表達方式不是行動論述（告訴讀者「去做」某件事情），就是情境論述（告訴讀者「關於」某件事情）。

圖表7.2　空洞主張掩蓋了思慮不周的事實

沒有概括論述

```
┌──────────────┐
│ 公司有兩個組織問題 │
└──────────────┘
       │
   ┌───┴───┐
 ┌───┐   ┌───┐
 │ 1 │   │ 2 │
 └───┘   └───┘
```

適當的概括論述

```
┌────────────────┐
│ 你所面臨的主要組織  │
│ 問題是你無法授權   │
└────────────────┘
         │
 ┌────┬──┴──┬────┐
┌───┐┌───┐┌───┐┌───┐
│ 1 ││ 2 ││ 3 ││ 4 │
└───┘└───┘└───┘└───┘
```

- 藉由說明實現這些行動的結果,來概括這些行動概念。
- 藉由說明它們的相似性有什麼隱含關係,來概括這些情境的想法。

如同圖表7.3所示,概括歸納性的一組論點,意味著不是說明行動的結果,就是從結論中取得更深入的觀點。

說明行動產生的結果

商業文書絕大部分的論點都是行動論述──即由「步驟」、「建議」、「目標」或「改變」這樣的複數名詞所形容的論述。在撰寫手冊、發展行動計畫、描述體制,或是說明如何著手解決問題時,你就是在使用行動論述。但是,說明、找出關係、概括行動論述,以清楚告訴人們如何去做某件事情或是事情如何運作,

圖表7.3 論證形式主宰整個概括的過程

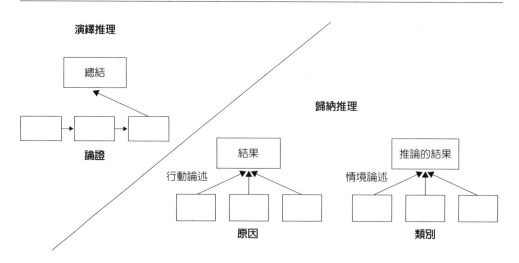

是我所知最困難的思維過程。放眼所及，世界上有太多不值得一讀的手冊，以及將目標當成管理手段的失敗例子。

　　這個困難就在於，行動之間如何產生關連。由於採取行動永遠都是為了達成某種目的，所以我們知道一組行動論述的總結永遠都是實現這些行動的結果。任何符合MECE的一組行動，加上它們產生的結果，合起來將會構成一個獨特的封閉系統，在這個意義上，如果某人採取特定的一組行動，他可以確信這些行動將會產生指定的結果。而一個包含許多行動的過程，將由一個分層的特定封閉系統所構成（請見圖表7.4）。

圖表7.4　根據行動論述產生的結果來組織

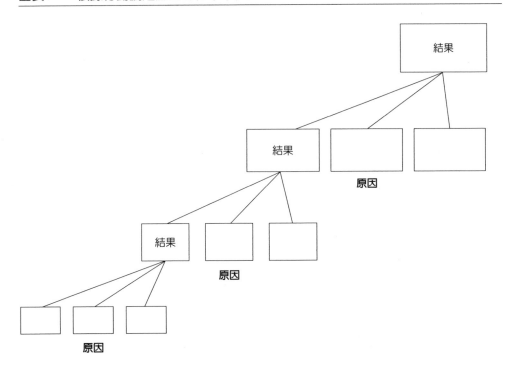

目前為止還算簡單。麻煩在於，任何分組的行動除了他們共同達成的結果之外，彼此之間的關連性並不大。換句話說，無論行動在這個層級系統是扮演原因或結果的角色，所有行動看起來都是一樣的。也就是說，它們都緊跟在動詞的後面，代表著「你應該怎樣」（You should）或是「我們將怎樣」（We will）。這意味著你無法透過個別檢視這些行動，來分辨一個行動是否和另一個行動互有關連。你只能憑你希望這些行動達成的結果來做判斷。

因此，如果你列出為了達成某個目標所應該採取的一連串行動，你無法判斷你是否有任何遺漏，除非你說明這些行動打算達成的結果。但是這個結果反過來又取決於你組織在一起的這些具體的行動。這種相互依存的關係可能使得釐清你的想法像是一場惡夢，尤其如果你打算利用許多步驟與子步驟去描述一個冗長的過程時更是如此。

幸運地，我們可以利用一些方法，讓你更容易釐清你的想法，並加以清楚呈現：

- 在你試圖把行動聯繫起來之前，每項行動論述的表達要盡量明確。
- 尋找明顯的因果關係組合，以便你可以把每組的行動步驟維持在五個以下。
- 直接從行動的論述中導出結果。

用語要具體

在因果關係的層級結構中，你可以從底層開始說明每組論

點：「我做這些具體的事情以達成上述結果，我做下一組更高層級的事情以達成下一個上層的結果」，諸如此類。每個論點與其相鄰的論點必須是「彼此獨立」，亦即沒有重疊的部分，而且每組論點與其上層的概括重點之間的關係必須是「全無遺漏」。

為了判斷一組論點是否「全無遺漏」，你必須非常具體地說明這個結果，使得它能涵蓋一個你可以掌握的最終結果。換句話說，你不能說：「我做這三件事情，所以可以提高獲利」，因為提高10%與提高2%都是提高獲利，但是達成不同結果所必須採取的步驟是不同的。

為了讓讀者清楚了解，同時幫助你檢查自己的思路，你應該這樣說：「我做這三件事情，以便在一月十五日之前提高10%的獲利。」這項陳述的具體性，讓你可以判斷歸類在下層的一組步驟是否真的會引出最終結果。

當然，你的最終結果未必總是有個清楚的數據目標。但是必定有某種明確的方式，可以幫助你判斷是否完成了那個階段。其中一個有效的方法就是，想像一個真實的人確實採取這個行動，因而你可以看到他將掌握什麼結果，然後根據這個最後的結果來闡述這項行動。按照那個標準，以下這個句子幾乎是毫無意義：

　　我們必須使每一個人了解自己身為地球村一員的角色，以培養世界意識。

作者期待我們做些什麼？我們如何確定自己已達到了呢？你可以分辨已經培養了全球意識和沒有培養全球意識的人嗎？如果你沒辦法，你就不知道作者確實的意思。更糟糕的是，你無法找

出促成全球意識所必須採取的步驟（即你無法回答「怎麼做？」的問題），以填寫下圖的幾個空格。在那個意義上，這個陳述沒有智識的價值，雖然人們可能主張它有情感上的價值。

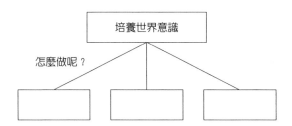

當然，如果你以不明確的用語陳述一連串的步驟，這個問題就更糟糕，然後就更不可能讓人們了解你想要他們去做的事情。舉例來說：

為了降低衝突演變成對立的機率，並將衝突轉化為良性討論，且純粹就事論事，任務小組必須能夠：

● 處理各種個人態度的問題。
● 與公司人員建立良好關係。
● 培養良好的訪談技巧。
● 有效規劃及進行訪談。
● 學習取得建議上的共識，同時保持客觀的立場。

為了確保良性討論等，這個任務小組真正必須做的是什麼呢？如果他們做了這五件事情，他們將會達成什麼目標？這個例子中沒有可以想像的最終結果，也沒有任何論點讓你可以據此明確判斷是否已完成這個步驟想要達成的目標。而且由於不知道最

後的目標為何，你也就無從判斷這五項行動能否達成這個目標。

　　解決這類問題的唯一方法是，強迫自己找出一個最終結果或截止點，讓你知道某個步驟完成的時點，並利用結果來闡述這個行動論述。舉例來說，圖表7.5顯示典型的措辭含糊的一些例子，並根據作者真正的意思進行修改。

圖表7.5　利用最終結果闡述行動論述

原本的表達方式	作者真正的意思
1. 加強地區效能	1. 授予各地區規劃任務
2. 減少應收帳款	2. 建立系統追討逾期帳款
3. 評估管理流程	3. 判斷管理流程是否必須修正
4. 改善財務報告	4. 設立早期變更通報系統
5. 處理策略性問題	5. 確立明確的長期策略
6. 重新配置人力資源	6. 適才適所

　　你可以看到所有經過修改的內容都比較容易了解，因為它給了大腦一個畫面，而這使得文章讀起來有趣多了。更重要的是，對作者而言，最終結果會刺激進一步的思考。

　　例如第一項中，當我認定已經將規劃任務授予各個地區，我可以預見各地區準備年度計畫的畫面，而這刺激我去思考是否還有別的事情必須配合這些計畫，以便完成某個更高的目標，例如：

- 我如何知道各地區產生的計畫是正確的呢？
- 這些計畫回到我手上時會怎樣？

或許，除了授予任務，我還必須建立一個設立年度計畫目標的制度。又或許，我必須設立一個規劃評估小組，來管理整個計畫流程。

對照之下，如果我想像「加強地區效能」的畫面，我看到什麼呢？地區效能看起來像什麼呢？這句話根本就不夠具體，無法給予下一步明確的方向。

你可能注意到圖表7.4，一項行動在結構中可以是原因也可以是結果。因此，無論在這個分層系統的哪一個層級，為了顯示一個最終結果的內涵，所有步驟都應該被寫下來。沒有具體闡述這個結果，你就無法判斷你已經涵蓋所有的步驟。例如，以下是一組建議新流程的步驟：

找出並追討逾期應收帳款：

1. 定期計算大額度或中額度帳款的逾期時間。

2. 根據未銷帳款的金額與時間發出催繳通知。

3. 追討逾期帳款。

4. 將更多的長期未銷帳款交給董事階層解決。

5. 在適當時機交由催款公司代為處理。

這個假設是，如果這間公司完成位於下層的這組步驟，它將能夠達成上層所述目標。但是這個目標就跟上述的多數步驟一樣，都是不清楚的。（你究竟要如何「追討」逾期帳款呢？）作者被問到這個問題，他回答：「非常簡單」，並畫了下面這張表格。

金額＼時間	一個月	兩個月	三個月	四個月	五個月	六個月
10萬美元以上						
1萬至10萬美元						
1萬美元以下						

「這些帳款逾期時間從一至六個月不等，金額從100美元至10萬美元不等。我想要的如下：

1. 逾期一個月的帳款，不用採取任何行動，只要由會計部門按照正常途徑寄送帳單。
2. 逾期兩個月的帳款，由會計部門發出催款通知。
3. 逾期三個月的帳款，由業務人員上門催款。
4. 逾期四個月的帳款，由董事催款。
5. 剩下的送交催款公司。」

「哎呀，我知道要怎麼說了。」他說道，並得出以下內容：

減少應收帳款：

1. 透過逾期時間和金額，將這些帳款進行分類。
2. 根據嚴重程度來決定誰負責催款：
   - 會計部門
   - 業務人員
   - 董事
   - 催款公司

　　當然，這樣的說法比較清楚，但是主要重點還是不對。唯有當你收到帳款之後，才能減少應收帳款，但以上這兩個步驟都不會直接導致你收到帳款。所以如果公司做這兩件事情，它將會完成什麼？它最後能掌握到什麼呢？或許是一個「追蹤逾期帳款的機制」。

　　現在我們來討論，最終結果的措辭如何引導你的思路。你可以看到，你希望這間公司建立一個追討逾期帳款的機制，而你可以仔細檢視這兩個步驟，以判斷它們是否足以構成一個機制。我會認為，你至少還需要某種後續的步驟，例如：「指示銷售人員不要再賣給長期欠款不還的客戶。」

　　就最終結果而論，有系統地闡明行動措施的必要性值得一再強調。除非你將這樣的訓練加諸於你的用語上，否則你無法客觀評斷你是否納入所有應當包括的步驟。

　　由於回答問題會產生最終結果，有時候人們認為他們可以用問句來說明行動措施，以避開使用明確措辭的要求。然而，此種做法只是對你的思考更增添複雜性，因為你還是必須想像最終結果，並確保它們是你想要的。

　　舉例來說：

為了使內部與外部股東都能從策略聯盟中看到普遍的利益，並進而支持它（股東同意），必須先回答下面幾個問題：

1. 從股東的觀點來看，相關權益所有人是否確信這項策略聯盟符合自身利益呢？

2. 對公司名聲會有什麼影響？市場會有什麼反應？

3. 在了解這項聯盟不會威脅到管理高層自身的權力與事業之後，這些重要人士是否有可能願意進行聯盟？

4. 如果聯盟可能對某些人或團體造成威脅，如何說服這些人為聯盟將來的成功而努力呢？

5. 客戶、供應商、現有的結盟夥伴、投資家和競爭對手會怎麼反應呢？

　　檢查這些問題是否有意義的最簡單方法，便是想像你自己派出五名部屬幫你收集資料。這五個人回來並把他們的答案放在你的桌上。你得到的是未必相關的五件不同的事情。

1	2	3	4	5
股東觀點	市場反應	高層反應	促使人們為聯盟將來的成功而努力	反應來自： • 客戶 • 供應商 • 現有夥伴 • 投資家 • 競爭對手

　　或者，你也可以想像自己重頭開始，只有一名不是很精明的下屬幫你、時間有限，又沒有經費。有沒有一種最有效的方式，能指導這位下屬運用他的時間，以便你最後產生一個計畫，讓股東看到策略聯盟的好處？你應該這麼做：

條列可能受到這個聯盟影響的團體	評估他們的反應	決定採用方法,以說服他們為聯盟的成功做努力
股東 管理高層 顧客 供應商 夥伴 投資家 競爭對手		

現在所有人都能夠理解這個流程,而且第一步已經完成。由於第三欄要等到第二欄完成才能進行,你只需要派這名部屬出去,填好第二欄的資料。

同樣地,處理行動措施時,釐清你的想法最簡單的方法是,想像你自己真的採取這項行動,並針對結束時你將掌握的最終結果,有系統地闡明這項措施。

區分行動層級

多數的人習慣用他們希望你採取的步驟順序來組織一組步驟,但是這麼做通常會把原因和結果混和在同一個層級。

因此,你可以採用的另一個技巧是,當發現行動步驟層級時,有意識地區分它們,如此你便可以把每層的步驟數目都限制在五個以下。此舉使你更容易看出一個過程的總體結構,同時也意味著你在總結概括性結果時,需要考慮的行動步驟比較少。

相較之下,區分行動層級算是簡單的了:如果你期許讀者在他採取清單上的下一個行動「之前」,先採取某個行動,則此兩項行動就是在相同的層級;如果你期待讀者先採取某個行動,

「以便」可以產生下一個行動，則這個行動就是在較低的層級。
因此：

若一間公司想要完全掌握其電信業務方面的問題，可因以下
的計畫而受惠：

1. 分析目前的設備及使用情況。

2. 找出需要更多（或更少）支援的主要業務。

3. 設定電信系統目標。

4. 組織研究團隊，以進行評估。

5. 檢查與電信供應商的關係。

6. 確認主要的技術選項。

7. 控制內部的電信成本。

8. 詳細檢查設備使用規則。

9. 檢查現有的通訊聯繫。

10. 決定你的組織管理方法。

如果人們考量到，一間公司若想要有一個適當支援的電信系
統，就必須採取以上所有行動步驟，則他們很容易就會照單全
收。但是如果你分清楚下個行動「之前」要先完成什麼行動，以
及完成什麼行動「以便」採取下個行動，你會得到如下的列表：

1. 設定你的電信系統目標（3）

● 分析目前的設備與使用情況（1）

● 找出需要支援的主要業務（2）

● 檢查現有的通訊聯繫（9）

2. 成立專案團隊，選擇適當的設備（4）
- 確認主要的技術選項（6）
- 詳細檢查設備使用規則（8）
- 檢查與電信供應商的關係（5）

3. 創造組織管理架構（10）
- 指定主要管理人（？）
- 建立成本控制系統（7）

　　現在你不僅可以很快了解這個計畫的內容，還可以針對你是否有遺漏做出客觀的判斷。例如：如何找出需要支援的主要業務？或是如何創造組織管理架構？還有，或許他們需要一名主要管理人。

　　雖然你肯定區分行動層級的必要性，但卻不該過度操弄這項技巧。事實上，過度分類的情形很容易發生，因為人們凡事都有分類的習慣。尤其是在顧問公司，人們很喜歡將一項計畫區分為任務、目標、利益，如下圖：

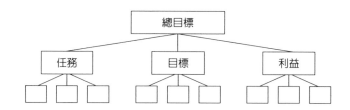

　　這幾組行動步驟的分類，其前提是，假設標示為「任務」、「目標」及「利益」的幾類行動之間有一道清楚的圍籬。首先你

完成任務、然後達成目標，接著達成利益。那固然是你實際採取
的行動，但其中所隱含的結構圖應該如下圖如示：

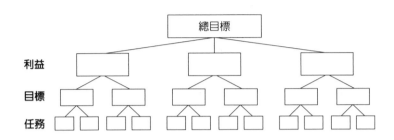

如你所見，我們現在要把這個金字塔結構進行橫向劃分，而
非縱向劃分，因為完成這些任務導致目標達成，而完成目標則導
致達成利益。但是這對於釐清想法，效果並沒有比較好。標示各
個抽象層級可以讓我們找出每個層級的行動類型。換句話說，我
們應該能夠透過眼睛，分辨出某一特定行動是「目標」、「利
益」，還是「任務」。

但那是毫無意義的。我們已經知道，行動論述無法被分類；
它們只能透過帶來具體結果的能力，被以符合邏輯的方式組織。
由於行動論述本質上無法區分任務、目標和利益，將行動論述分
類將無法避免產生重複。唯一符合邏輯的組織方式是，以最終結
果的行動為主來進行組織。

以下舉個行動分類的例子。某間顧問公司接受委託，訓練客
戶的員工執行策略規劃。在一個簡短的格式中，這間公司同意執
行六項任務，而這些任務需要他們設定五項目標，達成這些目標
之後，將會產生三項利益。

任務	目標	利益
• 採用現代策略管理方法進行訓練 • 技術與概念的轉移 • 以主持人身分參與策略規劃研討課程 • 針對目前的規劃系統提出改善建議 • 找出策略資訊的缺口 • 讓員工做好準備，所得成果提供下年度採用	• 移轉策略規劃與管理技術 • 配合現有的規劃系統調整做法 • 將這個管理知識編入策略規劃手冊 • 營造一個環境，讓策略性的思考成為決策的一部分 • 讓你能夠擬定策略，確保強化長期競爭力	• 培養兩個核心團隊，使其精通策略管理技巧，並能夠實踐這些技巧 • 與雇用一名策略規劃經理人相較，這種策略規劃技巧的移轉更加立竿見影，也更具成本效益 • 新近取得的專業知識成果提供下年度採用

　　將一組論點加以組織的一個好方法，便是將它們去蕪存菁、刪除過分修飾的詞句，只剩下最核心的思想，然後從中找出重複的部分。如果我們把這個技巧應用到這組論點，我們得出什麼呢？

任務	目標	利益
1. 訓練 2. 轉移技術 3. 建議 4. 提出改善之道 5. 找出缺口 6. 明年採用	7. 轉移技術 8. 配合現有的規劃系統 9. 編入手冊 10. 創造策略思考的環境 11. 讓你能夠擬定良好策略	12. 有兩組勝任人馬 13. 技術轉移成本更低 14. 明年度採用

　　現在，不管是重複的部分或是抽象層級都比較容易看出來，並得出一個以最終結果的行動為主所建構而成的金字塔。

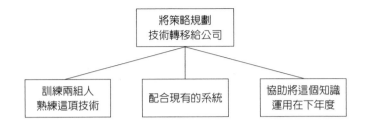

而且只花一點功夫，你最後將得出以下重點：

我們將快速轉移策略規劃技術給貴公司。（2、7、13）

1. 針對兩個產品諮詢小組，進行策略規劃技巧與概念的培訓。（1、12）

2. 配合現有的規劃系統，調整這些概念。（4、5、8、9）

3. 在下年度，與你的員工一起應用這些概念。（3、6、10、11、14）

現在你已經不是以行動的類型為中心，而是以最終結果的行動為中心，來組織你的思路。

直接概括

一旦你將過程的步驟分門別類，你就來到處理行動論述最困難的部分——闡明概括的結果。關於這點，我實在無法給你一個簡易技巧，只能說：

- 一組論點一定要是MECE。
- 概括的論點必須說明完成這些行動的直接結果，且措辭必須讓人家聯想到最終結果。

　　然後你可以透過論點之間彼此檢驗，檢查上述的邏輯思維。在上述的例子中，如果公司有訓練有素的人員、適當的規劃系統和手冊，就應該能夠提出正確的策略。當然，這不是說他們「一定」能夠提出正確的策略。我的兩個原則都不能保證你將能夠提出正確的總結。

　　我所能做的，頂多是給你一些修改前與修改後的例子，並告訴你我對它們的看法。下面就是一個用語不明的例子：

為了改善倫敦市場的股票銷售，我們應該：
● 按照地區將客戶的收入潛力分級。
● 決定每個地區期望達到的市場滲透率。
● 因應調整銷售人力。

　　我看到這樣的一組論點時，會認為：「做這些事情並不會提高股票的銷售，因為如果我只是多銷售一張股票，我就已經提高了股票銷售。」然後我問道：「如果我把客戶的收入分級、決定市場滲透率、重新調整銷售人力——我這麼做是為了達成什麼目的？要不換個說法，如果我不做，我會無法達成什麼？」所以我提出了：

為了提高倫敦市場的股票銷售，我們必須把資源集中在潛力最大的客戶。
（我們要怎麼做呢？）

　　這個陳述讀起來有趣多了，因為它提出論點，而非只有空洞的主張。因為你迫使讀者去問「怎麼做呢？」，所以讀者就更容

易接受你隨後提出的論點，而且你自己可以檢查所述的步驟是否會達成這個結果。

下面還有另一個用語不明的例子：

為了改善英國藍領勞工的訓練環境：

● 讓管理高層知道，政府認為勞工訓練是最重要的。
● 建立一個讓培訓者發展合適的訓練課程的基礎結構。
● 利用勞工向上施壓。

在這個例子中，因為這些句子很複雜，所以在你做總結之前，你必須先找出他們說話的重點。為了做到那點，你首先挑出每個句子的真正的主詞：

● 管理高層
● 培訓者
● 勞工

然後問你自己，為什麼我們討論這三個主題，而不談別的？這三個主題的共通屬性是什麼？他們似乎都是英國培訓體系的參與者。

接下來，找出每個句子所指，我們應該針對特定參與者採取什麼行動：

● 向其證明重要性
● 為其建立一個基礎結構
● 由其創造壓力

這三類行動的共同之處是什麼？它們都是某種動力。現在我們有信心可以進行總結：

為了改善英國藍領勞工的訓練環境，我們必須提供動力，鼓勵這個訓練體系內的所有參與者去支持訓練。
（那意味著我們要做什麼呢？）

同樣地，我們有了一個更有趣的陳述，不只能夠讓讀者跟著你的推理，還可以檢查你的推理的完整性。

讓我用最後這個用語含糊不清的例子，為這整個討論做個總結。這是關於一間公司內部的產品開發問題。

產品開發面臨的問題：

1. 如何從公司與市場的觀點，將想要的功能融入產品開發過程。
2. 如何安排不同計畫之間的資源，其優先順序與分配。
3. 如何縮短開發時間，同時考量行銷人員的要求。
4. 如何組織並管理研發組織的資源，以滿足研發時程。
5. 如何讓公司內外的人們了解相關資訊，以便讓研發產品有最大的一致性與效力。
6. 如何激發科學家與經理人成為產品開發夥伴關係。

如果我們按照之前所述的程序，第一步是要說明最根本的意思，以便人們更容易去思考：

1. 開發正確的產品

2. 分配正確的資源

3. 加快進行

4. 準時進行

5. 有效行銷

6. 促使科學家與經理人的合作

步驟二是找出子集合。

1. 找出符合市場要求的產品

- 納入想要的功能（1）

- 滿足行銷人員的要求（3b）

2. 盡可能在最短的時間內開發出這些產品（3a）

- 分配正確的資源（2）

- 做好組織安排，以便在期限內完成產品研發（4）

- 促使科學家與經理人合作（6）

3. 以最有效的方式推出這些產品（5）

第三步驟是找到主旨。如果我們做這三件事情，我們會得到什麼？明顯地，我們將會搶在任何人之前，得到一個市場想要的產品，並取得最高的銷售量。

在我們將所有步驟結合在一起之前，我們必須回過頭來思考，一般而言，生意人對產品研發的認知。我們知道，搶先上市產品有其優勢，而且產品汰舊換新的速度越來越快，所以減少研發時間是企業的一個很現實的優先考量。有了那個認知背景，我

會認定作者試圖要說的話如下：

產品開發面臨的主要問題是：在回應市場方面，我們是否可以做好安排以超越競爭對手。

（我們必須做什麼，以便做出快速又有效的回應？）

1. 我們能否為我們的市場找出正確的產品？

2. 在推動產品上市方面，我們能否省略不必要的延誤？

3. 我們能否發動行銷活動，達成最大的銷售量？

透過這點，你便知道，清楚傳達行動論述並不容易。它需要仔細思考。但是如果不按照這個準則，對讀者而言實在是很難理解，所以你必須努力遵循我們一直在討論的這些步驟：以最終結果闡明行動論述；分辨抽象層級；以及直接從行動得出結果。

你可以遵循一個類似但是相對較不困難的程序，從一組結論中得出一個推論。此時，你不是設法想像一組行動將會達成的結果，而是設法抓住一組類似的論述中所隱含的意義。

尋找結論的共同性

我們在前面強調過，寫作的概念有二：行動概念及情境概念。亦即，你寫作的目的是告訴讀者去做某件事情，或是陳述某件事情的概況。如果你描寫的是情境概念，則它們可以用理由、問題或結論等複數名詞來表示。因為你相信它們都擁有一個共同的屬性，所以你會用這個方式把它們歸類為同一組。

讓我們回顧你在第六章讀到的有關分類的概念，當你說「公

司有三個組織問題」這類的事情時，事實上你是取這間公司所有可能發生的組織問題，做一個分支圖（參見圖表7.6）。

圖表7.6　進行分類以區分差異

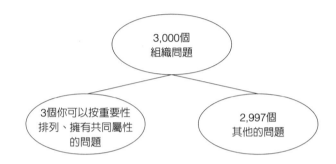

因此，將它們歸類為「組織的問題」未能顯露出任何重要性。簡單羅列可能值得思考的重點，只是思考過程中的第一步。第二步是要透過找出它們的共同點，來證明這些重點確實屬於同一組。步驟三則是詳加說明該共同點所具有的更廣泛的意義——那就是，創造一個新的想法。唯有如此，你才可以說你已經完成你的思考。

多數商業文件的作者只停留在第一個步驟，許多時候是因為他們不了解步驟二與步驟三是必要的，但是通常還是因為深入理解一連串重點是件困難的工作。由此，你必須：

● 找出把這些想法串連在一起的結構相似點。

● 尋找這些相似點之間更密切的關係。

● 做「歸納的飛躍」，以得出主旨。

找出結構的共同性

如果幾個論點都有一個共同的屬性，它們就屬於同一類。但是如同你在第五章所見，論點總是用擁有主詞／述詞結構的句子來寫。所以，連結成組論點的共同屬性通常會出現的原因是，這些句子都：

- 討論<u>相同</u>的<u>主詞</u>
- 表達<u>相同</u>的<u>述詞</u>（行動或目標）
- 隱含<u>相同</u>的<u>判斷</u>

此處「相同的」並不意味著完全相同，而是指屬於同一類，或是能夠用相同的複數名詞描述。

如果主詞都完全一樣，你尋求的是可以把述詞分類的相似點；如果行動或目標剛好都完全一樣，你尋求的是把主詞分類的相似點；如果主詞和述詞都不一樣，你尋求的是隱含相同判斷的陳述。

找出確切的相似點比想像中還要困難，尤其是如果這些論點都寫得很好，因為語言會阻礙你挑剔的思維。我們都知道、也曾被「五個外力因素」、「七個主題」、「四個要點」、「七種習性」等說服。訣竅就在於，深入語言背後的意義找出基本結構。

例如，下面是人們經常看到的：

新的規劃與控制系統有四項特性：

1. 規劃週期及其附帶的控制機制應該以年度為基礎。
2. 這些計畫應該透過一個整合系統建立。

3. 這些計畫應該在部門高層的強力指導下進行規劃。

4. 規劃系統將會區分目前的作業與預計的改變。

初看之下，這組論點聽起來不錯。用語相當精鍊，使得人們很容易認為作者是在傳達某種有用的東西，但是頂部的主旨仍舊是空洞的主張。

如果我們試圖深入語言的背後，了解這些觀點背後確實想要傳達的意思，我們首先看到這些句子的主詞都是一樣的——計畫或是規劃系統。那麼這些論點的關連性必然是在於這些述詞。這些述語說明規劃系統是：

- 年度的
- 整合的
- 由上而下
- 分辨目前與未來

剝除語言外衣之後，你可以看到這組論點並不是真正支持一項訊息。你問自己，擁有這四項特性的規劃系統有什麼重要的意義？雖然這些論點分別都能成立，但並不足以證明它們的關連性，而空洞的主張也讓我們無法進一步深入探討。

如同我在本章開頭所言，這個進一步思考的動力是最初得到推理的主要理由。類似上面羅列的一組規劃與控制系統的特性，未能使你往上思考，表達一個概括性的洞見，因此無法引導你針對這個特定的主題去發展新的思維。事實上，在經過修改之後，作者想要表達的意思如下：

這個新的規劃及控制系統的目標是，透過以下方式，把組織內每個部門的重心放在改善獲利：

● 獲得每個部門的年度獲利計畫。

● 在每個報告階段協調這些計畫的內容。

● 針對明確反對這些內容的經理人進行控管。

記住，如同這個例子，若你無法在一組「問題」、「理由」或「結論」等論點之間找到清楚的關係，那必然暗示你的分組論點有些問題，因此需要進一步的思考。

規劃與控制系統羅列的要點只有四個，因此相對容易找出問題。然而，多數的文章有更多的要點。在那個情況下，在找出你的句子分類的相似點之後，下一步則是尋找這些相似點之間更密切的關係。

尋找更密切的關係

以下是一組針對資訊系統所產生的五項抱怨，每個句子在行動上都有相似之處：

1. 會計、評估和調查生產力的數據應該更新。
2. 現在必須要有各類員工的定期人員流動數據。
3. 應該收集來自投標的競爭對手的資訊，以便能夠監控競爭對手在不同市場的實力。
4. 目前有關市場薪資水準的資訊不夠充足。
5. 需要部門與計畫資本鎖定數據。

這段話的基本訊息是：

1. 應該更新
2. 現在必須要有
3. 應該收集
4. 不夠充足
5. 需要

你可以看到這些論點清楚地分成兩組：

- 抱怨沒有資訊（2、3、5）
- 抱怨有資訊但是並不充足（1、4）

但是這兩點給了我們另一個分類。為什麼是這兩組問題，而不是其他的問題呢？它們有什麼共同性，使得作者馬上就認出它們是應該被分類在一起的問題呢？或許因為這些缺點指出資訊無法滿足計畫目標。在那個情況下，作者的主旨將會是：

目前建立的規劃系統所產生的資訊無法滿足計畫目標
（為什麼呢？）

- 所需要的資訊不存在
- 或是存在但卻不足

現在，找到你想要放在頂層的主旨，你可以把順序的概念應用到下層的幾個論點，判斷作者是否遺漏這個資訊系統的其他缺點。對於作者而言，下一個要檢驗的邏輯論點可能是：「有充足的資訊，但是呈現的方式並不恰當。」

做出一個適當的總結性陳述，其主要價值在於，幫助你找出真正的想法，同時也預先向讀者告知你的想法，進而使得讀者更容易接受這些想法，對它們的有效性也會更有信心。當然，如果你秉持「全無遺漏」的宗旨，讀者不太可能質疑你的推理。總而言之，適當的總結陳述使得文章讀起來比較沒那麼枯燥。

下面這段文字就很枯燥：

如你所知，我們資訊系統的一些評估結果顯示：

1. 你要求資訊系統的專案經理人能提供進度，以便策略性業務行動能夠順利進行，不會延誤。

2. 專案經理人缺乏經驗。

3. 資訊系統任憑進度拖延，卻不願意進行有創造力的替代方案，如期達成目標。

4. 系統開發存在方法論、工具與技巧不統一的問題。

5. 專案經理人沒有安裝過如此大規模或複雜的「關鍵業務」系統。

6. 專案經理人的在職管理訓練或實際經驗有限，或是根本就沒有。

7. 你的「關鍵業務」（例如團隊與個人）的估算、時間和計畫都屬於高水平要求——達成進度的能力顯然是有危險的且受到懷疑的。

8. 目前的系統開發生命週期方法論並不支持「快速應用開發」、「聯合應用開發」，以及凸版照相等客戶／伺服器開發的技巧。

但是現在你知道這個流程，將最根本的結構因素抽離出來便很容易：

1. 需要知道期限
2. 沒有經驗的專案經理人
3. 有拖延進度的危險
4. 工具的使用不統一
5. 從來沒有做過這麼大規模的系統
6. 經驗有限
7. 害怕進度拖延
8. 沒有適用工具

然後，無論你是否了解這個主題，都能將它們轉變成一個有趣的清楚論述。

我們評估貴公司的資訊系統部門有問題，所以你的專案經理人可能無法達成目標進度（3、7）
- 他們在做這種工作上的經驗有限（2、6）
- 他們之前從來沒有安裝如此大規模或複雜的系統（5）
- 他們欠缺做這個工作所需的應用方法、工具和技巧的能力。（4、8）

在這些例子中，建立總結這組論點的重點很容易。然而有時候，這些相似點內所隱含的意思較讓人難以了解，因此若要深入了解字面意思，必須做出所謂的「歸納的飛躍」。而那個飛躍的跳板，則可能是想像這組論點之間關係的來源。

做出歸納的飛躍

　　以下是一名顧問針對想要知道是否應該進入汽車修配零件市場（火星塞、輪胎等）的客戶，所提出的報告重點：

我們的結論：

1. 市場很大，且以吸引人的速度持續成長。
2. 汽車修配零件市場有利可圖。
3. 主要的市場特性顯示，進入門檻很高。
4. 總體趨勢有利，但是某些不確定因素模糊了部分市場的前景。
5. 整體而言，這個市場似乎很吸引人，但卻是高度分散的市場。

同樣地，這些論點分為兩組：

● 正面的論點：大、成長、吸引人、有利可圖、有利趨勢、吸引人。（1、2、4、5）
● 負面的論點：進入門檻高、不確定因素、分化。（3、4、5）

　　我們可以用很短的時間概括這些正面的論點。很明顯地，如果市場大、持續成長又有利可圖，這就是個吸引人的市場。而且有利的趨勢也意味著它是個吸引人的市場。將這個吸引人的市場想像為一個圓形圖。

　　負面論點不容易分類。分散的市場意味著這個圓形圖必然有一些分割的部分，但是不確定因素模糊了部分市場的前景，亦即

部分市場必定與其他市場看起來不一樣，請參見下圖。最後，市場存在某些進入的門檻，可以用一條阻礙線顯示。

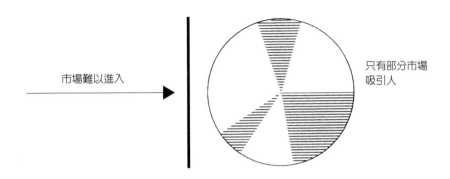

市場難以進入

只有部分市場
吸引人

現在可檢查這兩個論點是否符合歸納的關係。我們可以從此圖中得出什麼結論？

● 只有部分市場吸引人。
● 這些部分難以進入。

這兩點是否有歸納的關係呢？關於吸引人與難以進入之間是否有任何共同點呢？沒有。因此，如果它們有關係，只可能是演繹的關係。

只有部分市場
吸引人

這些市場
難以進入

所以……

所以怎樣呢？這個推理永遠也無法推至結論。因此就不要管了嗎？因此你將必須花錢進入？因此雇用我們去想出一個詳細謹

慎的對策？這個例子再度彰顯，若不徹底想清楚，而只是勉強接受一個空洞的主張，會有多危險。

有時候，你會得到看起來像是情境但事實上卻是行動的幾組論點。這時你可以先把它們視為因為擁有共同屬性而被歸類在一起，然後如果你可以想像它們共同達到的結果，再來改變這個形式。舉例來說，假設你讀到：

在資源配置的過程中，有四個變數需要管理：

- 活動的順序與時機。
- 特定人員的任務定義。
- 資訊需求的定義（內容與格式）。
- 決策過程。

為什麼是這四個變數，而不是其他的呢？它們有什麼共同點，使得作者將這四個變數歸類在一起呢？如果你試圖更具體地說明這幾點，以便找出一個順序，你將會發現作者事實上是在談論四項步驟，或許他的意思是：

資源配置過程的主要管理任務是，確保適當的人及早並確實參與。

（怎麼做呢？）

- 詳加說明專案計畫活動的順序與時機。（1）
- 具體說明需要決策的地方。（2）
- 找出參與決策的人選。（3）
- 確認他們所需的資訊。（4）

　　這並不是指情境概念無法採用時間順序。舉例來說，下面羅列的幾個重點，是關於一間公司的銷售建議，它們可以採用時間順序分類。

　　我們的銷售建議可以透過加強以下幾個領域，向我們的客戶展現公司的新形象。

1. 進行更有效的「機會分析」，以確保我們能充分利用資源。
2. 整合所有的提案，包括建立單一的提案發展流程、內容包裝的標準，以及持續性的品質改進機制。
3. 使提案資訊的重複使用發揮最大效益。
4. 與公司內部及整個產業分享那些參與這個提案過程的人的知識與經驗。
5. 在提案準備方面變得更具成本效益。
6. 進一步減少回應的時間。
7. 將提案流程的重心放在客戶的需求，並將其當成銷售工具（而非技術資訊轉移的機制）。

　　如果遵循我們的標準流程（尋找共同點、得出推論），可按照每件事發生的順序得出三個論點：

　　我們的提案並非有效的銷售工具：
1. 我們沒有提出具說服力的訊息。（1、4、7）
2. 我們無法讓它顯得突出。（2）
3. 我們花太多時間在流程上。（3、5、6）

在你每次因被迫要往上一層思考，感到非常困難而心生抗拒之前，讓我先向你允諾，在整個寫作過程中，你不需要絕對嚴格執行這個原則——不是因為它沒有用，而是因為讀者必要時會自動套入模式，所以你不需要總是那麼精確。因此，如果你知道你的推論是有效的，你可以省下力氣，採用較不精確的概括性用語。

我們的銷售提案可以向客戶展現新的形象，如果我們：

1. 提出更具說服力的訊息。

2. 讓它顯得突出。

3. 快速進行。

你可以從本章的討論中了解，你無法只是把幾個論點歸為一組，就認定你的讀者將會了解它們的重要性。每一組論點都隱含一個完整的重點，以反映這組論點之間的關係。你應該先自行確認那個關係，然後再向讀者說明。

每次分類時你要問自己：「為什麼我要把這些特定的論點放在一起，而不放別的呢？」這個答案將會是：

● 它們都具有共同的屬性，而且是唯一具有這種關係的論點。

－在這個情況下，你的概括性論點將會是從仔細思考這個共同點所隱含的重要性所得出的洞見。

- 它們是為了達成一個想要的結果，所必須共同採取的所有
  行動。
  －在這個情況下，概括性論點說明採取這些行動的直接結
  果。

　　如果你強迫自己用這個方式來證明每組論點，則你所傳達給
讀者的想法將會是完全清楚的，而且你很有可能發現在你坐下來
書寫之前所不知道的洞見。

THE
MINTO
PYRAMID
PRINCIPLE
金字塔原理

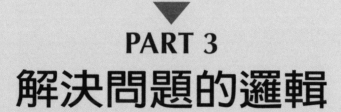

PART 3
解決問題的邏輯

引言

經過一段時間，你會發現引言的「情境—衝突—問題」結構將會變成你的第二天性，而且你將能夠在坐下來寫一篇短文的時候自動套用。同時，利用問題／回答的思考過程，並結合第六章與第七章所描述，給予符合邏輯的順序以及找出概括重點的訓練，你應該能夠更容易闡明你的思維結構。

然而，在報告和簡報等比較長的文件方面（通常寫作的目的是為了提供問題解決方案），或是在專案計畫或諮詢建議方面（告訴你如何著手解決問題），這個思考過程並沒有那麼簡單：有可能會有一段冗長的資料收集階段；寫作的過程可能會有好幾名作者參與並延續數日（或是數周）；而且在你可以決定想要傳達的訊息之前，你很可能發現自己有一大堆需要整理和思考的事實、數據、資料和想法。

本書的第三部分是專門為了撰寫這幾種問題導向（problem-oriented）文章的人士所寫，例如：管理顧問、策略分析師、市

場研究員等。由於這類主題的特性，使得這些文章涵蓋的內容都顯得既冗長又複雜。但是本書所寫的這些方法都經過良好及確實的檢驗，而且全球的管理顧問與分析師每天都在使用。如果這是你的工作範疇，而且你必須先界定並分析問題才能傳達書面的解決方案，你將會發現這個部分值得花功夫繼續讀下去。

問題導向的文章通常必須回答以下三個最常見的問題之一所變化出來的問題，而究竟該回答哪一個問題，則取決於讀者事先的認知：

- 我們應該做什麼？（如果不知道解決方案）
- 我們應該做嗎？（如果已經提出解決方案）
- 我們應該怎麼做？／你會怎麼做呢？（如果已經知道且接受解決方案）

在這些情況中，引言的角色是界定引發讀者疑問的問題本質，之後金字塔結構則提出經由分析問題和找出解決方案所得到的「步驟」或「理由」（或有時候是演繹論證）。但是找出那些步驟或理由所需的思考過程，遠在你有任何想法想要傳達之前就已經開始。理想上，你會遵循一個連續的步驟，如下所示：

界定問題 ⟶ 建構分析 ⟶ 進行分析／找到解決方案 ⟶ 建構金字塔，以傳達這些想法

有效撰寫諮詢報告的祕訣是，確認你：(1)界定問題；(2)建構你的收集資料與分析，以促使資料轉換成為金字塔結構。換句話說，你希望在前兩階段組織你的方法，好引導它們通過第三階

段，而來到第四階段──事實上就是要預先建構你的金字塔。

　　但是界定問題與建構分析可能是複雜的工作。導致問題發生的事件往往是模糊、混亂或是錯誤陳述。幾乎所有的問題層面通常都存在大量的資料，因此你很容易「不放過任何蛛絲馬跡」，只是為了確認無誤。此外，還會有許多可能的問題「解決方案」會自己冒出來。

　　幸好，我們已經開發出一些分析架構，幫助你盡量減少混亂的狀況，並能有效率地工作。

- 第八章提出一個界定問題的架構，對於問題分析的準備，以及決定引言的「情境─衝突─問題」結構都非常有幫助。
- 第九章說明其他可用的架構，幫助你仔細思考及進行實質的問題分析，並檢驗你提出的想法能否解決問題。

第8章
界定問題

判斷一個問題是否存在，通常要看你努力得來的結果與你原
本想要的結果之間，是否存在差距。每個人認定世界上某
個特別的情境會產生一個特定的結果，我稱之為「不想要的結果」
（Undesired Result；以下簡稱R1）。

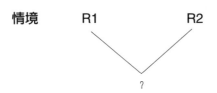

當你不喜歡這個結果時（例如：銷售下滑），問題就產生
了，而且你會想要其他的結果（例如：銷售上揚），我稱後者為
「想要的結果」（Desired Result；以下簡稱R2）。而「解決方案」
則是告訴你如何從R1得到R2。

用這個方式界定問題即開啟了「序列分析」（Sequential

Analysis）[1]，它是一種非常有效的問題解決技巧，利用邏輯順序找到一連串問題：

1. 是否有或可能有問題（或機會）？
2. 這個問題（或機會）在哪裡？
3. 為什麼這個問題（或機會）存在？
4. 我們能做什麼呢？
5. 我們應該做什麼呢？

頭兩個問句的答案是用來界定這個問題，問句3則告訴你去找出問題的原因，而問句4與問句5則是決定最好的方法來解決問題（或是利用機會）：

1. 是否有或可能有問題（或機會）？ 2. 這個問題（或機會）在哪裡？	**界定問題**
3. 為什麼這個問題（或機會）存在？	**建構分析**
4. 我們能做什麼呢？ 5. 我們應該做什麼呢？	**找出解決方案**

在傳達你的分析結果方面，問句1與問句2的答案變成你的文章引言，而其他問題的答案則得出金字塔的論點。本章我將提出一個正式的界定問題的方法，以便你可以輕鬆地從問題去撰寫提案或結果報告的引言。

---

[1] 原文註：Holland. B. Robert, *Sequential Analysis*, McKinsey & Company, London, 1972.

界定問題的基本架構

如同前面所述，如果問題意味著你有什麼與你想要什麼之間的差距，這個差距並非憑空產生。它源自於一個現有的情境，並呼應一組特定的狀況而發展。這些狀況可能相當簡單，也可能涉及複雜的因果互動過程。不管是哪種情況，了解它們的發展來由，對於找出這個差距的本質和了解它的意義都是必要的。

列出要素

讓我利用一個刻意簡化的例子，來說明這個基本架構的構成要素。假設你有一間公司，三十年來一直按照一個可靠的方法販售需求很大的工業不動產。銷售人員只要列出潛在客戶名單、寫好報告內容，然後做簡報。

公司長久以來一直做得很好，年銷售成長約10%。但是，今年已經到了最後一季，種種跡象顯示銷售並未成長10%，反而將降低10%。這個消息自然令人感到震驚，公司希望盡快採取行動將銷售拉回常軌。

把這個問題想像成由一個現有的情境所產生的問題（圖表8.1）。這個情境是由一個包含現有的結構或過程（他們的標準銷售方法）的「起點」（Starting Point）或「序幕」（Opening Scene）所構成。這個過程產生或是期待產生「想要的結果」（R2）：持續性的10%年成長率。在這個情境中，某件事情發生或是採取了一個行動（他們計算預估的銷售數據），導致發現或造成一個很可能「不想要的結果」（R1）：銷售成長面臨低於預期的威脅。

圖表8.1 問題源於現有的情境

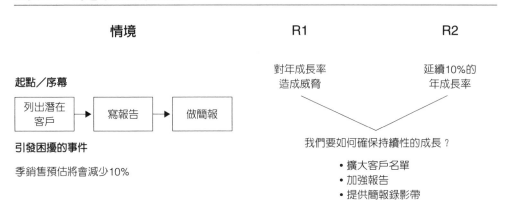

所做的簡報與預期結果之間目前存在著差距,而那個差距就是「問題」。為了解決這個問題,人們必須找出造成差距的原因,並判斷縮小差距所需要採取的措施。這些原因通常在於序幕中所設想的活動。因此,「界定問題的基本架構」要求你回答三個問題:

- 發生什麼事情?〔情境(起點/序幕+引發困擾的事件)〕
- 我們不喜歡什麼?(R1)
- 而我們想要什麼?(R2)

一旦回答了這些疑問,問題的界定就很清楚,你可以判斷這個問題所引發的疑問,並開始找尋「解決方案」。「解決方案」通常來自於改變結構或過程中正在進行的事情,也就是原先的「起點/序幕」。在上述的例子中,如果銷售下滑,原因可能是:

- 潛在客戶名單可能已經失效；
- 報告不夠強而有力；
- 簡報沒有效果。

現在你可以建構問題的分析，為此你將開發診斷的架構及邏輯樹，使你能夠對各方面進行完整的分析，以找出銷售下滑的原因。你的解決方案中的步驟將會源自這些基本架構，而且可能會包括：改正名單、報告或簡報。（第九章將說明問題分析的診斷架構，以及如何發展這些架構。）

轉換為引言

最大的好處是，當你準備要寫解決方案時，你可以輕鬆地將問題定義轉換為引言。你只要由左而右再往下閱讀，並把讀者最後知道的事情當成引發「疑問」的「衝突」。因此，在這個例子中：

情境＝一直採用可靠的方法販售產品，三十年來給了我們10%的年銷售成長率。

衝突＝季銷售預估顯示，銷售並非成長10%，而是減少10%，這是我們無法達成年底目標的壞兆頭。（引發困擾的事件、R1、R2）

問題＝我們如何可以確保持續性的成長？

排除執行上的缺失
- 擴大名單
- 加強報告
- 提供簡報錄影帶

　　當然，這是一個高度簡化的例子，例子中的疑問只是「我們如何從R1到R2？」，其結構如下：

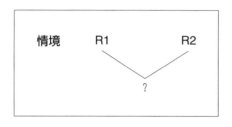

情境＝我們有期望的過程（情境）

衝突＝它沒有給我們想要的（R1、R2）

問題＝我們應該做什麼？

　　然而，大部分問題的情況更為複雜，例如，某間公司可能找到了問題且已經提出了一個解決方案。在那種情況下，讀者的疑問不是「它是正確的解決方案嗎？」；就是「我們如何實施這個解決方案？」，而這個解決方案的存在就變成引發疑問的「衝突」。

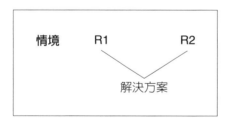

情境＝我們有一個問題（情境、R1、R2）

衝突＝我們提出一個解決方案（解決方案）

問題＝它是正確的解決方案嗎？或
　　　我們如何實行這個解決方案？

　　或是某間公司可能有一個問題、提出一個解決方案，並發現這個解決方案無效。然後這個問題同樣是「我們應該做什麼？」

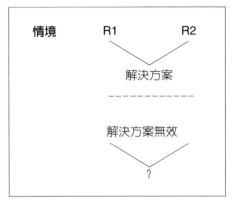

情境＝我們有一個問題並發展出一個解決方案
　　　（情境、R1、R2、解決方案）

衝突＝這個解決方案無效（R1-b）

問題＝我們應該做什麼？

　　或者你甚至可能有一個三層的問題，在這問題中，你的第二項解決方案也宣告無效。舉個例子，時間背景拉回到一家超市的新興階段。

　　假設你是一間大型包裝食品製造商，雖然你已經有大規模的新產品測試行動，但是在產品開始全面上市之前，你還是覺得花大約一周的時間在超市貨架上試銷即將要推出的產品比較保險。

　　你前往各家超級市場並表明你的意圖，但是超市業者不知道是否該讓你進來打亂他們井然有序的生活方式。不過你提議支付適度費用來取得這項禮遇，而他們也接受了。

　　經過一段時間，超市發展成為連鎖店，而這個費用照逐年提高到一周20,000美元，你認為這個金額太高，所以你召集一個委員會來檢討這個問題，但是委員會除了一貫拒絕支付外別無他法。很遺憾的是，超市也拒絕讓你在他們的貨架上進行為期一周的商品試銷活動了。

　　我們現在有一個問題，其結構圖如圖表8.2：

圖表8.2　問題可能擴大到三層

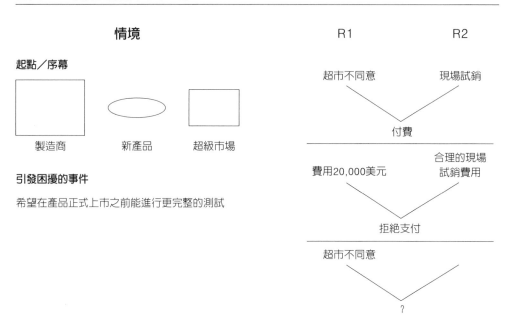

這的確是一個複雜的經歷，但是因為你能夠把它條列出來，並用這個條理分明的方式來檢視它，所以你可以相當容易地，譬如在對同業進行說明的引言中，用短短的幾個句子來描述這個狀況。同樣地，這個技巧是由左而右再往下，把讀者了解的最後事實當成「衝突」。

情境：如你們所知，為了讓超市業者同意讓新的產品在他們的貨架上進行為期一周的測試，多年來，我們一直支付給他們費用。這筆費用逐年增加，現在已經到達20,000美元，對於使用貨架空間一周而言稍嫌太貴。為了讓超市知道什麼才是合理的，我們已經拒絕支付這筆費用。（情境、R1-a、R2-a、解決方案a、R1-b、R2-b、解決方案b）

衝突：不幸地，他們也拒絕了讓我們試銷產品。（R1-c）

問題：今日我們想要處理的問題是，我們應該如何回應？

誠如我前面說過，你利用「界定問題的基本架構」做為解決問題過程的第一步，也是建立傳達解決方案的一組金字塔論點的第一步。你也會發現，做為一個輔助工具，指出並改正你所檢閱的文章中的問題，這個基本架構是非常寶貴的。不管是哪一個情況，你想要遵循的過程是：

- 如前面的幾個附圖所示，羅列問題的基本成分。
- 就解決方案而論，找出你的所在位置。（解決方案已經提出來？還是已經採納了呢？）
- 判斷適當的疑問。
- 檢查引言是否反映界定問題。
- 檢查金字塔結構是否回答這個疑問。

讓我帶領你走一遍這個普遍性的過程，最後再用一個真實生活的例子做結尾。然後，我將會在第九章告訴你如何進一步闡述問題的界定，以建構問題的分析並產生可能的解決方案。

列出問題

如同我們在前面所見，在我們確定已經弄清楚問題，以尋求一個解決方案之前，我們必須明確說明四項要素：

- 起點／序幕
- 引發困擾的事件
- R1（不想要的結果）
- R2（想要的結果）

這些要素結合在一起，共同述說著一個問題如何展開的相當戲劇化的故事，而且你可以用戲劇的用語有效地思考這些要素。

起點／序幕

想像自己安靜地坐在黑暗的劇院之中，簾幕拉開，舞台上映入眼簾的是描述一個特定時空的布景。那就是「起點」或「序幕」。然後發生某件事情導致劇情開展，那就是「引發困擾的事件」。

相同的流程也適用於界定問題。只不過在這裡，當簾幕開啟時，你在一個特定的時空點上，看到的是自己的領域或是你客戶的公司或產業所產生的問題。它可能會由你容易想像的結構或是流程所組成。

典型的序幕結構	典型的序幕流程
• 組織圖 • 電腦配置 • 工廠／辦公室地點 • 地理市場	• 銷售或行銷活動 • 資訊系統 • 管理流程 • 配銷系統 • 製造流程

如果閱讀你文章的對象具備《財星》（*Fortune*）或《商業週刊》（*BusinessWeek*）雜誌普通讀者的一般知識水準，你可以把你

所了解的、構成你所討論領域的畫面描繪出來。要不就是假設你要開始告訴朋友這個問題的故事，他們將必須能夠「看見」什麼畫面，以了解你在談論什麼：

「從前有一間公司從三間倉庫將家用商品配銷到全國……。」

讀者自然會得到三間倉庫經銷商品的畫面。

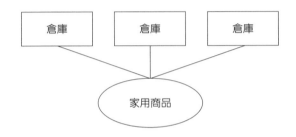

或者你可以說：

「我們的公司由幾個獨立經營的業務部門所組成，每一個部門從事的業務都可能適合這項新的影像處理技術。」

讀者可能得到如下的畫面：

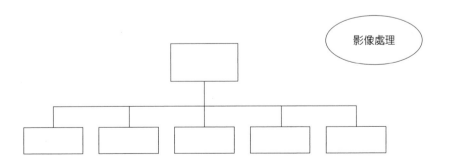

你在序幕階段必須盡量保持簡單的想像及簡短的說明，等到實際書寫引言時再詳述。

引發困擾的事件

人們對於結構或過程產生興趣，是因為發生某件事情而影響其運作。引發困擾的事件是現在發生的事情——或是可能發生什麼事情，或是不久或很久的將來會發生的事情——將威脅序幕所描述的相對穩定的情境，並因此引發「不想要的結果」（R1）。在前述的例子中，新技術的出現是「引發困擾的事件」。

「引發困擾的事件」可能是：

1. **外部**：在結構／流程發生的環境之外發生了變化，例如：
   - 新的競爭對手出現。
   - 改換新技術。
   - 政府或消費政策的改變。

2. **內部**：公司著手進行的改變，例如：
   - 增加業務流程。
   - 裝置新的電腦系統。
   - 進軍新市場。
   - 改變產品線的方向。

3. **最近的發現**：明顯或可能需要改變的認知或證據，例如：
   - 產品／流程的表現落後。
   - 低於水準的業績。
   - 市場研究顯示，消費者的態度可能改變。

　　有時候，尤其是在撰寫諮詢建議方面，你可能無法得到足夠的資訊，以明確找出是什麼使人意識到問題的存在，但是你應該能夠找出，讀者在他的結構或流程中不滿的是什麼。在那個情況下，不要浪費力氣試圖製造一個「引發困擾的事件」。只要直接前往R1。

R1（不想要的結果）

　　R1是你的讀者試圖要解決的問題、可能面對的問題，或是可以抓住的機會，通常是經由「引發困擾的事件」（其來源為外部、內部，或是最近發現的問題）而浮上檯面。在顧問界，「不想要的結果」通常是促使客戶尋求諮詢服務的原因，雖然在某些案例中，客戶並不是很清楚「不想要的結果」的潛在原因。

　　「引發困擾的事件」可能透露一個迄今尚未得知（或得到）的機會的存在，但是更可能的情況是，它將會：

- 對公司的作業流程或結構產生不利的影響。
- 擾亂某特定領域的表現。
- 引發（或應該會引發）對公司、產品或作業流程的重新思考。
- 挑戰（或應該會挑戰）關於消費者、市場、競爭對手、核心競爭力、作業流程或技術的基本假設。

　　「引發困擾的事件」也可能產生一個以上的「不想要的結果」，在你的圖表內應該盡量簡短說明。舉個例子，這個「不想

要的結果」可能是公司目前無法服務市場，或是市場佔有率正在流失；公司可能看到銷售逐漸萎縮、銷售利潤率下滑，或是財務狀況惡化；或是一個預估的市場機會可能無法實現等等。

R2（想要的結果）

「R2」是讀者希望他們的結構或流程取代「R1」所產生的結果。（或是如果R1是個機會，則希望能夠利用這個機會。）你可以盡可能地以具體而又可以量化的方式來闡明「R2」，以便你能夠分辨什麼時候已經達成這個結果。沒有「想要的結果」的最終結果描述，你便無法在思考過程裡所可能產生的種種解決方案中輕鬆地做選擇。

你的最終結果論述，不是提出具體數據就是顯示具體目標，你應該設法利用最終結果的用語來說明你的R2，例如：

- 達成年底成長目標。
- 將上市時間縮短三分之一。
- 同意以合理價格進行超市試銷活動。
- 修改系統以便正常運作。
- 有足夠的產能因應預估需求。

有可能你無法具體闡明R2，或是你可能完全無法說明。在那個情況下，你只要在R2的部分寫下，如果問題解決時你希望自己在什麼樣的常態。接著，你的問題解決的第一步應該是確定具體的R2。

在列出問題的各個部分方面，你必須建立一個粗略但卻可辨認的基本架構，讓你可以找出種種理解上的差距，並根據這個架構完成你的引言。

等我們到第九章，你將會了解，在問題解決過程之中，你對「序幕」、「引發困擾的事件」、「R1」和「R2」的定義可能會有很大的改變。舉例來說，一旦你開始收集資料，你可能發現自己更確定外部改變的程度，並因此改變並重新闡述 R1 與 R2 的本質，但是這個結構的各個部分之間的關係總是更重要。

尋找疑問

一旦你列出了問題的各個基本要素後，你就準備要尋找讀者的疑問。這個疑問取決於在你開始分析問題之前，讀者對這個問題的投入程度。他們只是想要知道如何從 R1 到 R2 呢？還是他們已經決定如何做？情況不同，當然會有不同的疑問。

一些作者常犯的嚴重錯誤在於，沒有弄清楚讀者是否已經採取某種行動去解決這個問題。認清讀者什麼時候已經採取行動，以及該行動如何影響一篇文章打算回覆的疑問，大幅簡化了撰寫引言及建構後續邏輯推理的過程。

利用問題界定做為指導方針，我們根據讀者尋求解決方案的立場不同，可以看到讀者通常會面臨七種不同的問題情境：

最常見的情況

1. 他們不知道如何從 R1 到 R2。

2. 他們自認為知道如何從R1到R2，但是不確定自己的想法是否正確。

3. 他們確知如何從R1到R2，但是他們不知道如何實施這個解決方案。

最常見情況的變型

4. 他們自認為知道如何從R1到R2並且實施了這個解決方案，但是卻為了某種原因導致該解決方案行不通。

5. 他們找出幾種可能的解決方案，但是卻不知道要挑哪一種。

可能但不常見的情況

6. 他們知道R1卻無法具體闡述R2，以至於無法找出解決方案。

7. 他們知道R2，但是不確定自己所處的情況是否為R1（典型的標竿研究）。

圖表8.3顯示，問題界定的構成要素在這七種情況下將如何對應引言。

圖表8.3 藉由尋找解決方案以找出讀者的立場

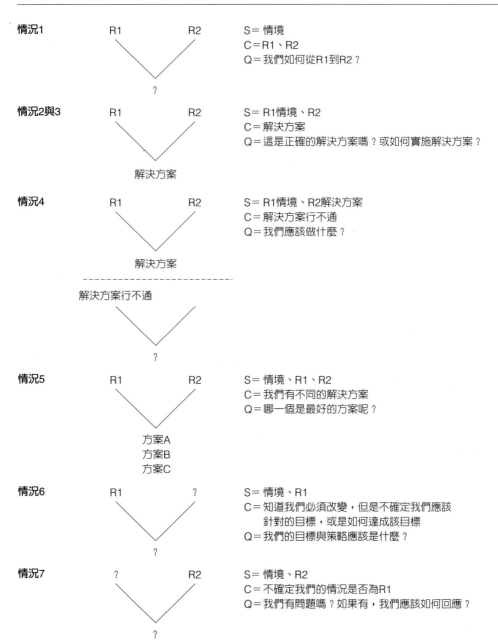

情況1

R1   R2

?

S＝情境
C＝R1、R2
Q＝我們如何從R1到R2？

情況2與3

R1   R2

解決方案

S＝R1情境、R2
C＝解決方案
Q＝這是正確的解決方案嗎？或如何實施解決方案？

情況4

R1   R2

解決方案

- - - - - - - - - - - - - - - - - -

解決方案行不通

?

S＝R1情境、R2解決方案
C＝解決方案行不通
Q＝我們應該做什麼？

情況5

R1   R2

方案A
方案B
方案C

S＝情境、R1、R2
C＝我們有不同的解決方案
Q＝哪一個是最好的方案呢？

情況6

R1   ?

?

S＝情境、R1
C＝知道我們必須改變，但是不確定我們應該
　　針對的目標，或是如何達成該目標
Q＝我們的目標與策略應該是什麼？

情況7

?   R2

?

S＝情境、R2
C＝不確定我們的情況是否為R1
Q＝我們有問題嗎？如果有，我們應該如何回應？

_____

S＝情境；C＝衝突；Q＝問題。

進入引言的寫作

如同你已經看到的，「界定問題的基本架構」大多以可以最輕鬆地被運用在引言的順序列出問題的各個要素。你只要按照由左而右再往下的原則，讀者最後知道的事情總是「衝突」的部分。

下面是針對圖表8.3所示的七種標準情況，用圖說明引言與金字塔結構的例子。為了強調最根本的架構，這些例子有點抽象，但是你可以在附錄B裡讀到每個引言的完整內容。

我們應該做什麼？（1）

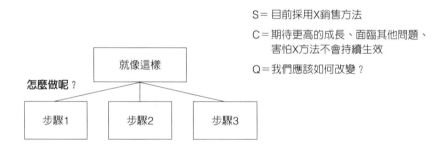

這個結構是所有分析與寫作中最簡單的一個，因為「情境」總是描述現在正在進行的事情，而且「衝突」總是讀者目前在R1，而想要到達R2。這個結構也可以運用在告訴某人如何改變或是提升目前正在運作的系統。在那個情況下，你將有：

情境：這是今日這個系統運作的方式。

衝突：這個系統並未做到它應該做的。

問題：我們如何讓系統做到它該做的？

此例中邏輯主線的複數名詞是「改變」。它與你用來告訴某人如何做某件新的事情的結構稍有不同，後者的複數名詞將會是「步驟」。

情境：這是我們想要進行的活動。

衝突：我們無法進行。

問題：我們如何有能力進行？

我們應該做我們想做的事情嗎？（2）

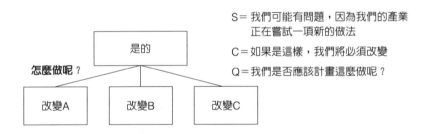

這種架構有幾個有趣的變型。

情境：我們有情況／問題。

衝突：我們計畫一項行動。

問題：這是正確的行動嗎？

情境：我們正計畫採取X行動。

衝突：除非是Y情況，否則我們不想要採取X行動。

問題：這是Y情況嗎？

我們應該如何做我們想做的事情呢？（3）

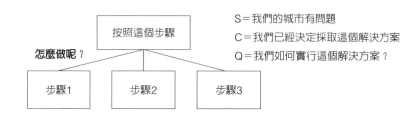

如果你試圖向某人說明如何完成某件事情，這個結構同樣適用：

情境：我們有一個問題。

衝突：我們執行X來解決問題。

問題：你如何執行X。

情境：我們現在有（或曾經有）一個目標。

衝突：我們正在裝設系統（或流程）以完成這個目標。

問題：這個系統（或流程）如何運作呢？

我們的解決方案行不通，我們應該做什麼？（4）

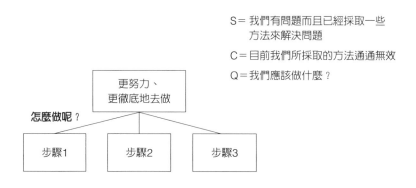

　　你可以看到，這個結構只是第一個結構的延伸，在第一個結構中，疑問是相同的：「我們應該做什麼？」唯一的差別在於，這個問題可能已經採取過兩到三次的不同方法，在找到適當的疑問之前，必須先探究已採用過哪些方法。

我們應該選擇何種方案？（5）

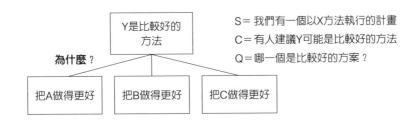

　　選擇方案總是在「衝突」的階段，因為除非讀者事先知道這些方案，否則你通常不應該提出來。亦即，讀者將會事先自行把它們當成希望你去權衡與分析的可能行動方案。你尤其要避免，只是為了顛覆它們而提出不同的解決方案。例如：「我們有三個可以解決這個問題的方法」，加上下面的邏輯主線：

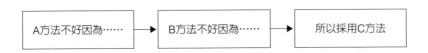

　　採用C方法的理由不是因為A方法和B方法不好；採取C方法的理由是因為它能解決問題。（附錄B針對產生及討論各種選擇方案有更完整的討論。）

我們的策略應該是什麼？（6）

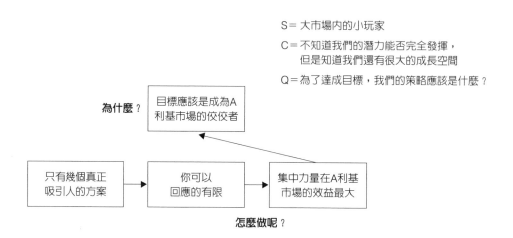

S＝大市場內的小玩家

C＝不知道我們的潛力能否完全發揮，但是知道我們還有很大的成長空間

Q＝為了達成目標，我們的策略應該是什麼？

為什麼？

目標應該是成為A利基市場的佼佼者

只有幾個真正吸引人的方案 → 你可以回應的有限 → 集中力量在A利基市場的效益最大

怎麼做呢？

有時候客戶面臨問題或機會，他們知道本身需要採取行動，但是因為缺乏經驗或是了解太少，所以不管是擬定界定清楚的目標或是找出達成目標的行動，他們都不知道要如何著手。舉例來說，他們可能身處技術與市場變動快速的產業，他們知道變動是脫離停滯的領域並進入快速成長領域的機會，但是他們就是不知道他們可能會變成什麼樣子。

在這個例子中，客戶找了一名顧問去分析這個產業並找出產業成功的關鍵因素，他根據這些關鍵因素，以判斷出客戶的強項，並按照那些強項判斷客戶的市場競爭能力及獲利能力，然後為客戶擬定最明智的策略。

於是，這份報告的主旨就是該策略的論述，其邏輯主線若非描繪達成這個策略的步驟，就是如上圖所示，說明採用演繹論證的策略，而做法就接在最後那個方框的下層。

我們有問題嗎？（7）

S＝新的市場劃分帶來一些重大的改變
C＝人們認為這些改變不利於這個產業內的企業
Q＝這個看法合理嗎？

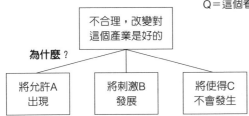

不合理，改變對
這個產業是好的

為什麼？

將允許A
出現

將刺激B
發展

將使得C
不會發生

　　這篇特定的文章反映了對改變中的產業的疑慮，這種結構最常使用在，客戶想要與競爭對手，或是其他產業中與他們從事相同商業活動的公司進行「標竿」比較。

真實案例

　　為了讓你了解，把問題界定的要素轉化為引言的各個部分有多容易，這裡有一個從最初的問題界定到形成最後的金字塔結構的真實案例。它是關於一間家用商品零售經銷商的案例，以下是問題的要素：

　　　　某公司有三個配送中心，分別位於烏斯特（Worcester）、埃文斯維爾（Evansville），以及拉斯維加斯（Las Vegas），再加上同DMSI公司租用的倉庫空間。這三個倉庫的貨物容量原本是為了應付490間商店的需求，但事實上這4個配送中心有時候光是應付目前的438間商店就已經

很吃緊了。考量到4%至5%的年成長率,加上年底前計畫開設198間新商店,公司預期,兩年內倉庫就已不敷用了。

為了提供必要的倉庫容量,公司已經找出各種可以採用的行動方案:擴建一間以上的現有倉庫、建立第四或第五間新倉庫、改進原料處理流程,或是繼續依賴第三方。然而,這些行動方案對於投資報酬率各有不同的影響。公司想要挑選一個策略,既能保證最低的資本支出與營運成本,又不改現有的作業處理速度及全線產品策略。

這個問題可用圖表8.4呈現。從這張圖中,你會發現,你可以採用圖表8.3情況五裡引言結構的變化形式。

圖表8.4　問題架構

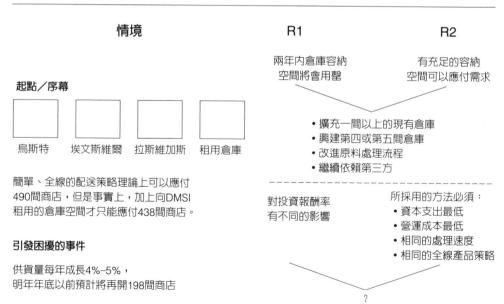

| 情境 | R1 | R2 |

起點／序幕

烏斯特　埃文斯維爾　拉斯維加斯　租用倉庫

簡單、全線的配送策略理論上可以應付490間商店,但是事實上,加上向DMSI租用的倉庫空間才只能應付438間商店。

引發困擾的事件

供貨量每年成長4%–5%,
明年年底以前預計將再開198間商店

兩年內倉庫容納空間將會用罄

有充足的容納空間可以應付需求

- 擴充一間以上的現有倉庫
- 興建第四或第五間倉庫
- 改進原料處理流程
- 繼續依賴第三方

對投資報酬率有不同的影響

所採用的方法必須:
- 資本支出最低
- 營運成本最低
- 相同的處理速度
- 相同的全線產品策略

?

S ＝ 我們有一個問題

C ＝ 我們有不同的解決方案

Q ＝ 要採用哪一個呢？

然後你會得出圖表8.5所示的引言與金字塔結構。

「界定問題的基本架構」是一個初看難以了解和喜歡的概念，但是每當你必須以口頭或書面說明一個問題，它都是一個十分有用的工具。而且你也目睹了，這個架構是一個很好的指導工具，能幫助你發展文章的引言，提出解決問題的建議。

圖表8.5　從問題到金字塔結構

S ＝ 公司成立3個配送中心以處理490間商店的需求，但是實際上只能應付438間商店，而且還要靠租用倉庫才能解決。公司的供貨量年成長4%-5%，加上2002年底以前還要開設198間新的店面，到了1999年底倉庫空間將會用罄。公司想要確保及時採取措施提供充足的倉庫空間。但是有幾種解決方案，包括：擴大一間以上的現有倉庫、興建第四或第五間新倉庫及各種方案組合。

C ＝ 不同的活動和時機對投資報酬率有不同的影響。公司希望挑選的方案能夠保證最低的資本支出和營運成本，同時還能維持處理速度與全線產品策略。

Q ＝ 應該選擇什麼配送策略呢？

逐步增加倉庫空間，盡量避免興建第四間倉庫

- 1977年，改建烏斯特與埃文斯維爾配送中心
- 實施「快速循環」原料處理技術
- 繼續與選擇性的第三方合作
- 2000年，擴建拉斯維加斯配送中心
- 2002年，於喬治亞或是卡羅萊納州興建新的配送中心

在界定問題與發現解決方案之間，當然還要經過實質的問題分析——界定問題的原因與評估各種解決問題的行動方案。「界定問題的基本架構」在這方面的價值是，引領你以最有效的方式，找出並建構發展有效的解決方案所需要的分析，如同你在第九章所見。

第9章
建構問題分析

問題分析通常按照一種標準方式進行：

收集資料 ⟶ 說明發現 ⟶ 得出結論 ⟶ 建議行動

但是為了「最有效地」得出結論與行動，分析者必須特意建構一開始的收集資料功夫，以便這些努力能產生符合邏輯的發現。人們一般不是這樣做，而傾向於收集某個領域可得到的任何資料，並暫停任何實質的思考，直到他們把所有的事實與數據都收集在一起。

當然人們可以那樣做，只是一定要花額外的功夫。比較好的方式是，提出診斷架構及邏輯樹以指引你的分析並導引你的思維。這樣不僅能夠更有效率地解決你的問題，而且將結果建構成金字塔型也將會容易多了。

由於一般的習慣經常是先尋找資料，讓我來探究這個方法之所以常見的原因，然後說明另一個做法。

從資料著手

從資料著手有一段相當長的歷史，時間溯及顧問業的濫觴期（一九五〇與一九六〇年代）。當時這個行業相對較新，而且顧問公司尚未廣泛匯集關於產業和企業的知識。因此，不管客戶有何問題，標準做法是從全面性的公司／產業分析來展開咨詢過程：

1. 找出這個產業內的關鍵成功因素，檢視：
   - 市場特性。
   - 價格—成本—投資特性。
   - 技術需求。
   - 產業結構與獲利能力。
2. 評估客戶的優勢與劣勢，基於：
   - 銷售與市場地位。
   - 技術地位。
   - 經濟結構。
   - 財務與成本結果。
3. 對照成功的關鍵因素，比較客戶的表現
4. 發展具體的建議，利用機會並解決問題

這個結果是一大堆的論據，難以得出有意義的結論。事實上，一間大型顧問公司曾經估計過，其所找尋的資料與分析所花的功夫有整整百分之六十是做白工。顧問產生太多「有趣的」論據和圖表，最後只有很小的部分與客戶的真正問題有關。多數的資料往往是不完整的，所以在許多情況下，很少有資料或是沒有

資料支持主要的諮詢建議。這意味著，顧問在最後一分鐘還被迫去找額外的資料。這個流程不只浪費成本，還容易得到潰瘍。

即使有了完整的資料，要清楚組織自己的想法，並完整地在報告呈現，還需要花很大的功夫。第一步是在「營運」、「行銷」、「成長計畫」、「議題」等標題之下，組織他們已經收集到的資料。但是我們從第七章知道，從那樣的分組難以得出清楚的結論。

為了給讀者某種結構，多數的管理顧問公司依賴他們原先收集資料的順序來呈現資料，使用標題為「發現」、「結論」與「建議」的段落來組織文章。但是這些標題對於做為推動作者思維的輔助手段而言，就跟隨便寫的標題沒有兩樣。無論如何，管理顧問花費大量的時間在寫作功夫上，最後提出的是冗長、不是很有趣的文章，只是彆腳地反映文章本身存在的洞見。

有鑑於這些努力的成本越來越高，而結果又不盡如人意，公司開始探究這個問題。最後他們判斷合理的做法（也是現在比較好的管理顧問公司的做法）是，在開始收集任何資料之前，先行建構問題的分析。某種程度而言，他們是在複製典型的科學方法：

- 提出各種假設。
- 設計一個含有各種可能結果的關鍵實驗（或是若干實驗），每個實驗幾乎都能排除一個或更多的假設。
- 進行實驗以便得出清楚的結論。
- 據此計畫改善的行動。

換句話說，他們強迫自己向上思考各種可能的理由，以解釋問題存在的原因（一個稱為逆推法的方法，參見附錄 A 的討論），並將他們的資料收集功夫集中在證明這些理由的對與錯。等到他們對問題原因的結論感到有信心之後，就能夠提出有創造力的解決方案來解決問題。

「啊，」你說：「但是我要怎樣提出『可能的理由』？我不可能憑空捏造啊！」你不能憑空捏造，你必須透過仔細檢視有問題的領域的「結構」——即「界定問題基本架構」的「序幕」或「起點」。為了對這個結構有深刻的理解，你必須運用一個適當的診斷架構。

有一些診斷架構可以幫助分析，還有一些非診斷性的邏輯樹可以幫助產生建議。這兩個分析輔助工具之間的差異通常不是很明顯，而且它們一同被歸併在「分析技巧」或「議題分析」之下。不過，說明這個差異是很有用的，你可以在正確的地方使用正確的技巧。

設計診斷架構

你使用診斷架構來幫助想像客戶發生問題之處。這個設想反過來能透露你的分析應該著重的要素或活動。舉一個非常簡單的例子[1]，讓我們假設你有頭痛的問題，而你不知道原因為何，所

---

[1] 原文註：取材自安德森管理顧問公司（Anderson Consulting）的一份內部簡報。

以無法決定要如何治療。第一步便是試圖想像問題的可能原因。

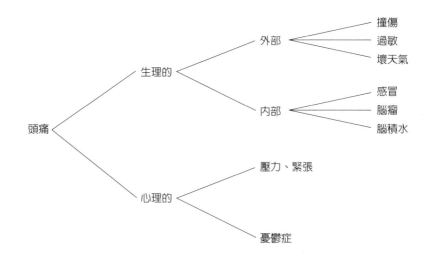

　　如果你頭痛，MECE分類法顯示，這有可能是某種生理因素或心理因素所造成。如果是生理上的原因，則子因素可能是外部或內部因素。如果是外部因素，你可能是撞到頭、過敏，或是受天氣影響等。

　　有了這張圖，你可以用最容易排除的順序，評估可能的因素。換句話說，如果你的頭痛是天氣所引起的，就沒有必要去掛號、檢查腦瘤。

　　我們從第六章得知，構建任何事物只有三種可能方式：劃分、回溯因果、分類。你可以使用其中的一種或多種技巧，來設計診斷架構，以找出問題的可能原因。

顯示實體結構

　　企業或產業的實體部分有清楚的結構──那就是，它們可以

被想成由幾個單位所組成的系統，以行使一個特定功能。如果你描繪這個系統的現況或是它應該運作的模式，那個畫面將會引導你去判斷你必須回答的問題，並找出分析底下的問題成因。

　　舉例來說，圖表9.1顯示，零售商影響消費者購買的各種銷售與行銷因素。因此，你必須判斷的事情之一是，市場佔有率下滑（R1）是否因為他們沒有充分讓消費者認識商品，因為他們沒有說服消費者去購買等等。

圖表9.1　營運實體結構示意圖

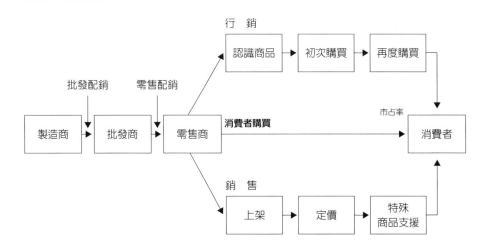

　　另一個典型的分析是，試圖了解商業流程以及產業內的關鍵趨勢，以做為找出危險領域的基礎。在這裡，你將產業分成幾個部分（參見圖表9.2），並決定每個部分的量與競爭結構。你也可以試著判斷哪裡有附加價值、成本表現如何、利潤來源、哪些地方的獲利容易受影響，以及資產的使用。然後你可找尋著力點，並從那些收集的資料，來決定公司哪些地方比較脆弱。

圖表9.2　產業結構示意圖

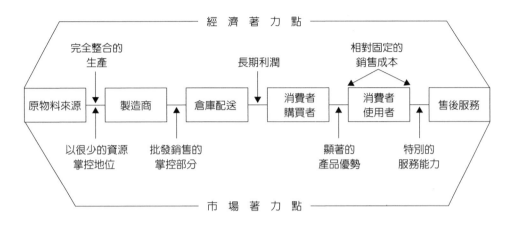

探究因果

診斷問題的第二個方法是，探究組成特定結果的因果要素、活動或工作。你可以透過顯示財務要素、工作或活動的各個層級來做到這點。

1. **財務結構**。如果你想要顯示一間公司的財務結構，譬如找出R1的低投資報酬率的原因，你可以採用這個方法。

將數字放在圖表9.3上，你將能夠非常快速地判斷出，這個問題是否因為銷售較去年低，或是成本太高，或是二者皆是。接下來，你可以拆開每項要素，顯示它的主要影響因素，然後找出每個影響因素的組成因素（例如：對銷售而言，產品、設計和供貨範圍影響產品數量）。一旦完成這個結構，你必須決定：「問題是在產品數量嗎？還是定價？」等，並仔細思考回答每個問題所需要的資料。

圖表9.3 公司財務結構示意圖

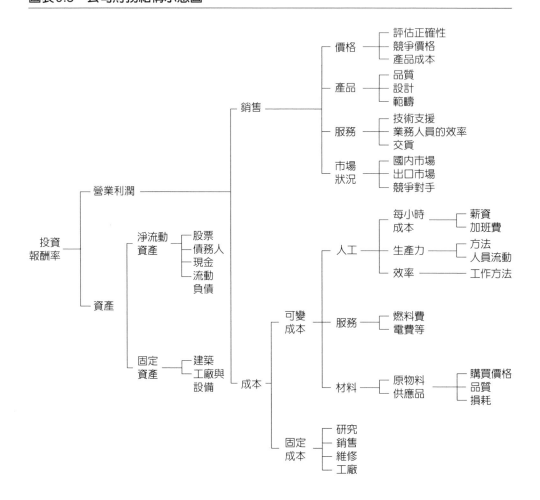

2. **任務結構**。更深入、更明確的做法是畫一張樹狀圖,顯示企業必須自我組織以行使的重要任務(參見圖表9.4)。為了做到這點,你從每股盈餘(EPS)著手,並就公司的財務結構劃分這張樹狀圖,將每個要素指定為獨立的管理工作。然後你將損益表和資產負債表加在這個結構上,同樣地將每個項目指定為一項任

圖表9.4　公司重要任務示意圖

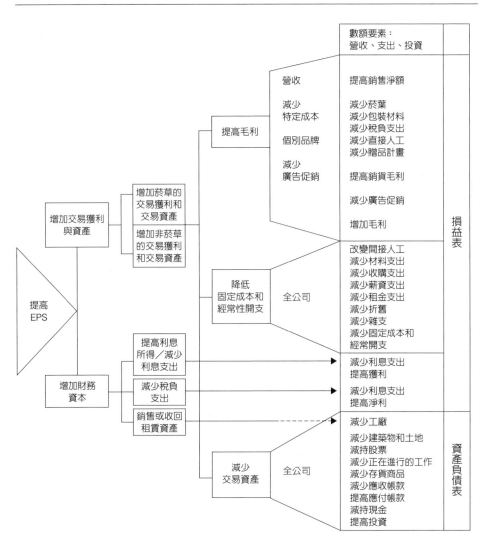

務。如果你在這個階段發現問題，這個方法對於找出所需的行動類型有很大的幫助。

舉例來說，一間香菸公司的毛利是由營收減去特定成本（菸

葉、包裝材料、稅、直接人工成本），再減去廣告與宣傳費用。然後這些類別變成任務（提高銷售淨額、減少菸葉成本等）。你知道這間公司的關鍵任務為何，而且可以分析樹狀圖中的數據（趨勢、敏感性、各種行業比較和競爭對手），決定執行這些任務的優先順序以提高EPS。

3. **活動結構**。另一個方法是利用樹狀圖探究必須實施以產生「不」想要的最後結果的活動。例如：高成本或過長的安裝時間（參見圖表9.5）。這個方法是設想所有可能帶來結果的原因，並將在適當的層級組織他們的關係。

舉例來說，安裝電話交換設備有一部分的工作必須在承包商的工廠內完成，有一部分則要由他們的人員在現場完成。現場的活動組成因素是：安裝人員、他們可以使用的工具、要安裝的設備、測試設備的測試人員，以及在不同的階段需要他們的許可的客戶。這些因素要如何組織起來呢？

如同你在圖表9.5所見，你從你設法了解的「不想要的結果」——裝設時間比預期長，來展開你的邏輯樹。在下個階段，你假設這個結果可能發生的幾個彼此獨立且全無遺漏的理由：每班的人力減少、每班每人工時提高、每週工時減少。

然後你取得每個可能的理由並將它進一步分解。什麼可能花費每班每人更多的時間呢？不是人員工作比較慢，就是工作本身需要更多時間，或是有些意外的延誤。同樣地，你取得每個可能性並問這為什麼會發生呢？這個結果是一整串可以收集並分析事實的領域。你在這個產業的經驗將會告訴你先從何處著眼。

圖表9.5 產生不想要的結果所需活動示意圖

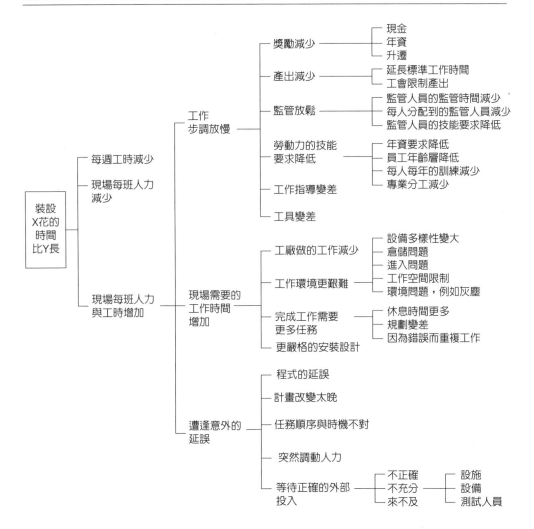

將可能原因分類

第三個方法是按照預先分類將會有效綜合各個事實的假設上，透過相似性將可能犯錯的地方進行分類。因此，圖表9.6你

注意到「銷售」可能因為半固定因素或是因為可變因素而疲軟。你假設銷售疲軟這兩種因素都有，然後決定你將必須收集資訊以證明：(1)這類商品的市場下滑造成銷售減少；(2)店面的覆蓋範圍無法配合市場；(3)商店規模造成銷售量縮減等。

訣竅在於，在比較高的層級分組創造一個MECE分組，做為指引，找出下層可能進一步原因。然後你可以有系統地說明「是

圖表9.6　問題可能原因示意圖

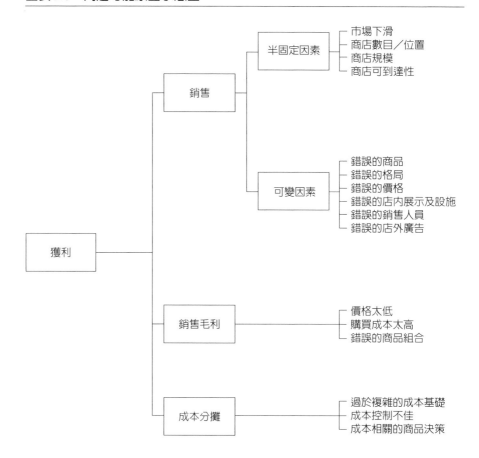

與非」（yes-no）的問題，讓你可以確認或是排除其中一些原因。

　　另一個分組的方法是**選擇結構**。這種邏輯樹與試圖發現一個不想要的結果的原因之行動結構有關。然而，在選擇結構，你只是列出雙重選擇，直到你對可能的原因有更精確的認知。

　　舉例來說，圖表9.7中，如果你的銷售支援無效，可能是在零售或是總部的支援無效。如果零售無效，你不是在對的商店就是在錯的；如果在錯的商店，那麼那就是問題。如果在對的商店，那麼你去支援的頻率不是正確就是不正確；如果頻率正確，那麼你在支援期間所進行的活動不是正確就是不正確，以此類推。

　　這張選擇圖的祕訣在於，想像與銷售有關的順序流程，並將之反映在你的分叉。首先你挑商店，然後你拜訪這間商店，然後你做對的事情，不是做得好就是做得壞。結果同樣是一張必須執行的分析示意圖，那將會告訴你如何解決問題。

圖表9.7　過程中不同階段的雙重選擇示意圖

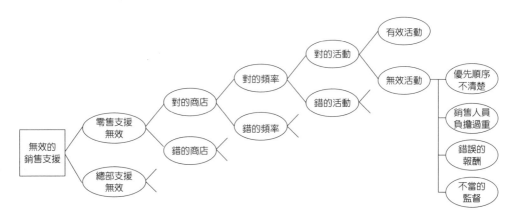

一個更複雜的選擇結構是**連續性行銷結構**（圖表9.8）。同樣地，我很感激荷蘭德（B. Robert Holland）提供這個例子。這個結構的價值在於它的完整性，以及你打算進行的每個要素分析的順序。

舉例來說，你的分析可能找出一些你的行銷計畫不當的幾個指標，比如包裝錯誤、廣告方向錯誤、促銷不積極，以及那些真的會購買這個產品的人不常使用。左邊發現的缺點必須先行改正，才去改正較右邊的那些。因此，在你整頓好行銷部門之前，沒有道理試圖誘使人們更常去使用這個產品，而且如果廣告針對的對象是錯誤的，也沒有道理花錢在促銷上。

一旦你發展出一個診斷架構，你有了一個很棒的說明工具可以與客戶溝通，它讓你可以告訴他們公司在事實及概念中發生什麼事情。你可以讓他們了解：

- 目前的結構或系統在實現R1時看起來如何（目前的狀況）。
- 在邏輯上，結構或系統必定做了什麼，才會實現目前得到的R1（你必定做了什麼）。
- 為了實現R2，結構或系統理想上應該看起來像什麼（為了達成你的目標，你必須做什麼）。

在第一和第二個情況，你可以透過與理想上的情況做比較，證明改變的需要。在第三個情況，你可以透過與理想狀況的比較，揭露現實的缺點。

圖表9.8　決策的總順序示意圖

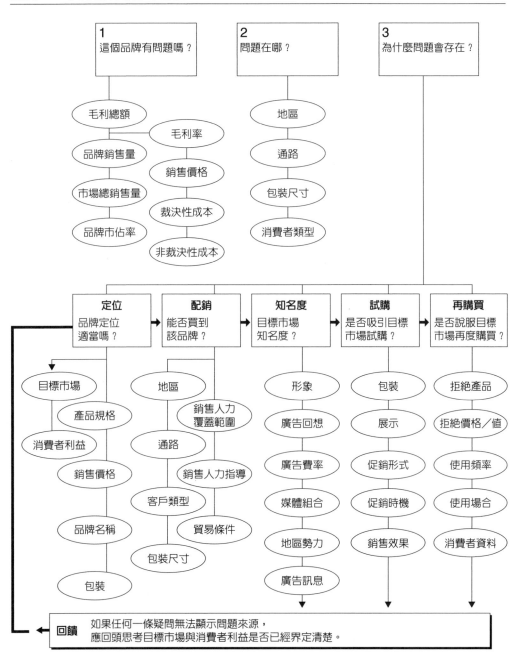

　　然而，診斷架構最需要注意的是「是與非」問題的重要性。這些問題提供科學問題解決者所尋求的「決定性實驗」功能，它們明確地找出或是排除問題的肇因，它們也有利於事先告訴你什麼時候你的研究會結束。

　　用這個方式，診斷架構不同於也不該與「決策樹狀圖」和「計畫評估與審核技巧圖表」（PERT）混淆。前者產生疑問，後兩者透露行動的需求。

圖表9.9　決策樹與PERT圖只顯示行動的需求

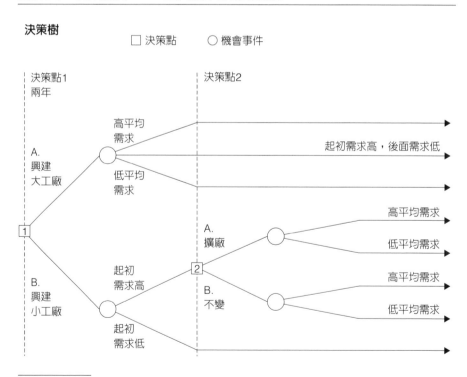

決策樹

□ 決策點　　　○ 機會事件

圖片來源：Harvard *Business Review*, July-August, 1964, "Decision Trees for Decision Making" by John F. Magee

PERT圖

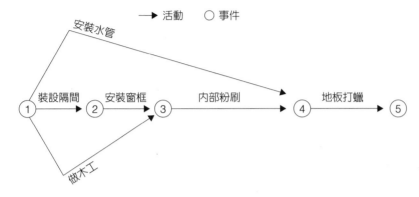

運用診斷架構

在說明診斷架構時，人們經常問我：「我如何知道何時該開發哪種架構呢？以及我如何知道是否要鑽研整個架構還是部分架構呢？」這當然取決於你對於分析之下的主題領域的了解。好的問題解決無法在抽象中完成，它首先要求你對你的領域具備完整知識──製造、行銷、資訊系統等。大量且可得的關於發生問題的主題領域，其知識是無可取代。

我曾說過，問題界定的「序幕」通常蘊含你為了有效分析問題而必須開發的診斷架構。舉例來說，圖表9.10顯示一名顧問提交給貝洛斯公司（Barrows）的資訊系統部門之典型建議書的問題界定，以及將會遵循的問題解決步驟。

客戶的問題

ISD是一個新近成立的部門，它帶給貝洛斯一個企業很少會抱怨的問題：它的業務成長較預期快速。然而，儘管有新的生產

圖表9.10　問題：ISD無法因應成長機會

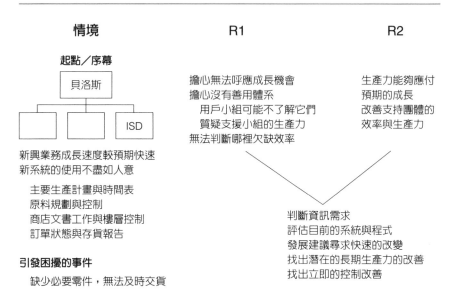

計畫與控制系統，公司還是來不及滿足訂單，且面臨錯失成長機會的危機。

　　貝洛斯懷疑ISD的用戶小組並不了解這些新的系統，並知道它的支援小組並未全部發揮其生產力。因此，貝洛斯希望管理顧問告訴該公司如何將生產力提升到最大的效能，同時改善支援小組的生產力。

　　既然問題在於工廠生產部分的低效率和生產力，原因必然在於工廠生產部分所進行的活動與流程。因此第一個需要的診斷架構似乎是這些活動與流程的概況。這名管理顧問確實想要針對這部分收集資料，但是並非用有條理的方式收集，而是當成一般資料收集活動的一部分。他在這份提案中表示，他將會進行收集並分析以下資料：

- 成長預測。

- 該部門的管理目標。

- 商業資訊與管理需求。

- 現有的系統與程序。

- 缺乏效率的領域、低生產力的原因。

- 控制不佳的原因。

- 存貨正確性的評估、訂單——存貨差異的紀錄。

- 現有的資源，如何使用。

　　如果管理顧問按照資料收集的標準模式，就上述各個方面在貝洛斯公司內對人員進行訪談，他可能帶回他將必須組織、綜合並分析的大量資料。如此不只無法接受並吸收所有他得到的資訊，也沒有簡單又客觀的方法辨別哪些相關、哪些不是。

　　另一方面，如果這名顧問一開始只收集發展一個顯示現有作業的架構與互動關係的診斷架構所需要的資料，他將能夠有足夠的知識檢視這個架構，並針對問題的可能原因做一些很好的猜測（假設）。然後他只需要收集那些能證明或是推翻他的猜測的資訊。

分析方法

　　圖表9.11是一個部分系統流程圖，顧問可以發展做為有效資料收集的基礎。

　　有了這種流程圖做為參照點，管理顧問可以憑經驗猜測哪些地方可能有缺陷、明確說明如果真有缺陷他希望發現的是什麼，

圖表9.11　在了解組織的基礎上所收集的基本資料

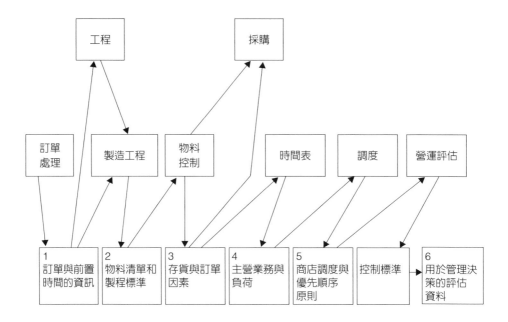

並據此擬定他的資料收集問題。例如：

1. **訂單與前置時間**：他們是否給了不具競爭力的前置時間，以及他們是否按照承諾出貨？

2. **採購項目**：在取得原物料、零件、半組裝成品方面，是否有延誤或是成本過高？

3. **有效存貨**：存貨不足或斷貨是否會傷害銷售或是提高成本？

4. **有效產能**：產能是否能滿足預估需求？

5. **系統成本**：某領域的管理控制是否造成整個體系失衡並增加其他領域的成本？

6. **管理報告**：狀況與勞動效率報告是否提供必要的控制？

現在這名顧問可以自問：「為了回答是與否，我必須查明什麼？」，並著手計畫收集資料。當然他會想要收集許多他最早條列的想要收集的資料（除了「現有的系統與程序」和「現有的資源，如何使用」，它們將構成描繪圖表9.10的基礎）。但是他必須事先了解所收集資料的其他每個部分的分析之關連性，以及是否需要更多沒有想到的資料。

從管理的觀點來看，同樣也值得注意的是，在這名管理顧問開始進行這項工作之前，他可以找出每個資料的來源、分配收集資料的責任、擬定收集資料的時間表，並評估成本。全部的努力應該因而把他相對快速有效地帶到問題的原因，並讓他可以發展適合、甚至是有創造力的建議去減輕這些問題。

當然，如同前面所述，產生有創造力的問題解決方案的能力總是屬於那些浸淫在他們主題的人。深度了解一個主題，往往能使解決問題的人得到更深入的見解，並超越嚴格的邏輯推理領域，看到各種可能的選擇方案。而那些了解沒有那麼深入的人，可能希望利用邏輯樹去幫助他們產生可能的解決方案。

發展邏輯樹

邏輯樹幫助產生各種不同的方法去解決問題。讓我們來回顧之前檢視過的序列分析流程的步驟：

1. 有沒有問題？
2. 問題在哪？
3. 問題為什麼存在？
4. 我們可以做什麼？
5. 我們應該做什麼？

實質的流程圖和因果結構顯示公司各組成要素、活動與任務如何相互關連組成一個系統，在步驟二與三中，你利用它們塑造存在的問題。在步驟四與五，你可說是換個方向看，利用一個邏輯樹產生可能的解決方案，以及實施那些解決方案對公司可能造成的影響。文章寫完後，你也可以利用邏輯樹找出一組論點中的缺陷。

產生可能的解決方案

邏輯樹使你可以用符合邏輯的方式，詳加說明為了解決問題可能採取的行動。舉例來說，回顧圖表9.4所示的任務結構，其中找出的一個過高的成本是間接勞動。

為了判斷客戶應該如何著手降低他的間接成本，管理顧問利用一張邏輯樹狀圖，並根據MECE原則，將各種可能性做有系統且符合邏輯的細分。圖表9.12顯示這個邏輯樹的一部分。

下面說明圖表9.12的細分內容：

● 將間接勞動成本分成幾個要素：
  ■ 主要準備流程
  ■ 香菸製造部門

圖表9.12　可能降低成本的方法示意圖

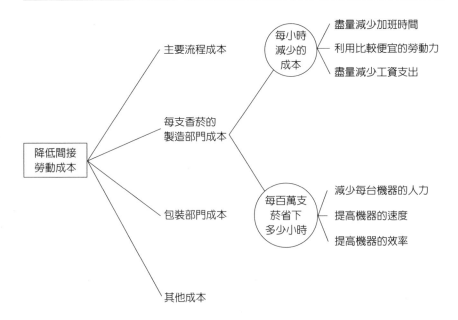

■ 包裝部門

■ 其他

● 將每支香菸的成本細分為每小時的成本與每百萬支香菸的

　小時數，因為：

$$\frac{成本}{小時} \times \frac{時數}{香菸} = \frac{成本}{香菸}$$

● 說明可以降低每小時成本的方法：

■ 減少加班

■ 利用比較便宜的勞動力

■ 盡量壓低工資支出

- 說明可以降低每萬支香菸所花時數的方法：
  - 減少每台機器的人力
  - 提高機器速度
  - 提高機器效率
- 繼續往下一個層級

等各種邏輯可能性用這種方式列出來後，管理顧問可以計算獲利並預估採取每個行動的風險，以達成建議的最後一組行動。

你可以利用相同的邏輯樹方法列出策略的機會。圖表9.13探索在歐洲一個小國的各種策略成長機會，以及達成每個機會需要做什麼。同樣地，你試圖盡可能「全無遺漏」。

圖表9.13　可利用的策略機會示意圖

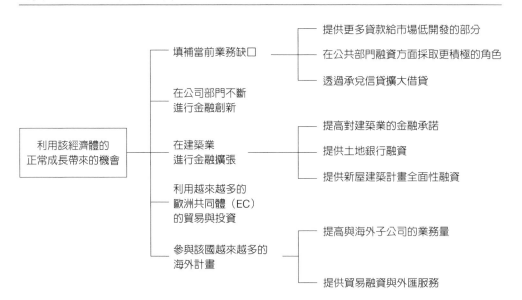

找出各組論點中的缺失

　　你可以利用相同的技巧，展現各組活動之間的邏輯關係，去質疑你所寫的文章邏輯。下文中分析所謂的「關鍵議題」（Key Issues），是讓你能夠了解做法的一個好例子。這些內容摘錄自一個給德州某公司的提案，該公司批發水管與接頭配件給該州各建築工地。

<table>
<tr><td>關鍵
議題</td><td>根據我們的討論，浮現出幾個應該回答的議題，因為這些答案將影響改進的機會並可能影響未來的營業策略。這些只是初步議題，預計還會有其他議題出現。</td></tr>
</table>

1. **目前的存貨管理系統是否適合公司的所有組成要素**？我們了解公司目前採用的是「IMPACT」電腦化系統。我們很熟悉這類系統，並且發現它們對於必須處理數以千計相對穩定的存貨單位之非製造、存貨業務非常有用。然而，這個系統可能對於決定中央倉庫與地區倉庫的存貨水準及下訂單等其他方面不是那麼有效。

2. **在現行的系統、程序與組織關係下，滿足客服目標所需的存貨投資水準是什麼**？為了滿足目前在既有的程序下提供現行產品的市場，我們應該決定必須要的投資。這個做法不同於使用目前的系統與技巧，透過更多的控制與練習實現改進的機會，而是提供適當的基礎，從而透過改變決定改進的機會。

3. **中央存貨成本有達到預期的效果嗎**？在水管集團（Piping Group）中，有兩個中央庫是為水管產品與閥門和配件保留。這兩個中央庫是在公司規模還小且營業資本相當有限時設立的。當初中央庫的目的是為了減少存貨、降低成本並提供更好的服務，尤其是針對大型建築計畫；管理階層目前質疑該項政策。

4. **目前的過期和滯銷存貨水準如何**？過多的存貨經常是這些問題造成的，這個分析的主要部分應該集中於判斷目前幾個存貨過剩的狀況。更重要的是，我們將會確定根本原因，提出建議，預防這樣的情況再度發生。

5. **隨著存貨政策、組織結構和系統的改變，存貨狀況可以有多大的改進呢**？這是關鍵議題而且可能影響長期公司策略。如果這樣的改變可以減少公司的營運資本投入於太多存貨上，管理階層願意考慮改變長久以來的作業流程。

　　該公司向供應商購買產品並將商品儲存在中央倉庫，這間倉庫再供應散布全州各地區的大約十幾間的小倉庫。該公司剛換新東家接手，他們認為中央倉庫的2,700萬美元存貨成本太高。除此之外，因為中央倉庫有一些商品經常缺貨，所以地區倉庫也直接向供應商訂貨，進一步提高存貨成本。

　　這裡同樣地，我們有一個非常冗長、難讀又枯燥乏味的商業訊息表達方式。而且同樣地，它的難以理解源於作者欠缺一個清楚的溝通畫面，其本身就是一個混亂的問題解決方法的產物。

　　第一個要問我們自己的問題是，上面列舉的幾點真的包含「關鍵議題」嗎？它們與我們的問題界定有多大的關連性？嚴格來說，「議題」是要討論的「問題」，這樣的用詞需要一個是或非的答案。用這個形式來表達，讓我們可以將我們的分析導向一個具體的最終結果，以證明或推翻我們對問題原因的了解。

　　因此，像「什麼水準的存貨投資是必要的呢？」這類問題並不是議題。如果是做為討論的陳述，這個問句應該是：「目前的存貨水準是否太高？」、「我們需要像現在這麼多的存貨嗎？」如果了解第八章的問題解決流程，你將能夠明白這些改換措辭的陳述，試圖釐清我們如何知道什麼時候我們已經解決問題。

　　現在的問題是，存貨成本在2,700萬美元的水準被認為太高（R1），應該是其他的數字（R2）。首先要確認的是，另一個數字應該是多少，以便我們可以判斷目前的水準是否真的太高。

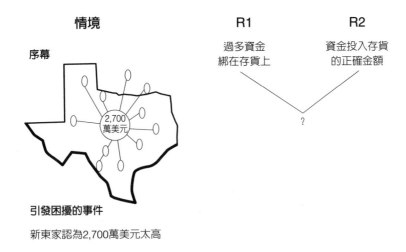

假設這個數據太高，我們可以利用一個樹狀圖找出金額太高的可能原因。造成存貨居高不下的原因是什麼？或許是這個情況：

現在我們可以找出適當的議題，結果這些議題在某種程度與上面條列之議題的第二點和第四點有關。

- 中央管理系統下的訂單是否適當？
- 是否存放太多的過期存貨與滯銷存貨？

這一切告訴我們什麼呢？首先，這裡談論的不是「議題」，而是管理顧問將遵循的解決客戶問題的「步驟」。客戶的問題是

什麼呢？集中的系統有太多營運資金綁在存貨上。或許他應該這樣說：

總之，我認為沒有必要有個稱為「議題」的部分，尤其是顧問建議書。這些議題將總是源自於被用來解決問題的分析過程，所以這些議題、過程和研究的最終結果最後全都是相同的東西。

事實上，我發現就「議題」來進行思考往往沒有什麼結果。讓我再給你一個例子，讓你知道利用邏輯樹顯示關係的價值。下面是另外一組「議題」，比起前面那組例子還要更複雜難懂。它們是真正的問題，想要找出可行的方法以減少工廠能源消耗成本。

如果你試圖把各種降低能源成本的方法用圖表來描述，你將得到類似圖表9.14的選擇圖，圖上的數字是上面問題的編號。

你可以看到問題7、8和9與這個主題完全無關；問題1、2和6與修繕現有設備以減少使用能源有關；問題3和4與創造新設備以減少使用能源有關；問題5訴諸在現有設備採用成本較低的燃料；而問題3則提到增加使用低成本燃料的新設備；問題10提到全面降低能源成本。

主要議題：

1. 透過改善主要工廠的作業方式，並實施簡單、低資本的工程計畫，我們可以減少多少能源成本呢？
2. 如果我們可以透過改進工廠作業程序而大幅減少能源成本，相較於我們的競爭對手，我們有多大的成本優勢與劣勢？是否能夠維持呢？
3. 一個非常精簡的資本支出計畫，可以在低能源成本方面，提供多少競爭上的領先優勢呢？
4. 大幅提高我們的競爭地位的正確能源開發計畫（即研究、工程）是什麼呢？
5. 短期與長期控制成本，並確保供給的最好的燃料與來源安排組合是什麼呢？
6. 我們的資本計畫評估與批准流程能否迅速產生並實施最好的能源計畫，使所有適用的工廠都能得到最大的利益？
7. 我們需要採取什麼計畫，才能最有效地影響政府融資、稅收與監管行動？
8. 為了有效管理必要的能源工作（即組織、職責、技術、資源），需要什麼人力資源？
9. 因為能源因素，對產品／廠作業造成多大程度的競爭上的損失？
10. 我們的企業能源策略和實現這個能源策略的商業計畫是什麼？

圖表9.14　減少能源成本的方法示意圖

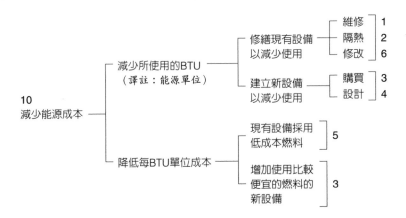

　　記住，大腦的分析活動中，每組想法都必須有他們的來源。在你試圖解決問題的情況下，你的分組可能源自於你創造來引導

你的分析的任何架構。將你的想法套入這些架構可以幫助你證實它們的邏輯正當性。

進行議題分析

發展診斷架構的過程有時候稱為「議題分析」（Issue Analysis）。然而，議題分析這個名詞也經常更廣泛地（且相當不精確地）用來代表所有的邏輯樹，所以人們對於如何使用診斷架構還是其他可用的邏輯樹常感到困惑。為此，我想要精確地說明令人困惑之處。

首先是「議題」（issue）這個字眼。嚴格來說，「議題」是一個被用來要求是或非答案的疑問，它來自於法律用語「爭論中」（at issue），而且它帶有兩邊爭論一個論點的意味，其中一邊將會勝出。因此，「我們應該如何重組？」不是問題，因為沒有任何「爭論中」的事情。「我們應該進行組織重組嗎？」是一項議題，它意味著經過深思熟慮，而到了做決定的時刻。

我們已經看到是非問題對於解決問題至關重要，因為它們能夠給予明確的答案。闡明清楚的是非問題的能力決定了解決問題的成效。結果，至少為了避免語言上的混淆，在你只是條列客戶擔心的論題（topics）時，我建議你使用「疑慮」（concerns），把「議題」留給是非問題。

歷史的沿革

據我所知，「議題分析」是由麥肯錫管理顧問公司的大衛‧

赫茲（David Hertz）與卡特‧巴力斯（Carter Bales）在一九六○年代為紐約市所做的一項研究中所創造的新詞。「議題分析」是他們為了在一個複雜情境中分析決策而開發的技巧，應用了當時美國國防部正在使用的系統分析的一些複雜原則。其目的是幫助管理城市的人弄清楚他們的選擇，並讓他們在遇到下面的情況時，能清楚自己的選擇，並樹立對其決策之合理性的自信：

- 需要緊急做出決策（例如：市府應該提供中等收入家庭多少住屋津貼）。
- 不只一項選擇有優點。
- 必須處理許多變數並考量許多目標。
- 衡量結果的標準不一，且經常有衝突。
- 最終的行動方針可能對其他方面的決策產生重大的影響。

舉例來說，紐約市有各種方案提供中等收入家庭住屋津貼（例如：集中在一個地點、散布幾個地點），但是選擇任何一個方案都可能與其他政策領域的既定目標發生衝突（例如：垃圾處理、空氣污染）。議題分析是被發展來做為決定如何平衡那些目標的一個方法。

議題分析過程的一個關鍵步驟是，做一張按照時間順序的政策領域圖表，並標明每個階段影響每項活動的環境、經濟、管理和社會因素的「主要決策變數」（Major Decision Variables；簡稱MDVs）。然後它們將會形成假設，描寫MDVs如何影響對照目標的表現，並根據實現目標為判斷基礎的MDVs，確定要做的決策。

圖表9.15　實際系統決策圖

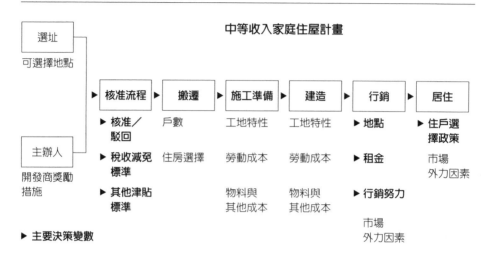

圖表9.15顯示一個標示出MDVs的中等收入住屋計畫。

僅以一個主要決策變數為例，住戶選擇政策將會直接影響住房申請的數目，並轉而影響市府應該考慮建造的單位數目。因此，住戶選擇政策是與中等收入家庭住屋計畫這個「議題」息息相關的一個關鍵決策，而且其本身將必須從有一個標準格式的幾個可行方案來評估（參見圖表9.16）。

誠如你所知，這項技巧對於一般人而言實在太複雜而無法處理，所以遭到棄用。但是從某個角度來看，圖解實際系統和做出假設的觀念已經深入人心，所以現在幾乎任何分析架構都被標上「議題分析」，並宣稱為「解決問題不可或缺的工具」和「快速、始終如一的團隊工作的重要工具」。隨著管理顧問從一家公司跳到另一家公司，產生各種如何進行議題分析的解釋，往往體現一些原有的不清楚。

圖表9.16　根據可行方案評估關鍵決策

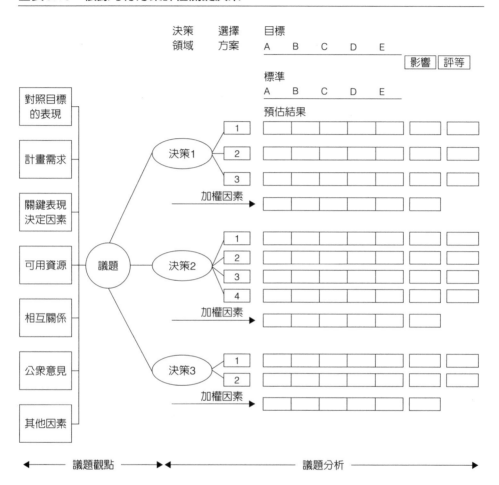

錯誤概念

　　可能有一些公司已經想出如何在他們的問題解決過程中有效利用議題分析流程，但是我並不了解他們的流程。我所認識的所有人多少都有些困惑。舉例來說，下圖是一間英國零售銀行面臨的問題結構：

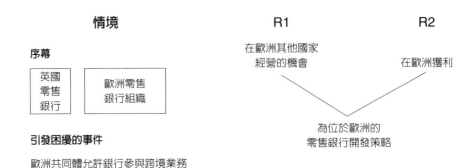

這裡還有管理顧問公司教導其員工遵守的「議題分析」步驟：

1. 從客戶的問題著手（例如：我們在歐洲的策略應該是什麼？）。

2. 擬定議題與子議題（必須回答是或非的問題）。

3. 提出假設（針對是非問題的可能答案）。

4. 找出回答這些問題所需要的資訊。

5. 分派任務等。

6. 得出結論、提出建議。

7. 確認結論與建議。

你可以看到，這個方法類似於前面我們肯定的那個方法，但是有幾個錯誤的概念，使得想要複製這個流程的年輕顧問感到沮喪，尤其是在他們的職涯初期。

首先來看第一步，「議題」不能來自客戶的疑問，客戶的疑問通常（如同這個案例）反映 R2。議題必須來自引發 R1 的情境架構（在這個案例中，則指客戶的業務性質及與歐洲零售銀行組織的相容性）。

其次，從「客戶的疑問」到「議題與子議題」之間，有一段思維跳躍的距離，我不知道從哪裡去取得這些議題與子議題，我也不知道如何判斷我所列舉的議題是否「全無遺漏」。

接著，議題與假設之間也存在混淆。沒有必要特意把「假設」列為第三步，因為對於分析而言，無論某個假設是不是答案都沒有意義。如果有區別的話，議題來自於假設，因為你假設問題在於你所創造的分析架構。但是這樣的區分並沒有得到更深入的了解。從議題和子議題來思考比較容易，因為它們都源於或隱藏在相同的分析邏輯樹。

最後，許多企業也將用來產生客戶可以採取的替代行動，以及那些設計來描繪行動可能的效果的邏輯樹當成議題分析。我們已經看到使用邏輯樹產生可供選擇的解決方案是一個合理的做法，但是稱其為議題分析則會令人混淆，因為這些邏輯樹與用來做為診斷架構的邏輯樹是不同的類型。

你已經看到這個部分所討論的所有技巧——問題界定、診斷架構邏輯樹——都有雙重的功能。一方面，它們讓有系統地解決問題變得更為容易，確保你把重心放在客戶的真正問題、挖掘問題的所有原因並提出適切的解決方案。另一方面，它們大幅減少在寫最後的報告時，組織與傳達你的思維所需要花的力氣。它們所賦予的邏輯結構必須是你的結論與建議的基礎，而且它們可以輕而易舉地被轉換成金字塔形式。

許多諮詢報告需要花很大的力氣去製作，結果卻遠缺乏該有的清楚性，多半反映在過程中清楚寫作所需要的思考並沒有及早進行。

THE MINTO PYRAMID PRINCIPLE
金字塔原理

PART 4
簡報的邏輯

引言

　　一旦你確定金字塔各層級間的邏輯關係，而且準備與別人溝通這些想法，你想要確定這樣的結構安排，讀者可以從視覺上掌握思想的各個脈絡，也就是金字塔的層級結構。不論你選擇在紙上寫下或是在螢幕上以圖形呈現你的論點，都是這個原則。

　　當然過去所有的商業文件都是以書面的備忘錄和報告的形式出現。但是隨著印刷和製圖技術越來越進步，「視覺報告」的概念就誕生了。一開始用投影機的投影片，或者更精細的手法用35mm投影片，靠著遙控按鈕就可以在一個或幾個螢幕上顯示投影片的內容。到了今天，你可以用電腦做自己的投影片，甚至以自然的色彩播放動態畫面。

　　報告的方式依據內容的長度及與會人數而定。

　　● 如果報告的內容很短而參加的人員只有一、兩位，你可能

就會選擇做成書面的報告，直接交給與會人士閱讀就好。

- 如果報告的內容很短而有許多人與會，你可能想用「依項目符號排列的備忘錄」或用「手提電腦的影像」報告你的論點，讓大家可以圍著桌子討論。

- 如果報告的內容很長，而且有很多人與會，你可能就需要藉助投影片，以投影機或電腦呈現你的構想。

除了報告的形式之外，你需要確定你在紙上或在螢幕上呈現的架構，要能強調金字塔結構的邏輯，以及彼此之間的關係。在讀者了解吸收內容之前，視覺上能看得到其中的邏輯關係。這樣一來，你就可以用眼睛所見的去強化心思所接收的。

想要讓視覺上的邏輯架構突出的技巧有許多種，主要取決於讀者在聽演講時、閱讀資料時看的是紙張還是螢幕。而你也不難發現，不論在何種情形下，在應用技巧時你需要遵守某些原則。因此，第四部分即是探討這些原則，以確定這些論點在紙本或是螢幕上都能看得清楚。最後會提醒，在你以口頭或文字進行溝通的時候，如何盡可能讓讀者或聽眾清楚了解你的思想。

第**10**章

將金字塔結構反映在頁面上

在實務上，你所撰寫的文件大部分會寫在紙上，由讀者自行閱讀。不論文件的內容是長是短，你都希望讀者能看清楚而且盡快吸收其中的思想。理想的狀況是，他在開始閱讀的最初30秒之內，就掌握你整個的論點（引言、主要論點和邏輯主線）。而且你希望他也能看清次要的幾組論點之間彼此的關係。

如果你撰寫的是一份長篇報告，可以在紙上以各種方法呈現這種金字塔結構，其中最常見的有：(a)層級標題、(b)標號及劃底線的論點、(c)小數編號、(d)縮排，以及(e)依項目符號排列的大綱。整體而言，究竟哪一種才是報告「最好」的格式。我自己傾向使用下面有各種層級的標題。然而，由於使用其他格式也不錯，我也會一併討論這些格式。

無論你選擇那一種格式，記得你的目的是盡可能讓讀者容易掌握冗長文件中的主要論點及成組的支持論點。這表示格式一定要配合論證（圖表10.1）的抽象層次，而且如果需要的話，你一

圖表10.1 標題應該反映金字塔論點的架構

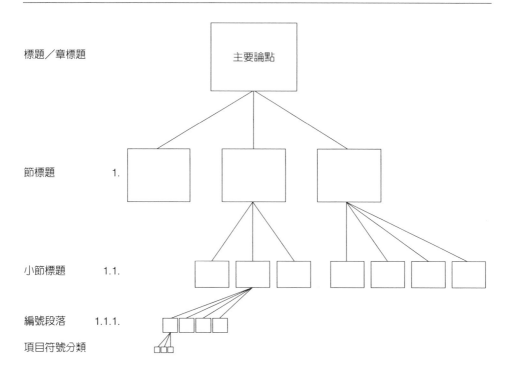

定要寫過渡性的段落，把讀者從一個分類引領到另一個分類上。

強化結構

如果文件的內容非常少（支持每個邏輯主線的論點不到兩個段落），要讓讀者讀懂文章，並且知道彼此之間的關係是很容易的。你只要在文字上劃底線，這個論點就會顯得很突出（圖表10.2）。

另一方面，如果每個邏輯主線需要一、兩個段落以上的說

圖表10.2　**突出主要論點**

致：　　　　　　日期

從：　　　　　　主題：超級大戰總獎金規則

我們現在已經收到有關遊戲的規則以及給電視觀眾的說明。請你讀過然後評估它們是否是可行的計畫。我關心三種層面。

1. 觀眾如何學會這些規則？根據我的了解，觀眾只要透過電視商業廣告就能參加比賽。這表示他們不會看到正式的規則，上面寫著如果沒有使用報上的參加表格，就要在一張3×5的白紙上寫下「星邦」。但由於規則只刊登在報紙，觀眾只能購買報紙才能知道訊息，而且這還可能產生抽獎的問題。
2. 他們會做預估嗎？報上說獎品是根據抽籤決定。而沒有提到在抽籤時要有正確的預測，代理商告訴我情形是如此。這樣一來為什麼還要預測？
3. 廣告的說明夠清楚嗎？我也向代理商提過，有關遊戲的訊息，應該要清楚地傳達給觀眾。由於上一季的廣告發布得太快，這項要求可能有些困難。

期待你的回音。謝謝。

明，你想引入這些論點，就需要用到標題，以凸顯它們的作用（圖表10.3）。

層級標題

實際上使用層級標題的用意是，把次要的論點向頁面右邊推移，而同一層次的論點則以相同的視覺形式表達（圖表10.4）。

因此，主要論點的左邊空白處有主要節標題，這些節中的主論點再細分為小節，並加上小節標題，小節再細分成含有編號的段落等等。當然，你選擇的標題樣式不需要一定照著這個特別的方式進行，但是以任何的方式呈現，每個標題都應該代表一個論點的分界點。

圖表10.3　設立邏輯主線論點

致：	日期
從：	主題：8月25日現場銷售會議

在8月25日舉行現場銷售會議的時候，我們計畫教你如何設計連鎖超級市場的飲料獲利方法，然後將它展示給連鎖店的管理高層。為了進行練習，我們需要每個地區一家問題連鎖店的資料。這表示我們必須要求你：

- 在7月11日之前選擇適當的連鎖店。
- 8月10日之前收集必須使用到的數據。
- 在8月15日之前重組和回報各種數據。

選擇連鎖店
為了要符合我們的目標，你選擇的連鎖店應該是……

如此一來，你會小心處理：

1. **絕不單單使用任何因素之一**。由於標題顯示金字塔的抽象層次，你無法在任何層級只列有一個項目。因此，你無法只有一個主要的章節、或一個小節、或一個含有編號的段落或是點。說得更明白點，你不應該為了頁面的美觀，而插入一個標題，就像報紙和雜誌的做法，打斷了文氣。使用標題的用意是要喚起大家注意，它是一群論點中的一項，所有的論點都是為了要解釋，或辯解它們所支持的整體論點。

2. **以相同的形式呈現相同的論點**。由於在同一組中的論點是屬於同一類的性質，你想經由替每個標題的用字使用相同的文法架構，而強調它們的相同性等等。因此，如果一群主要節標題的

圖表10.4　符合論點分層級的標題

---

1. 這是章標題

　　一章的標題要先編號並且置中對齊，用字應該要呼應本章所發展的主要論點。在章標題之後的段落也應該涵蓋清楚的主要論點以及任何內容，讓讀者可以確定，在你開始要進行論述而且告訴他要如何發展這個議題前，你和他是站在相同的起跑點。接續下來的章標題也應該以同樣的方式撰寫。

　　你計畫提出各個論點的主要分支，可以用段落點或其它明顯的標記表示：

¶ 第一個主要論點
¶ 第二個主要論點

這是節標題

　　節標題的用字也應該涵蓋意欲發展的論點，而且第一個節標題的用字應該與其他的節標題類似。一節可以再細分為小節，如果論點的句子很短，就可以用數字編號。小節的主要論點應該可以呈現出來，並與段落點分開：

¶ 第一個子論點
¶ 第二個子論點

　　這是
　　小節標題
　　這些用字也應該涵蓋它們所想表達的主要論點，而且以相同的方式呈現。如果你想更進一步細分為小節，你可以使用含有編號的段落。

　　1. 這是含有編號的段落。可以在第一個句子或開頭的片語上劃底線，以強調有編號論點的相似性。論述的段落可能超過一個以上，但是你應該試著限制在三個段落之內。
　　　－這是一個破折號的段落點，用來分割編號段落的論點
　　　　• 你很少把論點切割到點的層次，但是在有需要的時候就得如此做。

＊ ＊ ＊

　　除了以這些方式區別論點，你也可能會想使用到星號（＊）和段落點（¶）。星號可以三個成一排，放在頁面的中央，表示在一大段說明之後，接下來要做總結（如上所示）。段落點（¶）可以在項目號碼少於五項的時候使用（比如說上面的節標題），或是強調單一段落。

¶ 這些段落應該以大寫字體書寫，而且盡可能要簡短。

第一個論點是由一個動詞開始，同樣地，其他的標題也需如此。舉例如下：

指派專任執行長

協調各部門的活動

進行改善活動

建立清楚的權責範圍

根據需求重新安排飯店

安排海外公司的任務

從指揮系統中刪除某些部門

請記住，在每個主要小節的論點之間要有看不見的分界。因此，所強調的同類性是顯現在小節中的論點之間，而不在各小節之間。

3. **用字精簡以呈現論點的精髓**。標題是用來提醒，而不是要限制文意。因此，你必須讓它們盡可能地簡潔。比如說，你不會想把第一節的標題訂為「指派專任執行長，提供明確的核心權威」。就標題來說太多字了。

4. **視標題獨立於文字之外**。標題是方便閱讀的，而不是用來解釋的。因此，它們時常無法仔細閱讀，你不能期待它們能像本文一樣解釋你的用意。比如說，不要訂為：

指派專任執行長

這一行動將能進一步釐清每日的職責……

相反地，你需要確定的是，在標題下的第一個句子能清楚顯示出你正轉到一個新的主題之上。事實上，整份文件應該在沒有標題的情形下，就有流暢的內容。然而，這個規則並不適用於含有編號的段落，因為這些段落必須被視為本文的一部分。

5. **介紹各組標題**。這麼做是為了陳述各組解釋或辯護的主要論點，以及即將介紹的論點。如果省略了這一步，就會讓讀者陷入五里迷霧中，因此他自然無法判斷你嘗試提出的重點為何，一直到他讀到最後，到那時他可能已經忘記開頭的部分。因此，你絕對不應該在標題之後立刻接上主要的節標題，你也不應該在節標題之後立刻接上小節標題。

6. **不要濫用標題**。這也許是最重要的規則。如果標題能讓讀者比較容易把你論述的細節記在腦海中，能夠幫助你澄清論述，你才會想使用到標題。通常不需要在主要節標題下再分支任何的細部論點。

如果你標題訂得好，它們會出現在目錄中，做為報告的大綱，在協助讀者了解你的論點上非常有用。你可以從第二點的解說中，得到這種溝通方式所具有的價值之概念。當然，你也看到了，只有在你已經確實把真正的論述放進金字塔的層級中，這種技術才會產生作用。如果你給讀者的目錄如下所列，那麼他無法了解你的論點：

無論如何，一般而言你不會需要一個「引言」或「背景」式的標題，做為報告的一部分。因為兩者的意義重疊，都含有引介的意思。除此之外，它們是不必要的。那麼，文件一開始該有哪些段落呢？標題是用來顯示論點的分支，而上面例子中的「論述」一直到邏輯主線的層級才出現，而理論上由「研究發現」開始。

劃底線的重點

另一個普遍呈現論點層級的結構是，在邏輯主線下面劃底線（圖表10.5）。較低層之的支持論點也可以得到完整的陳述和劃上底線，但是在格式和縮排上有所區別。

這個格式在頁面上顯得相當醜陋。電腦的出現讓許多人撰寫主要論點時用粗體字，而在較低層次的論點上劃底線，這樣最起碼看起來會好看許多。

1. **把論點編號、大寫、劃底線、加上間距。**
   (1) **縮排、括弧中編號、論點劃上底線、英文字體涵蓋大小寫、列在下一階。**
      1. 如果內容非常長，不需要括弧的編號、縮排、劃底線、字體涵蓋大小寫、列在下一階。

圖表10.5　縮排與劃底線的論點也可以顯示層級結構

於標題呼應主要的論點

替狀況約略寫下一個段落。xxx xxxxx xxxxxxxx xxx xxxxx xxxxxxxx xxx xxxxx xxxxxxxx xxxxx xxxx xxxxxxxx xxx xxxxx xxxxxxx xxx xxxxx xxxxxxx xxx

為衝突和問題約略寫下一個段落。有的時候暗示了問題所在。xxx xxxxx xxxxxxxx xxx xxxxx xxxxxxxx xxx xxxxx xxxxxxxx xxx xxxx xxxxxxxx

提出主要的論點。如果內容超過七個段落，在邏輯主線上提出論述：

　¶ 第一個邏輯主線要點。
　¶ 第二個邏輯主線要點。
　¶ 第三個邏輯主線要點。

所下的標題符合第一個邏輯主線要點

寫幾句簡短的介紹，重新描述主要的論點。再者，如果此節超過七個段落，先說出重點，置中對齊，加上底線，然後：

1. 將論點編號、改成大寫、劃上底線、加上間距。
　(1) 縮排、括弧中編號、論點劃上底線、英文字體涵蓋大小寫、列在下一階。
　　1. 如果內容非常長，不需要括弧的編號、縮排、劃底線、字體涵蓋大小寫、列在下一階。
　　　• 以一個點開始縮排，論點列在下一階，只在第一個字大寫。
　　　　－以短破折號縮排，論點列在下一階，只在第一個字大寫。

　　兩者都可以使用，上述提到的格式其目的是增加閱讀的速度與方便。其中的理論是如果讀者有意願，他應該能夠快速瀏覽內容，只讀主要的論點就能輕易了解整個內容。這對讀者可能是很好的設計，但是對作者卻有一點困難，因為他要嚴格遵守一些規則。

1. **在應用所謂問題／回答的邏輯上，你一定要嚴格遵守規則**。接下來的論點一定要能夠直接回答上面所提出的問題，而沒有贅言。在這種格式下，不能揮灑優美的文字或是企圖誇張和虛構故事。這樣的表達方式會破壞純淨而直接的邏輯陳述方式。如果你一定要誇大或提供某些背景，你可以在每個章節的引言或是總結段落中這麼做。

2. **你對用字一定要很小心，盡可能簡潔陳述它們的內容**。如果讀者一定要讀完30個字以上才能了解重點，就會破壞邏輯精準的語言。如果你發現自己用了12個以上的字，或是一個以上的主語和述語，就要再考慮一下。

3. **你一定要無情地把你的論點限制在演繹或歸納的大綱內**。大部分的人不理會這個要求而只是列出重點，忽略歸納或演繹的精妙。你知道演繹的論點從來不會超過四點以上，而歸納的論點也不會超過五個。如果你發現你自己超過了，可能的是你忽略分類，而應該重新思考你所陳述的內容。

小數編號

有許多公司和大多數的政府機構喜歡用編號而非標題去強調文件的分支，有一些甚至每一段都編號。這種方式的優點是，可以很容易而精準地參照任何單一的主題或建議。

但是時常出現的數字確實容易打斷讀者的注意力，或是整體而言無論他讀到任何一部分都會受到干擾。除此之外，它們有一

個明確而實際的缺點，在完稿後如果有任何的修改，刪除了某一個段落，可能需要將接下來的段落重新編號。這是一件很麻煩的事，即使可以用電腦來處理。

如果你喜歡編號的方式，因為它方便快速的查閱，那麼與層級的標題一起用，而不去取代層級是比較明智的做法。標題的好處就是，讀者在閱讀的時候能夠快速掌握論述的精髓。如果之後幾天他必須回到初次閱讀之處，他可以很容易就回想起來。

除此之外，你通常會發現這樣的敘述，「第4.1節　生產利潤」比只說「第4.1節」更能方便之後的參照。在前一個例子，當他要找尋特定的章節時，他心中有整體的概念；但在後者的例子中，在他開始想到之前，他一定要先找到本文。

在圖表10.6中所顯示的是從安東尼‧傑（Antony Jay）所著的好書《有效的報告》（*Effective Presentation*）中第5章開頭所摘錄的文章。該書描述，如果你使用標題／編號的方式，應該如何處理文件的最終模式。

你應該使用哪一種編號系統？以下這種常有人用：

I. 沒有任何動物會像狗一樣，忍受痛苦直到死亡都要救牠的主人。

　1.1 其他的動物在危險接近的時候都會逃跑

　　1.1.1 狗會留下來

　　　1.1.1.1 即使表示可能會死掉

這種可能更簡單：

I. 沒有任何動物會像狗一樣，忍受痛苦直到死亡都要救牠的主人。

　1. 其他的動物在危險接近的時候都會逃跑

　　a. 狗會留下來

　　　i. 即使表示可能會死掉

圖表10.6　符合論點層級的編號

---

5. 報告和用字

　Xxxx xxxxx xxxxxxxx xxx xxxxx xxxxxxxx xxx xxxxx xxxxxxxx xxxxx xxxx xxxxxxxx xxx xxxxx xxxxxxx xxx xxxxx xxxxxxx xxx xxxxx

　Xxxx xxxxx xxxxxxxx xxx xxxxx xxxxxxxx xxx xxxxx xxxxxxxx xxxxx xxxx xxxxxxxx xxx xxxxx xxxxxxx xxx xxxxx xxxxxxx xxx xxxxx

5.1 不打草稿的報告的問題

　Xxxx xxxxx xxxxxxxx xxx xxxxx xxxxxxxx xxx xxxxx xxxxxxxx xxxxx xxxx xxxxxxxx xxx xxxxx xxxxxxx xxx xxxxx xxxxxxx xxx xxxxx xxxx

5.1.1 視覺上

　Xxxx xxxxx xxxxxxxx xxx xxxxx xxxxxxxx xxx xxxxx xxxxxxxx xxxxx xxxx xxxxxxxx xxx xxxxx xxxxxxx xxx xxxxx xxxxxxx xxx xxxxx xxxxxxx xxxxx xxxxxxxx xxx

5.1.2 時間上

　Xxxx xxxxx xxxxxxxx xxx xxxxx xxxxxxxx xxx xxxxx xxxxxxxxxx

5.1.3 最好的方法

　Xxxx xxxxx xxxxxxxx xxx xxxxx xxxxxxxx xxx xxxxx xxxxxxxx xxxxx xxxx xxxxxxxx xxx xxxxx xxxxxxx xxx xxxxx xxxxxxx xxx xxxxx xxxxxxx xxxxx xxxxx xxxxxxxx xxx xx

5.2 不要像在讀報紙

　Xxxx xxxxx xxxxxxxx xxx xxxxx xxxxxxxx xxx xxxxx xxxxxxxx xxxxx xxxx xxxxxxxx xxx xxxxx xxxxxxx xxx xxxxx xxxxxxx xxx xxxxx xxxxxxx xxxxx xxxxxxxxxxxxx xxx xxxxx xxxxxxx xxx xxxxx xxxxxxx xxx xxxxx

任何編號系統應該反映作者的論點真正的分支。因此你不會在一開始的引言、在總結、在相關的說明，或是對子論點的引言中就將段落編號。

縮排的好處

有的時候你的文章很短而不需要標題和小數點標出論點的層級。然而你仍然會要處理成組的論點，而且你會想以某種方式去強調它們。

如果把成組的論點分類，就會很容易區分其中的差異，因此它們支持或解釋某一個整體的概念總是比較容易為讀者吸收。比如說，看看接下來所顯示的兩種備忘錄。

　　我已經和弗蘭克‧葛里菲斯及工業工程師預定在九月的第二個星期舉行創意思考會議，至於艾爾‧賓恩和他的員工則是安排在九月的第三個星期。

　　我想我們只需要一些投影片補充引言的部分，這部分附上建議的投影片的概念。我們也需要積極鼓勵語言的特定例子的投影片。這些投影片會當做報告結束時的總結。這種語言也應該印出來當做講義。

　　投影片顯示我們的創新結果，例如你用配音軟體製作的投影片，在第二個星期的弗蘭克‧葛里菲斯的會議上也是相當寶貴的，而且對九月第三個星期的艾爾‧賓恩會議也不可或缺。

　　我們已經購買「人為什麼要創造」的影片，做為計畫引言中的一部分。在創新環境圖表特點上也需要用到投影片。

這個版本就像它所顯示的一樣是很清楚的，但是下面的版本卻讓讀者能更快速地掌握重點。

我已經和弗蘭克‧葛里菲斯及工業工程師預定在九月的第二個星期進行創意思考會議，至於艾爾‧賓恩和他的員工則是安排在九月的第三個星期。這兩個會議中我需要投影片的協助：

1. **引言的主要論點。**附上一些推薦的概念。
2. **一些積極和鼓勵言詞的特殊例子。**這些投影片可在簡報收尾時，做為綜合報告之用。這些言詞也應該列印出來，做為講義。
3. **我們已經有了一些創新的成果，**例如，你利用配音軟體製作的投影片。這些對於和弗蘭克‧葛里菲斯的會議很有用處，但是對於和艾爾‧賓恩的會議則是基本的資料。
4. **建立創新環境需要採取的步驟。**

一般而言，當你以這種方式建立你的論點時，主要的原則就是要確定以相同的文法格式表達它們。通常這樣做不只是可以節省用字，而且你的論點別人更容易領會，它也幫助你了解是否清楚地表達你的想法。例如，在這個例子中，用這種方式安排論點無法顯示作者想要在創新環境階段（第4點）使用哪種投影片。

不論備忘錄的長短，在視覺上把類似的論點放在一組，讓它們更容易令人了解。然而，使用層級的標題時，在每份備忘錄中只需要一組縮排的論點就足夠了；否則視覺上的效果就會降低。

依項目符號排列大綱

有一種不同的縮排顯示方式，就是依項目符號排列大綱，或是重疊顯示，一般是顧問公司檢查進度時使用。這些檢查程序通常是由一小組的客戶主管圍坐在會議桌旁進行。這個小組會一起討論文件，一次討論一頁。

其次，這個排列方法就是把比較次要的論點往頁面較右方放置，如下一頁方框內所示。這種規則較其他的格式寬鬆，你不需

要嚴格遵守每一個層級最少要有兩個項目的規定。

　　這種排列方式的目的是，要讓主要論點凸顯出來，讓讀者能夠容易閱讀，但是這種方式無法一次詳細說明論點，因此讀者必須放慢閱讀的速度、完全消化和討論文章的內容。

檢查進度所使用的格式

1. 在檢查進度的表格中，有的時候你必須以不同方式將你的論點放置在主要項目下方
   a. 當你的客戶正在閱讀文件而你在場的時候，你就得如此做
      - 而且你希望能夠引導對於所提出論點的討論
        - 這樣你就可以得知他對你的研究結果的立即反應
        - 你就可以讓你的工作按照既定方向進行
   b. 因此你可以按照幫助客戶閱讀的方式，將你的論點排放在頁面上
      - 你希望他很快地抓住重點
      - 你希望他能夠容易看出論點之間彼此的關係
      - 你希望他清楚地區別出比較不重要的論點

2. 為了要達到適當的視覺效果，你必須遵守某些規則
   a. 每個層級的敘述要簡潔而又直接
      - 省略一些客套話
      - 以及東拉西扯
   b. 限制每個層級只能有一句敘述
   c. 盡可能在相同層級的論點使用相同的語詞結構
   d. 確保每個層級的論點直接和它們上層的論點相關連
      - 可以解釋上層的論點
      - 或是支持上層的論點

3. 除非你打算遵守這些原則，否則請不要使用這個格式

　　所有這些方法都是以視覺方式幫助讀者閱讀。這意指必須以視覺方式把邏輯關係顯示給讀者理解，利用這種方式可以幫助讀者更快領會。無可否認地，它們只能讓讀者節省少量的時間，但是如果每天有大量的文件要閱讀，累積節省的時間也很可觀。

顯示在各類之間的轉換

　　一旦你寫好開始的引言並且放入文件中，你需要在每個邏輯主線加上簡短的引言。在較長的文件中，你也應該偶爾暫停一下，讓讀者知道你的思緒進展情況，以及在每個主要分類開始或結束的時候，說明你下一步計畫表達些什麼論點。然而這麼做，你需要平順地從一個論點轉換到另一個論點，而且不可以太呆板。因此，你不可以採用如下的說法：

　　　　本章已經討論優先順序的必要性。下一章將討論應該如何設定這些優先順序。

　　換句話說，你不希望把這兩個章或節的實際做法連接起來，你希望把它們所說的主要論點加以連結。而且你希望以這種方式進行時，你似乎得立刻考慮兩個方向——回頭曾經說過的內容，以及往前將要討論的內容。要在某一章、節或小節的開端暫停，你可以採用說故事或者回頭參考前面內容的方式帶過。而且如果這些是長的章節，你也會想要在結束的地方暫停一下，做個總結然後再繼續下去。

說個故事

　　帶領讀者了解你每一個邏輯主線論點的適合方式，就是另外告訴他一個「情境—衝突—問題」的故事，如此會自然地引導到邏輯主線論點的答案。你可以回想起這和我們在第四章中討論的是相同的方式（圖表10.7）。

圖表10.7　應該介紹的幾個邏輯主線論點

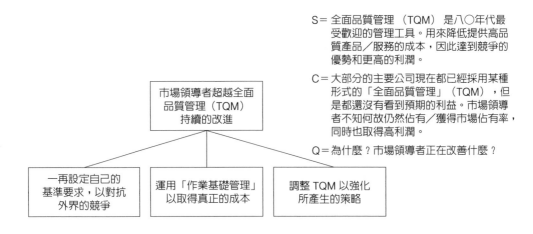

以下是演講者可能使用到的標題和引言故事，帶領聽眾接觸每一個新的論點。

標竿管理

首先，是標竿管理。讓我們假設你是一家銀行，並且已經實施真正有效的**TQM**的管理模式。例如，我們可以假設它讓你能夠把貸款申請時間從兩天縮短到兩個小時。你可能假設在這樣大幅度縮短時間的情況下，應該足夠確保競爭的優勢。不幸地，除非你在比較過你自己和競爭者後，你無法確切相信你擁有競爭優勢，這也就是為什麼正式的標竿管理是如此必要。

作業基礎管理

好的，你已經進行過正式的標竿管理評估，而且顯示你是業界的最佳廠商，而其他每個人都在估量如何和你競爭。現在，當

然你有權可以以你的公司為傲。假如你從銷售產品和服務所得到的實際收益，足敷你提供這些產品和服務的實際成本，那麼你的確當之無愧。若要判斷你是在哪種領域中屬於最好的，而且對你是值得如此做的唯一方法，就是按照作業活動去分析這些費用，而不是按照功能去分析。而且以下我們就來討論「作業基礎管理」的方法。

全面品質管理

好的，你現在已經準備妥當並且設定好自己的基準，採用「作業基礎管理」做為你的箴言，而且你可能已經掌握了競爭的優勢。你現在能感覺到輕鬆而且對公司的經營方式感到自豪嗎？如果你仍然採用我們一開始所說的老式「全面品質管理」的程序，那答案就不會是如此。因為現在問題成為，「你能夠維持你的競爭優勢嗎？」答案可能是否定的，除非你能把你的TQM程序合併應用到你目前所使用的方法。你會有什麼不同的做法？

在每種情況下，你都會看到我們在文件的開始，依照「情境—衝突—問題」形式的開始引言安排，但是縮小它的範圍以便與讀者在你開始每一個新故事時的認知相配合。不論引言故事出現何處，它應該只能包含讀者已經知道或者同意你所說的真實內容。

往回參考

往回參考的方法就是，在你連接的先前金字塔的結構中，擷

取一個字、片語或者主要論點，然後在你目前的句子中使用。你可能已經熟悉在段落之間轉換的方法。例如：

> 沒有個別的主管對指導小組的事負全責。
>
> 在資深業務主管與人事主管之間缺乏必要的領導和協調，將會導致……（問題清單）。
>
> 缺乏負全責的領導人所造成的問題，因為職務的重疊或者不良的責任指派而遭到混淆……

你在新的一節或小節的開始處，甚至有的時候一組新的支持論點也都得依照相同的方法處理。假設你剛剛完成一節討論有關Ritz-Ryan連鎖旅館業的經營管理，說明它並未充分利用到它擁有許多旅館、餐廳和提供餐飲服務的優勢。你現在將要開始新的一節，簡單描述這個組織在結構上的弱點，使得它無法如預期般經營，圖表10.8顯示出該組織的金字塔架構。

往回參考，你的組織連結可能如下所示：

在開始的兩節之間

> 目前的高階主管和董事會結構有兩個主要缺點，嚴重限制了Ritz-Ryan集團利用它合併資源的優勢。

在兩個小節之間

> 除了指定一位集團董事總經理外，Ritz-Ryan應該在主管結構方面做大幅度的變動，建立簡短和清楚的權限與責任關係。

在兩個支持論點之間

　　由於只有全職的執行長可以有效協調線上人員和員工之間的配合，因此只有全職的執行長才可以穩定、堅決而且持續不斷地帶領整個組織的改善工作。

　　我確定你已經明白其中的方法。重點是要進行不引人注目但是清楚的轉換，主要是找出關鍵字或片語然後進行論點的轉換。當然，你需要進行轉換到下一節的主要論點，這個論點已經在原始引言的「說明」部分中簡單地介紹過。因此，這時你不需要像先前的做法利用「故事」帶到這個論點，因為你的讀者此時可能已經有足夠的資訊了解這個論點。然而，你確實需要介紹每一節論點的分類，並且解釋它們如何支持它的主要論點。

圖表10.8　字面上應該彼此連接的節

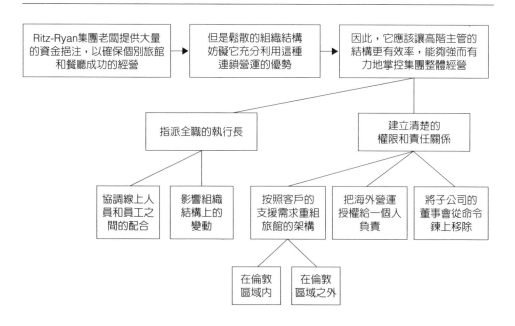

總結部分

有時候章或節的內容會極長或複雜，此時你會想要暫停一下，先做一段總結然後再繼續下去。這種做法的例子可參見第四章第一節結束處，對於引言做了總結摘要。

以下是出現在我們剛才討論有關Ritz-Ryan一章末尾的總結。

> 總結來說，在本章中所建議的最高層級主管結構，其中包括Ritz-Ryan的董事會和主席、一位集團總經理，以及三位負責向他報告的主要業務主管，每位主管負責集團的一個主要企業。這些職位和負責報告的關係，對於公司長期的領導和集團整體運作的控管提供堅強的基礎。只有這個結構能夠有效率地運作，才能提供所希望達成的控管與負責程度，整個集團才能實現在這份報告中所提出的改進機會。

這種總結摘要寫起來並不困難，只要你記住，它們只是盡可能熟練地重新敘述先前文章中的原則和語氣。既然你已經知道金字塔結構中的這些內容，你現在需要做的只是將它們再次組合在一起，提供給讀者閱讀。

做出完整的結論

理論上來說，如果你寫出適當的引言，並且按照金字塔的原則安排文件的主體結構，你應該不需要再做總結敘述。畢竟，你一開始就清楚地點出讀者的問題，而且以無懈可擊的邏輯做出回

答。然而，在心理上你還是會覺得需要優雅地結束，而不是就這樣停止。通常要結束簡短的備忘錄，可以說「如果你有任何進一步的問題，請立刻打電話來」，毫無疑問地正反映這項需求。

要結束一篇較長的文件，可以明顯地在該頁中央標示一行星號，也許這太明顯了，有的時候被稱為「日落」符號。然後你利用「最後……」做為最後一段的開始，提醒讀者你的重點。然而，如果你同意這種方式，你希望避免對於已經詳細說明的論點只是再重複一次：

> 這篇報告已經概略描述我們對重新安排公司組職的建議案，並且詳細解說每個部門必須配合採取的特定步驟。

當然，你希望能找出令人信服的一組字詞，不只是把你所說的為讀者再總結一遍，而且要讓讀者也能產生相當的情緒。最起碼，那就是亞里斯多德關於如何處理結論的忠告。

若想要在商業文件的結束能讓讀者產生「適當的情緒」的理論尚且值得探討，但是我認為你想留給讀者的主要感想就是一股想要採取行動的需要和渴望。因此，你想給他某些暗示，他可以怎麼考慮事情或者他可以利用閱讀所獲得的新知識做些什麼。

這個暗示或許是以哲學上的見解或者一種命令的方式，要求讀者採取立即的行動。亞伯拉罕‧林肯（Abraham Lincoln）在他的第二任就職演說中，就設法使用兩種方式：

> 我們對任何人都不懷惡意，對任何人都愛心相待，上帝讓我們看到對的事，我們就堅定地維護那對的事，讓我們繼

續奮鬥，完成我們正在進行的工作，彌補國家的創傷，照顧艱苦作戰的勇士和他的孤兒遺孀，盡力實現並且維護我們自己之間和我們與各國之間的公正和長久的和平。

當然，你希望能夠盡量讓你的文件如主題和讀者的要求一樣的精妙與嚴謹，因此適當的收尾就會隨著每份文件而有所不同。比如說，航空公司的總裁聽到旁人以強烈情緒化的言語催促採行新的計畫系統時，他會覺得受到冒犯。但是對於他已經強烈感覺到必須處理的項目，例如重整他的產業時，他當然會敞開心胸、廣泛接納情緒化的訴求。

然而，一般來說如果你堅持要加上一段結論，你會希望寫些有關你所傳遞信息的重要性之展望。例如，以下是一篇有關科技報告的總結段落，內容是關於建立一個遍及歐洲的系統，可以利用電腦快速擷取科技文獻。

　　「如果你能夠成功地推廣這個系統，你不只是創造出歐洲存取科學和技術資訊的改良方法，可以提供工業、商業、專業人士和學術界的用戶使用。你也會建立一個資訊的共同市場，這個市場可以提供所有使用者全部的現存資源，而不是只有某個國家單方面所收集的資料。這不但可以讓標準化和協調性產生進步，而且也能發展出全新的標準。我們發現未來的展望令人興奮，而且企盼能與你合作推廣這項先導計畫。」

說明後續的步驟

你可以從我的語氣得知，我並不鼓勵大多數的人們撰寫總結段落，因為要寫好它們是很困難的。簡單的實際觀察也會讓你不去碰它。然而，有一種狀況你又非得準備總結不可，那就是你正在討論一種你希望讀者馬上能夠接受的情形。

當你在撰寫一長篇文件的時候，你推薦讀者一連串你認為他們會接受的行動，就會出現說明「後續步驟」的需要。如果讀者接受這項行動，在星期一的早晨他應該去做某些安排，以便讓事情能夠開始進展。為了要容納這些行動，你編入一個稱為「後續步驟」的章節。唯一的原則就是，你在這一節提出的內容，必須是讀者不會有疑問的。也就是說，這些行動必須是明顯合乎邏輯的內容。

例如，假設你正在推薦客戶購買某家公司，提供客戶一份長達30頁不錯的文章，分析和說明你為什麼認為這是一個好主意，你自信客戶一定會接受。然後你提出一個稱為「後續步驟」的標題，內容如下所述：

如果你認為買進這家公司是一個好主意，那麼你應該：

1. 連絡這家公司的所有人，並且邀請他共進午餐。
2. 連絡往來銀行，確認當買賣完成時，已經備妥你所需要的費用。
3. 召開收購委員會處理相關的細節。

很明顯地，你的讀者不會詢問你「為什麼我要邀請他共進午

餐，為什麼不請他共用晚餐？」這些是最明白不過的事情，我想沒有人會有異議。另一方面，如果這些論點在讀者內心會引起疑問，那麼你就必須把它們加入你的文章內，而且要確定它們和你所說的各方面都互相配合。

在所有的安排中，其目的就是盡可能讓讀者所需要做的思考工作越容易越好。畢竟，讀者很少受過分析和反省方面的訓練，而無法理解你所提出的主張，即使所牽涉的就是他自己的公司也是一樣。他在解釋你的觀念上無法和你抗衡。

因此，當你說完一組冗長的論點而且準備繼續下一個論點時，你必須承認讀者的理解無法完全到達你認為的程度。如果他要了解你正在嘗試說明的內容，有各種不同的轉換方式可以影響他的思緒，讓它仍然拉回到原處。這實際上是一個很好的練習，在有需要的時候能夠以優雅的態度完成。

第 **11** 章
將金字塔結構反映在螢幕上

如果能夠選擇，大部分的人們都會選擇以口頭方式報告他們的金字塔型論點，而非以書面的方式提出。在內心深處，他們認為視覺報告只是單純的以投影片的方式進行報告。因此，他們認為報告只是把金字塔型的結構轉換成單純的文字投影片，也許再加上一些佐證的圖表加以解釋。情形會是如此嗎？

問題是，視覺報告需要面對一群現場觀眾，時常坐在並不舒服的環境中，而觀眾希望能在別的地方舉行。這種聽眾不只會有無法預知的反應，而且完全會受到任何事物的影響而分散注意力。因此你的工作大部分是要確保你能夠預期他們的反應，保持他們的注意力，以及讓他們急於取得你的訊息內容。換句話說，你必須顧慮他們的感受。而顧慮一群商業報告聽眾的感受所需要的藝術技巧和其他任何形式的娛樂幾乎相同。

你需要製作一場「表演」，而表演需要有一位明星、表演的手稿、表演過程的腳本、技術卓越的視覺技巧，以及考慮到無形

的因素，例如時機、步調與懸疑等等。突然間你會覺得需要一整套的技巧，遠超過「投影片形式報告」的要求。然而，為商業報告所準備的典型投影片看起來有點像在下述方框中所顯示的一樣。

指導原則

這些指導原則已經設計出新的「專業醫療部門」的供應鏈願景：

1. 供應鏈的設計應該是以專業醫療產業可接受的成本，盡量滿足最終使用者的需求。
2. 供應鏈的再造工程應該以醫療政策的影響做為未來的發展方向，並且在任何新的願景和／或供應鏈程序的設計中，要考慮服務提供者／付費者的反應。
3. 供應鏈設計需要承認專業醫療產品的獨特性。
4. 設計的程序一定要能提供財務責任和服務評量報告給所有的利害關係人。
5. 管理供應鏈活動的角色和責任應該由供應鏈參與者承擔，他們才會最有效和有效率地推動這些活動。
6. 對於跨公司之間一般或無明顯差異的業務，因為合併之後可以產生明顯的成本槓桿效果而仍能維持服務品質，因此就應該合併到同一個公司。
7. 對於各公司之間獨特和有明顯差異的業務，因為分散處理可以獲得成本上的效益，而且仍能確保品質，因此應該由個別的公司處理。

首先，我們看到的是一份清單，而不是一組有清楚摘要的相關論點。任何事情有了七項就會嫌太多了。但是如果這類型的投影片目標訂在50或是60張，然後解說者將每張投影片上的文字

讀給觀眾聽，這個過程將會很無聊。或者更糟糕的，如果演說者按照螢幕上出現的文字連串唸出，會造成極大的混淆。

如投影片設計大師基恩・澤拉茲尼（Gene Zelazny）所言，這樣我們所有的就不是視覺報告，而是一份「視覺敘述」投影片。然而，投影片的作者辯解：「這種方式我們就不會忘記任何細節，」以及「在報告結束時，我們就有一份可分發的資料。」

協助商業報告人員具有表演者的技巧，需要加倍努力以及在公開演講和掌握聽眾注意上給予嚴格的訓練。而且的確有許多公司提供員工這些領域的訓練課程。但是任何負責設計商業報告的人應該注意到，也能夠擁有吸引商業聽眾注意力的基本技巧：

- 如果文字投影片只包含最重要的論點，需要適當加以分類和摘要，並盡可能簡潔說明。
- 有清楚的圖表佐證（圖、表格或是曲線圖）。
- 反映出腳本和手稿經過慎密的思考。

你在報告中使用兩種投影片，包括文字和圖表（圖、表格或是曲線圖），理想的比率是90%的圖表與10%的文字。它們的任務是：

1. 闡明報告的結構（文字投影片）。
2. 強調重要的論點分類，例如結論、建議案或者後續步驟（文字投影片）。
3. 說明無法很快由文字單獨清楚表達的關係（圖表）。

　　我並未嘗試在本章中說明設計適當投影片的錯綜複雜過程，以及如何提出一份有效的報告。但是我建議你參考基恩・澤拉茲尼的好書《圖表會說話》（*Say it with Charts*[1]），我在本章中有許多深刻的理解是來自於此書（基恩已擔任紐約麥肯錫公司「視覺溝通」部門的總監多年）。而且我會把基恩對於文字投影片和圖表的設計所發展出來的一些原則，再重新闡述明白。我也會解釋我在設計報告用的投影片時，從金字塔結構的論點轉換成腳本／手稿所使用的方法。

設計文字投影片

　　在為現場的簡報設計文字投影片時，需要認清一點，就是這場報告的主角是身為演講者的「你」和你的內容。在會議室中最引人注意的是你本人，而不是投影片。投影片只是各種視覺上的輔助器材，它們的功能主要是確保報告的持續進行。因此，你會希望在你大聲敘述的內容和螢幕上所顯示的內容之間，能夠有清楚的區別。

你所敘述的內容

　　為了說明其中的差異，以下是部分的手稿以及相關的投影片——這是上述第一種文字投影片的例子：

---

[1] 原文註：Irwin Professional Publishing（出版社）：Burn Ridge, IL 60521，1988 年和 1996 年。

手稿　　　**目前的現況**
傑克森食品公司（Jackson Foods）已經陷入嚴重缺貨的情況一段時間。因為無法完全供應訂單的需求，PMG公司不可避免地將會失去市場佔有率。

- 嚴重缺貨的情形部分是由於製造上出了問題。
- 製造問題是因為供應鏈程序的不一致或是不適當的管理而惡化。
- 供應鏈和製造程序並不是要為了減輕缺貨問題的嚴重性，或是為了照顧重要的客戶和產品。

投影片

目前的現況
嚴重缺貨的程度

- 製造上的問題
- 不良的供應鏈程序
- 製造／供給鏈的配合度不高

　　最好的文字投影片可以把它們的內容盡量明確和簡潔地表示出來。在轉換或者介紹論點時不要浪費文字（或投影片），這些可以或者應該以口頭陳述。當然這表示投影片本身的內容份量不夠列印出來，分發給來不及參加簡報的人員。為了解決這個問題，有些人將投影片和手稿首頁上的文字結合起來，這種方式可以有效地達到一石二鳥的結果。但是假使那樣的話，手稿應該以大綱的型式撰寫，省略掉重點的轉換。

　　也請記得，文字投影片最好限制只強調金字塔結構中的主要論點，大致如圖表11.1所示。

圖表11.1　使用投影片來強調金字塔結構中的主要論點

投影片大致反映金字塔的重點，如下所示：

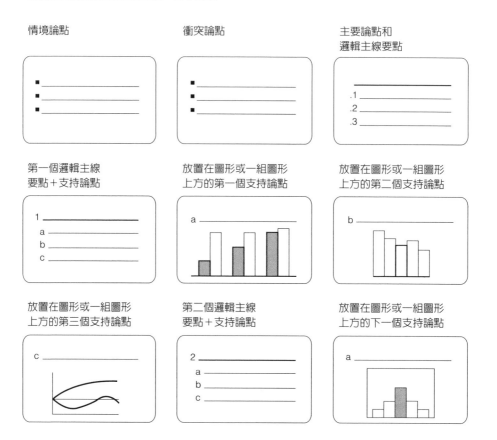

你所顯示的內容

在決定個別文字投影片中的內容時，請記得下列這些指導方針：

1. **一次只提出和討論一個論點。** 只有當你想要列舉出一組論點做為摘要，或者供後續投影片更充分發揮的時候，才可以不用

遵守這個規則。

2. **使用敘述文字而不只用標題**。你通常可以選擇使用一或兩個字簡潔表示論點，或是使用簡要扼要的言詞報告論點：

銷售展望　相對於　銷售展望是看好的

後面的說法讓聽眾不會誤解你所提出論點的本意。

3. **保持文字的簡潔扼要**。在每一張投影片上試著不要放入超過6行的文字，或者大約30個字。如果某個論點所包括的文字比這個數目多，可考慮多使用幾張投影片。

4. **使用簡單的文字和數字**。很長的字、技術詞彙和複雜的片語都會讓觀眾分心，把他的注意力從你這位演講者身上移開。你也應該盡可能使用簡單的數字：490萬元比$4,876,987更容易抓住觀眾的注意力。

5. **盡量使用易讀的字型和大小**。我們可使用32這個可靠的參考數字。

如果你知道最遠觀眾和顯示螢幕之間的距離，可將距離（英呎數字）除以32，就能得出可清楚觀看的最小英文字母尺寸（英吋數字）。因此，如距離為16英呎除以32就等於0.5英吋。在螢幕上要能從16英呎遠處看見的字母大小必須有1/2英吋高。

如果你知道在螢幕上使用字母的大小尺寸，可以將該尺寸（英吋數字）乘以32，就可得出可清楚看見字母的最遠距離（英呎數字）。因此，0.75英吋乘以32就得出24呎的距離。3/4英吋

高度的字母在距離超過24英呎時就無法看清楚。

　　我認為可以允許使用難以辨認字體投影片的時刻，是當你想要展現情境複雜性的時候。如果是那種狀況，只好如此處理，這樣觀眾就不會自動想要閱讀這些文字。然而，我應該提醒一下，關於這一點基恩並不同意我的看法。他說：

　　　我不得不向觀眾承認投影片並不是清晰可讀，而且他們不應該嘗試去閱讀它；這段話是一種推辭。如果它很重要需要放在螢幕上顯示，那麼就應該讓它清晰可見。此外，如果將投影片難以辨認的責任推卸說是複雜性的緣故，這是展示內容複雜性的一種粗糙方式。如果讓我有權製作清晰的投影片，我將有98%的機會成功。至於另外的2%，就是你不應該使用視覺方法報告。

　　6. **設計吸引人的投影片**。良好投影片的配置、字體的選擇和使用的顏色，可以讓投影片看起來更吸引人。基恩最有趣的一種方法就是「讓文字投影片能夠活靈活現。」因為所有的文字投影片看起來都很相似，因此一系列的投影片會讓人覺得無聊。但是如果你把文字投影片當做一種使用文字而非數據或是圖的資料圖表，則你設計的投影片就會因為以視覺顯示論點之間關係，而顯得更有吸引力。圖表11.2說明他的意思。

　　7. **使用「構建投影片」**（build slide）**加強吸引力**。另一種加強投影片吸引力或是處理複雜性的方法，就是逐一顯示投影片中的每一個部分。用這種方式，你就可以一邊進行報告一邊加以解

釋，這樣整個投影片就不會遮住整個畫面。例如，圖表11.2可以說明這種方式。你可以單獨顯示第一個圓圈，然後增加右邊三個圓圈，最後再加入這些方框。

設計圖表投影片

　　文字投影片使用一種熟悉的溝通媒體——文字。但是圖表投影片（包括圖、圖表、表格和曲線圖）則使用完全不同的溝通方

圖表11.2　設計視覺上更有吸引力的文字投影片

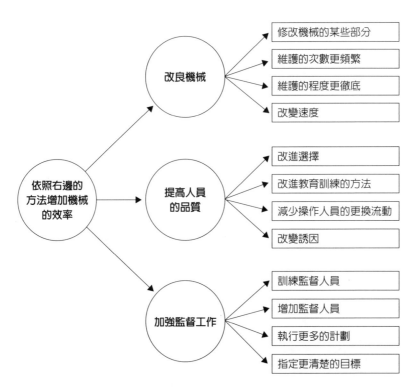

能夠增加機械效率的三個主要方法

法——視覺關係。它們讓你能夠呈現大量的數據和複雜關係給你的觀眾，這是你單獨使用文字時所無法有效做到的。

一般來說，圖表投影片應該盡可能簡單地表達可閱讀的內容。觀眾沒有機會研究這些內容，以及理解各種不同因素的含意。而且如果圖或圖表太複雜、詳細或是雜亂，你會浪費寶貴的時間解釋它而非討論它的內容。但是演講者在闡述論點的時候，偶爾會有更複雜的曲線圖或圖因此而變得更清楚。但是你不會希望在報告中出現一、兩個這種圖形。

圖表投影片一般用來顯示結構或者加工程序的一部分，或者以圖形顯示資料，使用各種圖形組成派圖、長條圖、棒狀圖、曲線圖或點狀圖。曲線圖或圖可用來回答下述五種問題（請參見圖表11.3~11.7）：

- 有哪些因素？
- 有哪些元素改變，以及如何改變？
- 各種數量與總數相比為何？彼此的關係如何？隨時間的變化為何？
- 項目如何分配？
- 項目之間的關係如何？

竅門是先決定你想要利用圖表回答的問題，將答案當作標題放在圖表上，然後選擇最適合的圖表格式來呈現該論點。

務必確定圖或者曲線圖的標題直接表達它的內容，標題可以是一個完整的句子或是包含動詞的一句片語。這麼做讓你可以核對圖表帶給觀眾的視覺印象是否符合你希望表達的內容。「各區

圖表11.3　因素有哪些？

地區組織容許較方便的授權　　　　　　Jackson Foods經營的標準供應鏈

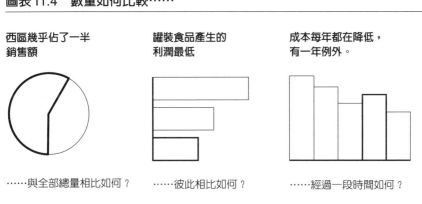

組　　織　　　　　　　　　　　　程　　序

圖表11.4　數量如何比較……

西區幾乎佔了一半　　　罐裝食品產生的　　　成本每年都在降低，
銷售額　　　　　　　　利潤最低　　　　　　有一年例外。

……與全部總量相比如何？　……彼此相比如何？　……經過一段時間如何？

圖表11.5　它改變什麼，以及如何改變？

銷售額穩定上升，　　　　　　競爭的差距已經逐漸接近
但是成本正在增加中

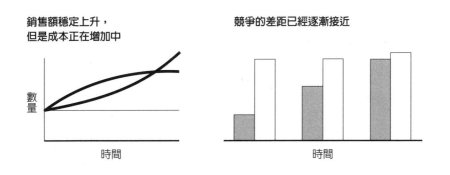

數量　　　　　　　　　　　　　　　　　　　數量

時間　　　　　　　　　　　　　　時間

圖表11.6 項目如何分配？

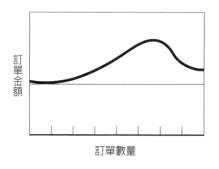

大部分的訂單金額都超過1,000美元

訂單金額 / 訂單數量

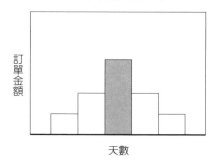

大多數的訂單都是在月中下單

訂單金額 / 天數

圖表11.7 項目之間的關係如何？

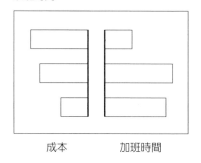

成本的增加情況無法反映增加的
加班時間

成本　　加班時間

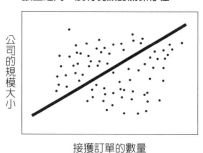

在公司的規模大小和接獲訂單
數量之間，沒有明顯的關係存在

公司的規模大小 / 接獲訂單的數量

域的利潤比率」的說法沒有「西區幾乎佔了一半銷售額」那麼有
意義。

　　說出圖表的論點也可把混淆的可能性降到最低。不同的觀眾
如果獨自判斷，會依據他們自己的觀點、背景或興趣而注意到不
同的關係。這樣你可以立即吸引他們的注意力在你希望強調的數
據方面。

腳本

一旦你了解文字和圖表投影片的要求，你就可以開始設計完整的報告。對於如何將金字塔結構的論點轉換成報告，我採取的方法如下所示：

1. **撰寫完整的引言**，並且按照你將要述說的每個字按照順序納入引言中。這樣可確保你不會在開始的故事中遺漏任何事情，而且讓你重新檢視你正在回答的問題觀眾可以了解。

2. **準備好一份空白腳本的表格**，而且在每個空白的投影片頂端寫出你想要以視覺說明的引言論點，加上來自邏輯主線的論點並且放置在邏輯主線下面一行。

3. **草擬出你在說明每個論點時使用的視覺方法**。一般而言你不需要實際數字就可以做這些程序，但是只需要你想要包括的資料種類，以及供你自己和設計你想要顯示關係的設計者使用的注解。

4. **在每個投影片上寫出你會述說的內容手稿**，確保這組投影片可像說一段故事般地鋪陳出來。

5. **完成投影片的設計**，並且將它們送出，以進行適當地繪製。

6. **排練**、排練、再排練！

最簡單的腳本就是一張紙，將它左右橫放然後分成幾個各別的區塊，每個區塊代表一張空白的投影片。它讓你能夠記下你想

要轉換成投影片的特定論點，並且指出哪一張應當是文字投影片，以及哪一張應該以哪些種類的圖形說明。

為了說明起見，圖表11.8顯示一個典型的金字塔結構，而圖表11.9則顯示最初幾張投影片在腳本表格的樣子。你要記得在每張投影片的頂端放置一行句子或是片語，它說明所要表達的論點。當你在報告以及有觀眾在聽的時候，特別是在你有任何長度投影片在螢幕上放映時，這種方法可做為提示。

本章只討論如何把金字塔結構內的論點轉換成視覺報告形式的一般步驟。它並未牽涉到如何製作報告的詳細計畫和分析步驟，以便令人注目和有效地達到你的目的。最後，讓我推薦一本很棒的書，是由安東尼‧傑（Antony Jay）撰寫，書名為《有效的報

圖表11.8 從金字塔結構開始

S＝ Jackson Foods的供應鏈一年的營業費用達到1,200萬美元，或是新生產技術（NPS）的14%。相對於其他廠商，這算是成本高昂且無效率的方法。嚴重的缺貨現象、交貨不準時以及訂單完成率，而且訂貨時間長和信用不良。

C＝ 已經採取步驟改變交易條件以增加訂單，改善供應鏈的成本／交貨。已經讓成本、效率的差距降低。擔心對財務的績效造成影響。

Q＝ 要如何做才能確保財務的績效？

必須把供應鏈轉變成重要的服務，當作一項競爭的優勢

- 採取立即的步驟達成一致、可靠的客戶服務水準
  - 著重在A類客戶
  - 調整訂單管理辦法
- 在每個供應鏈的層級追求大幅降低成本
  - 配銷的網絡簡化
  - 把計劃同步化
  - 整合採購的行動
  - 組織齊一化
- 發展長期改善計畫所需的技巧和經驗
  - 長期計劃
  - 銷售預測
  - 採購
- 運作市場供應鏈達成持續不斷的競爭優勢
  - 最快速的供應商
  - 最快速的創新廠商
  - 最佳配合的公司

圖表11.9　腳本的引言、邏輯主線和下個層級

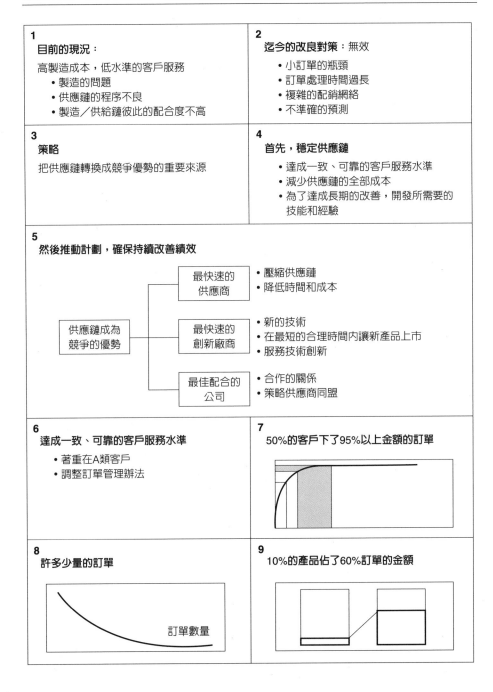

1
目前的現況：
高製造成本，低水準的客戶服務
- 製造的問題
- 供應鏈的程序不良
- 製造／供給鏈彼此的配合度不高

2
迄今的改良對策：無效
- 小訂單的瓶頸
- 訂單處理時間過長
- 複雜的配銷網絡
- 不準確的預測

3
策略
把供應鏈轉換成競爭優勢的重要來源

4
首先，穩定供應鏈
- 達成一致、可靠的客戶服務水準
- 減少供應鏈的全部成本
- 為了達成長期的改善，開發所需要的技能和經驗

5
然後推動計劃，確保持續改善績效

供應鏈成為
競爭的優勢

　　最快速的
　　供應商
- 壓縮供應鏈
- 降低時間和成本

　　最快速的
　　創新廠商
- 新的技術
- 在最短的合理時間內讓新產品上市
- 服務技術創新

　　最佳配合的
　　公司
- 合作的關係
- 策略供應商同盟

6
達成一致、可靠的客戶服務水準
- 著重在A類客戶
- 調整訂單管理辦法

7
50%的客戶下了95%以上金額的訂單

8
許多少量的訂單

訂單數量

9
10%的產品佔了60%訂單的金額

圖表11.9　腳本的引言、邏輯主線和下個層級（續）

10-17 等等……	18 達成一致、可靠的客戶服務水準
	• 著重在A類客戶
	• 調整訂單管理辦法

告：利用文字與視覺輔助溝通論點》（*Effective Presentation: The Communication of Ideas by Words and Visual Aids*），在1970年由倫敦的「管理出版公司」（Management Publications Ltd）出版發行。〔它在美國也出版，書名為《新的演講術》（*The New Oratory*）。〕

　　整本書都在討論如何認識你的觀眾、演出、報告技巧和排練。這本書充滿了各種深刻的理解。我最喜歡的一句話就是「報告通常是報告者贈送給出席者的一份禮物」。它是值得放在心上。

第**12**章
將金字塔結構反映在文章內

你可以回想一下我在本書剛開始所說的，要想把任何事寫清楚有兩個步驟：首先決定你想要說明的論點，然後把它化為文字。一旦你已經完成你的金字塔結構，而且重複檢查你所分類的論點，你確實知道想要提出的論點。你也知道你想討論它們的順序。剩下來的就是你如何把它們化為文字。

理論上，這應該是一個比較容易的工作。你只需要找到一般的商業作者，清楚地將你的金字塔論點轉換成一系列簡潔又優雅的句子和段落，清楚表達生動的內容並且吸引讀者的注意力。哎呀，事情不會都這麼順利的。一般的句子可不是那麼的簡潔和優雅，都是冗長而且充滿難懂的行話。這樣會讓文章較難為人理解，而且主題會讓人覺得無比厭煩。讓我舉一個例子：

● 潛在改善的主要部分就是如何改進現場銷售人員配置（和組織）的成本效益，反映出需要重新定義因交易環境變更

所形成商店和間接層級的銷售任務。

- 可以從小組提出的替代性預備計畫中，發展出預先計畫的調整辦法，並且納入臨時性計畫的草案中，優先列為特別計畫調整方案和其他無條件支出計畫的指導原則。

- 目前對於現金流量精確的分析特別對現有的系統有所要求；但是它無法符合對精確性嚴格的要求。可以把在規劃時未充分考慮的資訊納入，以便進行改善。

這些段落是由聰明、善於表達的人使用極佳的解決問題的技巧所寫出。他們其中的任何一位都可以口頭解釋他的論點，並且讓聽者完全理解。但是他們似乎相信，如果以文字說明，把風格盡量取消以及加入更多的技術性行話，就越能獲得尊重。

這是無聊的事情。好的論點不應該被糟糕的文字給遮掩了。有關技術的作品同時也可以是文字藝術的作品，例如，世界知名的威廉‧詹姆斯（William Jamese）、佛洛伊德（Freud）、懷海德（Whitehead）、羅素（Russell），以及布魯諾斯基（Bronowski）。當然針對專家發表的技術性文件必須使用技術性言詞。但是過度使用行話和採用迂迴與艱深的風格，極可能只是跟隨流行，並不需要如此做。

你的目的只是要以文字描述你的論點，不但要能夠清楚地傳達，而且人們可以快樂地加以吸收。當然，這是每本談到寫作的書籍所建議的重點，但是如果它很容易做得到，那每個人都會如此做。它並不容易做到，但是有一種方法可以有所幫助。主要的要求就是，你必須將原本在構思論點時，所使用的影像圖形重新

顯現出來。

　　既然到目前為止應該明顯了，我相信我們在建構所有的概念想法時，使用的是圖形而非文字。這麼做更有效率。圖形可以帶來大量的事實訊息，而且將它們合成單一的抽象結構。就我們所知，人是無法一次同時考慮七、八個以上的項目，以這種方式壓縮世界上的資訊是一種很方便的方式。如果沒有這種能力，你會被限制在只能根據一些低階的事實做出決定。

　　但是將這七或八個抽象概念合併在一起後，你就有了大量的複雜細節，你可以輕易地利用心理進行操作。例如，觀看下述的圖形，你就可以了解，從圖形可以快速了解這三個線條彼此之間的關係，遠比你從文字的敘述要快很多：

　　然後，若要組成清楚的句子，你一定要先從「看到」你正在討論的內容開始。一旦你有了圖形，你只需要將它複製轉化成文字。讀者也會從你所說的話重新建立這個影像，因此不只是抓住了你的論點，也是在享受練習。

　　讓我先說明這個過程，首先當你閱讀精鍊的散文時，文章的論點影像會很容易出現。然後再給你一些提示，如何從較差的文章中找出潛藏的論點影像，這樣你就可以重寫它。

創造影像

　　以下是梭羅的《湖濱散記》（*Walden*）中的一段文字。當你閱讀它的時候，嘗試記錄你心中思緒的變化。

　　　　在靠近1845年三月底，我借了一把斧頭然後走入華登湖（Walden Pond）濱的森林，在最靠近我打算蓋一座小屋的地方，開始砍伐一些高又筆直，但還不是很高大的白松樹，做為建屋的木材。在我工作的地方是一片覆蓋著松樹林、讓人賞心悅目的山坡，我可以往外眺望湖心，在樹林中間有一小片開闊的林地，其間長著松樹和山胡桃樹。湖中的冰尚未消融，雖然還有一些空處，它的顏色十分深邃，蓄滿著湖水。

　　當你讀到這些文字的時候，你在心中是否浮現出一幅想像出來的畫面，你一邊不斷閱讀片語和句子一邊將細節添入畫面中？你心中正在成形的是一幅景象，但不是那種像照片的影像。這個例子[1]是喬治・米勒（George Miller）告訴我的，他稱之為「記憶的影像」，而且當你繼續閱讀的時候，景象會一點一點地加入。

　　如果你像我當初一樣閱讀這篇散文，首先你看到的是在1845年的三月，也許你會感覺到的是過去某個灰濛濛的一天。然後你看到一個人向另一個人借來一把斧頭，兩者難以分辨，你看到他

---

[1] 節錄自《隱喻與思想》（*Metaphor and Thought*）書中的〈影像與模式，直喻和隱喻〉（*Images and Models, Similes and Metaphors*）一節，作者Andrew Ortony。劍橋大學出版社，1979年出版。

走向森林，手中握著斧頭。樹林變成白松樹，而且你看到梭羅正在砍伐它們。下一個句子就帶入一片山坡地，此時樹林突然出現在一座小山上。然後你看到梭羅站直起身子，眺望湖水、空曠的林地和湖面的冰。

你的體驗可能和此處描述的情景相同或者不一樣。然而，重點是當你閱讀的時候，你正在架構起這些段落的情景。這個建構的結果，就是記錄文字內容的記憶影像。你建構的影像就是你了解過程的一部分，而且影像能夠幫助你記憶曾讀過的內容。

如果你放下書本，並且試著回想你曾讀過的內容，你可能發現無法逐字重複它。但是如果你回想一下這些影像，你會從其中讀出你曾看到的內容，而且它會和原來的內容大致相同。

那些影像可以幫助你回想的程度，這些在有關記憶的研究中已經得到證明，雖然這些研究也顯示出根據他們情緒上的偏好，人們會忘記一些細節，以及美化其他的影像。然而，記憶中的影像確實提供有關文章段落和從中抽取出來資訊的紀錄——讀者在閱讀一個一個的片語時所建構出來的紀錄。

這就是每當你閱讀任何文件，試著要去了解和記住它的內容時，都會發生的事情。某些文章的段落比較難以形成記憶中的影像，而且如果提出的報告論點特別地抽象，你最好是以「支架結構」（skeletal structure）而不是以影像來表示它們。但是除非文章段落可以某種形式加以影像化，而且除非讀者可以實際上「看到」文章所說的內容，他就不能夠被認為是已經了解這段內容。

為了說明起見，以下是來自某個文件的一個段落，討論「國際復興開發銀行」是否應該從固定放款利率改成浮動利率。

如果銀行放款利率差距所形成的風險備抵過高，銀行的收益將會透過降低後續放款期的利率方式，整體回到借方手中。如果銀行因為系統化的風險評估過高，長期或多或少賺取「過多的」收益，因此固定的放款率對於借方整體來說就包括額外的費用。這種可能性似乎微乎其微。

雖然上述討論的概念非常抽象，但是像「利差」、「過多的」和「降低」等字眼卻讓你可以清楚看見一組關係。如果被要求畫出它們，你可以四行文字和兩個箭頭表示出來，也許像這樣。（我已經增加文字描述，但是你自己可以不需要這麼做。）

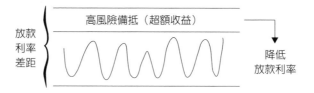

這種影像的「支架」（skeletal）特質很值得注意。我們不能期望有完整、詳細如照片一般的重現，只要求能呈現其中的關係。這些一般是由一個或是多個幾何圖形組成（例如，圓圈、直線、橢圓形、長方形），按照系統化或是概略的方式安排，再加上箭頭顯示方向和彼此互動的關係。

當你看到的時候，它似乎顯得有些幼稚。但是過去的所有偉大「視覺思想家」已經討論過，從愛因斯坦以降，都強調過他們視覺影像含混、模糊和抽象的特質。

以文字複製影像

在重寫差勁的文章上，只使用這些基本條件來建立影像，就會帶來很大的差異。讓我利用本章開頭的第一個例子來加以說明。因為所安排的文字無法在你閱讀的時候，用影像重現思緒，你的心思徒勞無功地摸索，希望能夠抓住一些重點。請再看一次第一個句子的開頭。

- 潛在改善的主要部分就是如何改進現場銷售人員配置（和組織）的成本效益。

當你讀到現場銷售人員的時候，其餘的內容就從你的思緒中消失。但是句子仍然繼續下去：

- 反映出需要重新定義因交易環境變更所形成商店和間接層級的銷售任務。

現在，我們需要抓住哪些較具體的名詞呢？推銷人員、商店，或是改變的交易環境。它們彼此的關係要如何以圖形顯示出來呢？

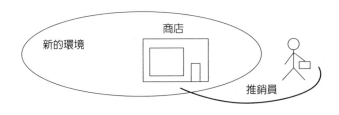

這似乎顯示討論的主要是推銷員和商店之間的關係。也許他是想說：

● 我們必須要重新配置推銷人員，以配合新的交易環境。

如你所看到的情形，竅門是要找出其中的名詞，然後再找出它們之間的關係，將它們當成視覺影像處理。讓我們將這種方法應用到本章的另外兩個例子。

● 可以從小組提出的替代性預備計畫中，發展出預先計畫的調整辦法，並且納入臨時性計畫的草案，優先列為特別計畫調整方案和其他無條件支出計畫的指導原則。

再一次，其中包含的名詞似乎是「預先計畫的調整辦法」、「替代性預備計畫」，以及「臨時性計畫的草案，優先列為……的指導原則」（先不管這代表什麼意思）。作者的用意是要如何安排它們之間的關係？

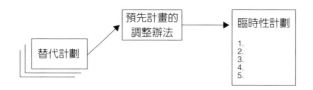

顯然地，作者希望讀者想到的是一些臨時性計畫。根據這種情況，他可能想表達如下的內容：

● 簡單列出計畫需要調整、縮減的活動順序。

另外一個例子：

● 目前對於現金流量精確的分析特別對現有的系統有所要
求；但是它無法符合對精確性嚴格的要求。可以把在規劃
時未充分考慮的資訊納入，以便進行改善。

當然，我們可以反對，因為它並不是不符合嚴格要求精確性
的系統。然而，為了套用我們的程序，其中的名詞似是「現金流
量不精確的分析」、「系統」、「改善」與「資訊」。這些名詞會
是以下列這種方式組合嗎？

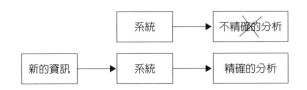

從影像得到的重要研究結果，很清楚的就是填入適當的資訊
就會產生正確的分析結果：

● 如果我們填入X種資訊，系統就會產生精確的現金流量分
析。

（沒有和作者連絡之前，我們無法判斷他所謂「在規劃時未
充分考慮的資訊」的含意。）

總結來說，能夠幫你撰寫清楚易懂文章的有用方法，就是強
迫你自己把想法之間原有的關係轉化成影像。一旦你有了清晰的
心理影像，你就可以直接將它們轉換成清楚的句子，你的讀者才

能直接地加以解釋和吸收。而且他以影像方式在記憶中儲存這些知識有其額外的優點。

當然,如果是逐字閱讀則以影像方式儲存知識是必要的,因為我們能力有限,無法在我們的心中保留太多的字。藉著從文字擷取影像,讀者不僅能夠大量轉換文字知識,這樣讓他的心理可以更有效率地處理文字,而且可以將它轉換成生動的印象,如此也比較容易回想得起來。

引用一位我的親戚威廉‧明托教授(William Minto)的話,他生活在一個較悠閒的時代:

> 在寫作方面,你就像是一位指揮官,正在經由只容一人通過的戰壕部署你的軍隊;而你的讀者在接收到部隊後,必須進行整隊和重建他們。不論主題的內容牽涉多廣或是多複雜,它都只能以這種方式溝通。然後,你可以明白我們對於提供讀者的文字內容,在順序和安排上負有多大的責任——那也就是除了在措辭方面必須安排得體和引起讀者好奇心之外,以前的修辭學者嚴格要求我們必須對重視我們文章的讀者,在文字內容的順序和安排上負起責任。

你可以繼續並且照做吧。

附錄 A
解決缺乏結構的情境問題

在第八章中，說明解決問題就是一種邏輯過程，不斷地發現與顯示出造成非預期事件的基本結構。我們的理論是，問題的解決方案都是在修正基本結構，如果問題是來自於我們不喜歡這個結構所產生的結果，那麼的確它就是這種情形。

然而，有另外一種問題情景出現，不是你不喜歡這個結果，而是你無法解釋它。你有下述三種理由無法解釋它：

- 因為這種結構並不存在——當你嘗試發明一些新東西的時候（舉例來說，電話、海底隧道）。

- 因為結構是看不見的——例如結構是在大腦或DNA中，這樣你只有結構的結果可以分析。

- 因為結構無法解釋結果——例如亞里斯多德對力的定義無法解釋砲彈的動量，或是無論你如何刻意地防範，工具還是神祕地生銹了。

當你在解決一般問題的時候，有可能會遇到這種缺乏結構的情境。雖然遇到這樣的情境需要比我們討論過的更高視覺上的思維層次，但是你會很樂於知道，其中採用的推理過程非常相似。

所需要的只是另一種形式的「逆推法」（Abduction）——這是在1890年由皮爾斯（Charles Sanders Peirce）所創造的名詞，描述解決問題的一種程序。在所謂的逆推法中，他希望強調使用演繹法和歸納法在解決問題上的密切關係。讓我解釋這兩種逆推法的差異性，並且告訴你如何使用第二種逆推法。

分析逆推法

皮爾斯的見解是，在任何的推理過程中，你都會處理三個各別的實體：

1. 規則（對於世界構成方式的信念）。
2. 案例（存在世上被觀察到的事實）。
3. 結果（預期會發生的事，假設規則應用於這個案例中）。

你可以隨時認定你自己的推理方式，這是由你在推理過程中開始的位置以及你知道多少額外的事實來決定。下列表格說明差異：

演繹法

規則	如果我們把價格訂得太高，銷售就會下降	如果A則B
案例	我們已經把價格提得太高	A
結果	因此，銷售將會下降	必然是B

歸納法

案例	我們已經提高價格	A
結果	銷售已經下降	B
規則	銷售已經下降的原因可能是價格太高	如果A則 可能B

逆推法

結果	銷售已經下降	B
規則	銷售通常會下降，因為價格太高	如果A則B
案例	讓我核對是否事實上價格太高	可能為A

　　我們一貫地說明，分析式解決問題的方法包括注意一個不受歡迎的結果，在我們對於情境結構的認知中找尋它的原因（規則），以及檢驗我們是否已經找到它（案例）。你能夠明白，這完全與上述「逆推法」的推理程序相符。

　　即使逆推法不同於歸納法和演繹法，但是還是要注意其中的差異，它們之間的關係很密切。因此，對於任何複雜的解決問題的情境，你可能必須輪流使用所有三種形式的推理。如同我稍早所說的，你正在使用的形式，以及你預期會從它得到的結果，都必須依據你在程序中開始的位置而定（圖表A.1）

圖表A.I 你從何處開始，決定你將使用的思考方式

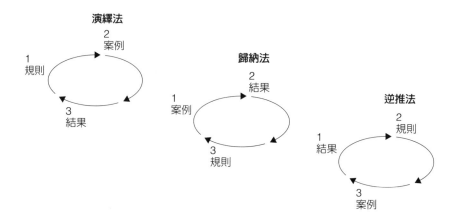

科學逆推法

在第八章所討論分析式解決問題的方法，以及此處討論的所謂創造的或科學式解決問題方法之間的主要差異，就是我們知道結構可以產生我們的結果，而科學家則無法辦到。也就是說，我們有了兩個基本的因素，我們就可以按照我們的方法推理出第三個因素。我們必須在能夠推理出第三個因素之前，一定要先建構出第二個因素。

在推理出第三個因素中，科學家會依照古典的科學方法：

● 假定某個可以解釋結果的結構。

● 設計一個實驗，能夠確認或排除這項假定。

● 進行實驗，以便得出確切的「是或否」的答案。

● 重複這個程序，提出子假定或者後續的假定，以便定義仍然留存下來的可能性等等。

　　科學方法的特徵就是先產生假定，然後設計實驗。兩種活動都需要高度的視覺思維。

產生假定

　　科學的假定不是空穴來風，而是在檢視產生問題的情境的結構因素後，所直接得出的建議。例如，如果你的問題是你想要發現一種方法，讓人們能夠長距離通訊而不需要大聲喊叫，那你必須想出具體的方法，能夠放大聲音的音量或者讓耳朵更為靈敏，你的假定會反映你所設想的各種可能。

　　很不幸地，確實你所設想有價值的可能發展情形，並不是像在一份食譜中就能清楚說明的事情。它時常需要有一點天份，讓你可以在你對問題的認知與你知道的世界之間，看出其中的相似之處。而且的確亞力山大・葛拉漢・貝爾（Alexander Graham Bell）在發明電話時確實如此：

> 　　我突然覺得，人類耳朵聽覺用的耳骨和推動它們的耳膜相比非常結實，我有一種想法，如果這樣薄的耳膜都能夠讓結實的耳骨移動，為什麼不能夠使用較厚與更結實的薄膜來移動我的鋼片。

　　我們此時很清楚地碰觸到一座非常大的冰山尖頂。沒有人能夠知道是什麼原因讓類似的事情會發生在某個人身上，而不是發生在另外一個人身上。當然對於問題背景的全盤了解，可以幫助你說明和重新反省所有你對問題的假定。然而，我們確實從那些

寫出有關這些過程的人們所得知的情形，就是他們的洞察力都是
以視覺形象的方式出現。

設計驗證結果的實驗

　　一旦制定好前提，下一個步驟就是利用它來提出一些實驗，
加以確認或否定前提的真假。再一次，視覺的思維此時必會提出
「如果這個結構是有效的，那麼隨之而後當然會出現怎樣的結
果？讓我們設定一個實驗，來證明事實上它確實會隨之出現。」
將它按照逆推法的程序排列如下：

結果　　我觀察到非預期的事實A

規則　　A所以會如此，是因為B是案例

案例　　如果B是案例，則C將會當然隨之成立

　　　　　　讓我檢查C是否事實上隨之成立

　　我們會明白，在伽利略和砲彈的故事中，這個驗證的程序非
常容易：

結果　　亞里斯多德說作用力可以產生速度。從這個立論我
　　　　　　們可以推論出，當作用力停止作用於某個物體時，
　　　　　　該物體應該停止移動。然而，如果我從大砲發射出
　　　　　　一顆砲彈，即使作用力已經停止，該砲彈會繼續飛
　　　　　　行。亞里斯多德一定在有關運動的作用力觀念上出
　　　　　　現錯誤。

規則　我只需要將球從手中讓它落下，就能觀察到運動和作用力之間的關係。當我這樣做的時候，我注意到這個情境包含三個結構性因素：

- 球的重量。
- 它落下的距離。
- 它落下所花費的時間。

這樣可以提出三個不同的假定：

1. 作用力與所作用的物體重量成比例。
2. 作用力與物體在作用期間所移動的距離成比例。
3. 作用力與作用的時間成比例。

案例　如果第三個假定是真的，則移動的距離會與時間的平方成比例。這表示如果該物體在一個單位時間內移動一個單位的距離，則它在兩個單位時間內必須移動四個單位的距離，在三個單位時間內移動九個單位的距離。

讓我把一個球從斜放的平面上滾下來。這會讓球滾下的速度減慢，好讓我測量在不同的時間單位內它移動的距離，而且就可決定移動距離和時間之間的關係是否如同我的假定一樣。

新規則　它和我的假定相同。因此作用力是速度改變的原因。

實驗構成的竅門是，要確定它會產生明確的、對或錯的答案。如果你變更情境中的某個條件成為另外一個條件，只是「觀察發生什麼變化」是不夠的。實驗的結果必須讓你能夠明確地說出，你是否要保留或者放棄這個假定。

這就是在科學界中過去八十幾年來所發生的情形，以最嚴格的態度應用這項特殊要求，也讓知識產生最大的進展。

引用查爾斯‧達爾文（Charles Darwin）的話：

> 它是多麼奇怪，任何人應該無法明瞭，如果觀察要能夠有任何的幫助，它們都必須贊成或者反對某些觀點！

為了結束這個討論，我在下面列出兩種逆推法。你也能夠看出，他們依循某種共同的模式。這個模式在引導你對於問題的思考和解決問題的方法上能夠迅速有所突破，有其重大的價值。它的價值在於能夠強迫你以精確的方式思考，以最少的步驟解決問題，而不需要浪費時間和受到無關事務的影響。

你可以確實看到每個步驟最後都會有清楚的結果；每個結果也都會指出你在後續的分析中所應該採取的方向。當問題解決之後，可依據所得的結果指點你的討論方向，以及用字的選擇。

赫伯‧西蒙（Herb Simon）曾說過，解決問題只是意味著重新呈現問題，讓解決方案透明化。我已經努力讓你能夠明白如何以最有效率方式重新表示問題的程序，並且加以利用。因此我們所有的人都能夠比我們以往更有創造力和更有效率地去思考問題。更清楚地了解這些程序所牽涉到的知識，可能會影響我們前往嘗試的意願。

圖表A.2 依循相同的模式解決問題的方法：分析式與科學式

基本程序	分析式的問題解決方式	科學式的問題解決方式
1. 問題是什麼？	設想你現在得到的結果和你希望得到的結果之間的差異	定義你得到的結果和你依照主要理論所預期得到結果之間的不一致
2. 問題發生在何處？	設想在目前的情境下可能造成此種結果的結構性元素	說出可能造成這種不一致性的傳統假設的理論
3. 為什麼會出現問題？	分析每個因素，以便決定是否是該因素造成此種結果，以及原因為何	假設可能會消除此種差異的替代結構，並且解釋可能有的結果
4. 我們對於問題能做什麼？	制定這個結構中合乎邏輯的替代性變更，以便產生所希望的結果	設計一些實驗能夠排除一個或多個這樣的假定
5. 我們應該對於問題做些什麼？	建立一個包含這些變更的新結構，以便產生讓人最滿意的結果	根據實驗的結果，重新制定理論

附錄 B
引言結構的例子

當你在撰寫引言的時候，你是在做最重要的思考工作。一旦你習慣這個程序，你會發現許多引言都是應用相同的基本模式。一般而言，它們會回答三個標準問題之一，以及偶而會有的第四個問題。

1. 我們應該做什麼？
2. 我們應該照著我們的計畫去做嗎？
3. 我們應該／曾經如何做某事？
4. 為什麼發生這種事？

圖表B.1顯示每個問題最常見的結構。但是你也可能喜歡看到這些結構在擴展成為實際內容時的情況。最後，我提供第八章所有範例的完整引言。

在這些文字之後是有關兩種引言結構的詳細解釋，因為當你想要應用它們（撰寫提議書的本文，以及處理替代方案）的時候，可能會引起混淆。本附錄也說明描述程序變更的方法。

圖表B.I 大部分的引言會回答四個問題之一

我們應該做什麼？		
1. 如何解決問題？ 　S 曾嘗試過／希望去做X／ 　　有情境 　C 沒有做過／不會做／有問 　　題 　Q 如何著手進行？	2. 如何採取所想要的行動？ 　S 有問題 　C 希望能夠執行X的解決方 　　案 　Q 需要做些什麼才能取得 　　該解決方案？	3. 替代方案 　S 想要去做X 　C 有替代方法 　Q 哪一個？
4. 審查 　S 現在依照程序處理達成X 　C 確實審核，看是否需要做 　　任何的變更 　Q 需要任何的改變嗎？	5. 對於讀者並未有疑問的工 　作，建議做一些改變 　S 我們正在期待執行X行動 　C 對於如何做，我們有兩種 　　選擇 　　－繼續和過去一樣 　　－在某些方面做些變更 　Q 哪一種方式最有效果？	
我們應該去做我們計畫要去做的事嗎？		
1. 它是正確的行動嗎？ 　S 有情境／問題 　C 計畫行動 　Q 它是正確的行動嗎？	2. 會有問題嗎？ 　S 曾有問題，也有解決方案 　C 恐怕執行它會有問題 　Q 會有問題嗎？	3. 解決方案有用嗎？ 　S 曾有問題，也有解決方案 　C 測試解決方案 　Q 解決方案有效嗎？
4. 解決方案會達成目標嗎？ 　S 計畫行動 　C 除非它能夠達成Y，否則 　　不想去做 　Q 它會達成Y嗎？	5. 提議書（B） 　S 你有個問題 　C 希望得到協助解決問題 　Q 你是我們應該雇用的顧 　　問嗎？	
我們應該／曾經如何執行某事？		
1. 如何執行所需要的行動？ 　S 必須要做X以解決問題 　C 若要做X一定要先做Y 　Q 我們如何做Y？	2. 如何執行解決方案？ 　S 有問題 　C 有解決方案，不確定如何 　　執行 　Q 如何執行解決方案？	3. 你是如何做的？ 　S 曾有問題 　C 執行X解決問題 　Q 你如何執行X？

圖表B.I　大部分的引言會回答四個問題之一（續）

4. 告訴我們如何執行新的做法 S 必須要執行X行動 C 尚未準備好執行它 Q 我們如何準備？	5. 告訴我們如何適當地執行某事 S 你目前有系統X C 它無法正常運作 Q 我如何讓它能夠正常運作？	6. 提供方向 S 我們希望去做X C 我們需要你去做Y Q 我如何做Y？
7. 告訴我們它是如何運作 S 有目標 C 安裝系統／程序來完成 Q 它是如何運作？	8. 提議書（A） S 你有一個問題 C 你希望得到協助解決問題 Q 你會如何幫助我們解決問題？	
它為什麼會發生？		
1. 第一次進度檢討 S LOP說我們將會做X以解決問題 C 現在已經完成 Q 你發現什麼？	2. 稍後的進度檢討 S 在最後一次進度檢討時，我們告訴你X，你說我們接著應該做Y C 現在已經完成Y Q 你發現了什麼？	

引言的一般模式

我們應該做什麼？

Simmons & Smith公司

S＝ 現在有X方法在市場上銷售

C＝ 預期要有非常高的成長，在面對其他的問題，恐怕X方法將無法繼續有效

Q＝ 如何改變呢？

S&S公司目前銷售三種產品到三個不同的市場：薄膜、分析測試裝置，以及一般過濾設備。它安排一小組

有分子生物學背景的銷售人員與某些經銷商一起推銷（佔23%的銷售額）。它已經非常成功地把它的「硝化纖維薄膜」（NC membrane）產品推銷到分子生物產品市場，成功的原因部分是它有高水準的推銷人員，但是在非分子生物產品／市場的成績並不佳。

「硝化纖維薄膜」的分子生物產品市場規模預期在3年內會擴大一倍，而其他的市場則會快速成長。S&S公司擔憂它那一小組推銷人員會無法處理不斷成長的薄膜市場，更不必說取得其他產品的市場佔有率。你並不喜歡增加經銷商，因為你必須支付他們高額的佣金（30%），而且你也會擔心經銷商開始提供合成的NC薄膜產品，與你在分子生物產品市場上競爭。

（S&S公司應該要如何保護它的分子生物薄膜市場，而且以最有利的方式擴大其他市場的佔有率？）

我們相信S&S公司應該針對每個市場採取不同的配銷方法。

我們應該做我們正想要做的事嗎？

Diffraction Physics公司

S = 可能有問題

C = 如果如此，就必須改變

Q = 我必須改變嗎？

身為IBM公司EPOS系統的掃描器供應商，Diffraction Physics公司擁有歐洲掃描器市場最高的佔有

率。該公司因為技術一流，因此價格也一流。

然而，NCR／IGL公司開始以很低的價格非搭配銷售掃描器。如果這表示一種明確的降價趨勢，它可能會造成OEM的生產方式消失，並且伴隨著進一步嚴重的削價競爭。

我們做了一項市場調查，以確定這種情況對Diffraction Physics公司市場地位的威脅程度，以及該公司嘗試直銷產品是否行得通。

我們的結論是，Diffraction Physics公司現在應該開始推出一種主要的非搭配銷售產品，才能在這種長期的業界趨勢下保有領先的地位。

我們應該如何做我們想要做的？

桑‧巴斯提安諾市（San Sebastiano）

S＝ 發生問題

C＝ 知道解決方案，但是執行有困難

Q＝ 我們如何執行解決方案？

桑河市關心的是它無法替增加的勞動力創造工作機會，德州南部地區因為國防預算減少而造成該區域經濟復甦緩慢，以及其他因素限制工作機會的成長。市政府意識到需要提倡經濟發展，以避免出現高失業率。

然而，當該城市有若干優點和競爭優勢的時候，它也會有若干基礎建設不足的地方，因而妨礙到桑河市吸引外地公司的遷入經營。你要求我們分析這種情境，決

定該城市能夠使用何種辦法來克服它的問題，並且振興經濟的發展。

我們相信該城市應該由當地民眾發起一些行動。

我們有問題嗎？

Anielski航空公司

　　S＝ 正在發生變動

　　C＝ 希望減輕可能的不利影響

　　Q＝ 會有什麼不利的影響？

　　　　歐洲的交通運輸系統已經開始解除管制。因此，防止外國公司收購的許可證限制實質上已經鬆綁，保護國營鐵路公司和航空公司免於競爭的法規已經廢除，要求的裝船文件已經減少，國境的通關檢查已經簡化，或者在某些情況下已經不需要檢查。雖然如此，對於提議變動的快慢和幅度以及如何降低它們的影響，仍繼續存在著相當多的爭論。

　　　　（確實會有什麼樣的影響？）

　　　　我們相信這不是在解決問題，解除管制是創造一個真正共同市場的主要觸媒。

我們應該選擇哪一種替代方案？

Colefax超級市場

　　S＝ 已有計畫要執行X方案

　　C＝ 建議Y方案可能比較好

　　Q＝ 要選擇執行哪一個方案？

Colefax公司以銷售為基礎的新補貨系統（SABRE）
最初的構想是做成中央電腦主機系統。

然而，所有輸入的資料和系統的主要用途都是屬於
分公司的層級，問題是這個系統是否能夠更實際、費用
更節省和更有彈性，設計成適合分公司的使用。為了達
到目的，你設立了一個委員會以便決定哪一種電腦結構
最適合Colefax公司。

我們現在已經完成分析並且得出結論，讓該系統以
分公司為基礎，而不是集中式的，如此較適合Colefax
公司的需要。

我們的解決方案無法解決問題，我們應該做什麼？

Jackson Foods公司

S＝ 發生問題，執行過解決方案

C＝ 解決方案無效

Q＝ 我們應該怎麼辦？

Jackson Foods公司的供應鏈一年的營業費用高達
1,200萬美元，或是NFS的14%。不僅這個數字和競爭
者相比偏高，系統也非常沒有效率。因此，公司得承受
嚴重的缺貨狀況，無法準時交貨和完成訂單，以及拖長
訂貨和賒帳的期限。不可避免地，造成PMG企業無法
完全供應訂單，而喪失市場佔有率。

Jackson公司最近已經採取步驟變更交易條款，努
力增加訂單數量並且減少交貨地點的數目。然而，這項

行動對於供應鏈的成本和效率的影響很小。而且很明顯地，持續以高成本來做這種低水準的服務，對Jackson公司財務上的績效有極深的影響。

如果Jackson公司今後想要維護它的財務狀況，它必須開始把它的供應鏈視為競爭優勢的根源，而且要成為業界最有效率的供應商，必須把成本與服務的改善當成長期目標的一部分。

困難的引言格式

雖然所有的引言都有簡單的S-C-Q結構，有些人會要求多一點安排讓效果更好。我已經選出兩個最普通的安排，來做進一步的解釋：

- 以諮商建議和專案計畫方式，提出解決問題的步驟。
- 處理替代性解決方案。

提出解決問題的步驟

大部分的商業文件都是在相關的問題已經解決之後，才進行編寫。然而，某些文件的目的是要告訴讀者，作者在找出問題的解決辦法時，所曾使用過的方法。諮詢建議和專案計畫都屬於這一類。

雙方的文件都要求你在引言中定義出問題，而且兩者都是按照分析中所提到的步驟安排架構。雙方都提出一位潛在的客戶

（或是一位提出要求的經理），說明你對他的問題了解的程度，以及你提議解決問題的方式。如果提議或專案計畫被接受，然後你可以對問題的原因進行一項分析，並且提出你的結論和建議的報告。

如果是諮詢建議的情況，你一般也會提出一份契約性的協議書，告訴客戶他正在買進什麼、它的成本、它何時會完工，以及在程序中誰要做些什麼。為了確保這些項目都能夠包含在文件中，大部分的顧問公司已經採用一組標準的標題，做為他們建議的架構：

引言

背景資料

目標和範圍

議題

技術方法

工作計畫和待處理的事

收益

公司的資格和相關經驗

時間安排、員工與費用

然而有這樣標題的文章所可能有的麻煩，就是這些標題會鼓勵作者在每節都列出內容的清單。這些清單很容易彼此重疊，因此會讓你的真實想法隱晦不明。

例如，在「引言」、「背景資料」和「目標和範圍」出現的內容都是和問題的定義有關，而在「議題」、「技術方法」、「工

作計畫和待處理的事」出現的內容與實際解決問題的步驟有關。而單獨的「收益」一節內容的價值都會讓我感到困惑，一般認為「收益」是你會替客戶解決問題的結果，而我會認為是首要「目標」。

因此，如同在第四章所指明的，我推薦一個類似圖表B.2顯示的結構，在其中「引言」解釋了問題，以及文件本身的結構是依照方法（如此處所顯示）或者依照一組理由所建構，這些理由就是為什麼客戶應該雇用你們的原因，如圖表B.3所示（專案計畫都是按照程序構成）。

圖表B.2　你可依照「步驟」建構一個諮詢的提議

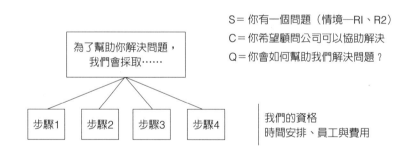

顧問公司的資格和關於時間安排、員工和費用等資訊都包含在提議中，但是這些都是屬於論點結構之外的考量。

至於你是否希望提出的結構顯示各個程序中的步驟，或是解釋雇請你的理由，通常是按照提議的競爭性質而定。如果是你以前曾經合作過的客戶，而且建議案只是你這次同意為他所做事情的確認，我建議按照程序中的步驟設計架構。然而，如果它是一

種面臨競爭的情形,你可能希望按照客戶應該雇用你的理由,來設計架構,如圖表B.3所示。

圖表B.3 你可以按照「理由」來建構一個諮詢提議

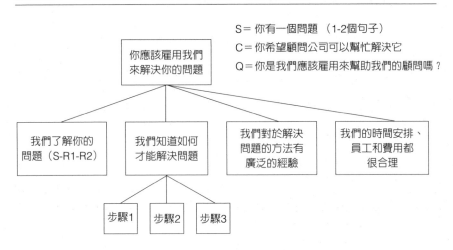

其中主要的差異是在第二個方法,你是以一個小段落開始,類似如下的安排:

我們很高興能夠和你見面,討論把你的軟體銷售到發展中國家的計畫。這份文件代表我們的建議案,幫助你開發一個適當的銷售策略。它包括:

- 我們了解你可運用市場的機會在哪裡。
- 我們採用的方法,幫助你開發的策略可以充分利用該商機。
- 我們過去執行這種工作的經驗。
- 我們的安排。

第一節會詳細解釋問題，使用「情境－R1－R2」結構，以及確定會配合特定的「熱鍵」（hot button）或客戶決策者的日程[1]，這些都是可能會影響選擇過程的因素。第二節制定方法，而第三節則明白指出你用來解決問題的特殊或獨有的專長。

為了讓你了解其中的程序，圖表B.4與B.5顯示一家美國電話公司預備銷售軟體到發展中國家所產生問題的定義和金字塔的結構。

這家公司已經自行發展業務和管理軟體多年。它在歷年來所發展的一些產品現在都已經過時，但是它看出在開發中國家或第三世界國家對這種軟體仍可能有需求。它後續已經決定設立合資企業，建立有特色的產品系列，並且將它們銷售到有吸引力的市場。

然而，公司以前從未向這些市場銷售過，而且也不知道有哪些可銷售的市場，更不要說有吸引力的市場。它隨後決定雇用一家顧問公司，幫助它決定軟體產品可銷售到哪些具吸引力的市場。

這些事實可以按照下述方式，安排放在問題定義的結構中：

---

[1] 原文註：對於評估客戶所關心事項的討論，請參見約瑟夫・羅馬諾（Joseph Romano）、理查（Richard）和雪文・佛萊德（Shervin Freed）所合著的《寫出高超的建議》（*Writing Winning Proposals*）（麥格羅・希爾公司，紐約，1995年）。

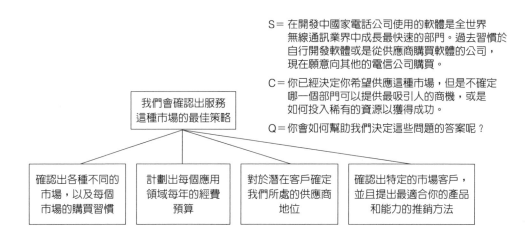

情境	R1	R2
	供應電信公司自己發展的軟體應用程式的商機	成為商業／管理軟體系統有利可圖的供應廠商

起點／序幕

客戶—美國電話公司　　開發中國家的電話公司

設立合資企業，建立有特色的產品系列，並且將它們銷售到有吸引力的市場

引發困擾的事件

因為在政策上的改變，開發中國家的公司現在願意購買來自其他電信公司的軟體應用程式。

不知道哪些商機是最有吸引力的市場　　變成有利可圖的開放原始碼（OSS）的供應廠商

聘請顧問確認出有吸引力的市場

　　然後，由左往右讀，你將會把它們轉換成一個金字塔結構，看起來像這樣：

S＝在開發中國家電話公司使用的軟體是全世界無線通訊業界中成長最快速的部門。過去習慣於自行開發軟體或是從供應商購買軟體的公司，現在願意向其他的電信公司購買。

C＝你已經決定你希望供應這種市場，但是不確定哪一個部門可以提供最吸引人的商機，或是如何投入稀有的資源以獲得成功。

Q＝你會如何幫助我們決定這些問題的答案呢？

我們會確認出服務這種市場的最佳策略

確認出各種不同的市場，以及每個市場的購買習慣	計劃出每個應用領域每年的經費預算	對於潛在客戶確定我們所處的供應商地位	確認出特定的市場客戶，並且提出最適合你的產品和能力的推銷方法

關於替代性解決方案

　　第三種可能的解決方案就是，圖表B.1關於替代性解決方案的第一節。我在第四章中曾說過，嚴格來講並沒有所謂「問題的

替代性解決方案」這回事。你所推薦的方案可以讓讀者從R1轉換到R2情境，或者不會，以這種情況來說就不會有替代的方案。當R2的情況含混不明的時候，就會出現所謂的替代方案，因此當你看到解決方案的時候，你仍然無法判斷你已經有了解決方案。

當無法清楚說明R2情境的時候，人們最容易發生的情況就是會任意選擇三或四個可能的行動方案，並且開始比較它們彼此的優、缺點，或者正反兩方面的情況。當然替代方案彼此之間是不相關的；重要的是它們與R2的比較情形。但是當無法辨認出任何R2時，一般人會嘗試回頭重新定義它的內容。

你最好是在剛開始時就定義好R2（的確，通常你解決問題程序的第一個步驟就是定義R2）。可以另一種方式清楚定義R2，但是需要費很大功夫，特別是大部分的人被要求比對每一種替代方案的優、缺點的時候，會覺得有被強迫的感覺。當然他們會覺得需要列出文字中所有的優點和弱點，就可以輕鬆地加以摘要分類並且把它們整合到金字塔結構內。

嚴格來說，只有當讀者已經預先知道的情況下，替代方案才應該在文件中加以討論，這意謂讀者將會自行認出這些替代方案，以做為可能的行動方案。假使那樣的話，他的問題將是「會是哪一個替代方案？」如果讀者無法預先知道替代方案，你會讓你自己處於尷尬的情況，把自己一手建立的議題又全盤否定。你對於邏輯主線的推理將會像下述的過程：

● 有三個可能的方法解決這個問題：A、B和C。

　　方法A不好，因為……

　　方法B不好，因為……

　　因此就採用方法C吧。

採用C的理由不是因為A和B不好，採用C的理由是它能夠解決問題。根據案例，那為什麼會提出A和B呢？你可能會說：「因為讀者要求它們。」「讀者會說：『告訴我如何解決我的問題，而且告訴我能有什麼樣的替代方案。』」當然，讀者無法合乎邏輯地表示需要知道他能使用的替代解決方案，除非他的問題定義不清，也就是，除非他的R2情境是模稜兩可的。

假使那樣的話，讀者真正很想要的可能不是替代解決方案，而是替代的R2情境。這些就是你可以了解的情形。然後讀者就可以充分地（也就是盡可能清楚地交代你的論點）按照替代的R2情境進行文件的架構工作。如果你發現你所提出的解決方案，沒有一個可以提供讀者所需要的完整R2情境，那麼這個結構就可發生作用：

● 如果你想要的是收益穩定，採用X方案。
● 如果你想要的是快速成長，採用Y方案。
● 如果你想要的是勞資和諧，採用Z方案。

如果讀者不是在尋求替代的R2情境，此時即使你對清楚表明的R2已有明確的解決方案，讀者仍然堅持要取得「替代方案」。你有兩種選擇：把它們放在引言內（可能顯得有些不適

當），或者把它們放到附錄去。如果你決定把它們放入附錄，有效的方法就是以圖表顯示它們，將可替代的方案排列在表格的左邊，而將你判斷的標準排列在表格上方，然後逐項核對替代方案是否符合這些標準。

描述程序的變更

當你編寫一份文件建議變更某個程序的時候，通常讀者都已經熟悉該程序和它的問題。因此，引言只需要簡單描述即可，文件就可以依照這些變更重新架構：

S＝ 現在有X程序

C＝ 但是行不通

D＝ 如何改變？

如同我們在第四章的討論，其中的竅門就是清楚地以圖形顯示在程序「之前」和「以後」的步驟，確保你能夠清楚地了解你自己想要的「變更」。你需要對兩種其他的情境進行這種「先後關係」的分析，以便寫出一篇簡潔扼要的引言。

- 當讀者得知不滿意的舊程序和所要的新程序時，他的問題成為「我要如何執行？」或是「我應該執行嗎？」
- 當讀者不清楚程序的操作，也不知道它的問題所在的時候，此時他的問題就不只是「你想要如何變更它」，也包含「它為什麼需要改變？」

　　一般在這些情況下撰寫引言，會避免描述整個程序或是過度描述它們。在這個附錄中，將顯示每種情境編寫不佳的引言例子，以及說明如何應用「先後關係」的分析來重新建構它們。

讀者知道舊的和新的程序

　　圖表B.4的引言「DDT：文件數位化和遠距傳送系統」，對於現有的程序是否可以特定方式變更，提供判斷的方法。其中的內容大致如下：

S＝ 我們先前進行過一項研究，說明如何以電腦儲存和傳輸文件。研究機構也針對在Euronet／DIANE網路上傳輸文件所產生的問題進行過研究。你提出過更具技術性的研究結果。

C＝ 我們已經查閱過把文件轉換成數位格式，以及以電子方式傳送有關科技、經濟和管理方面的文章。這是因為相關技術的快速發展，允許以電子方式傳送文件。

Q＝ ？

A＝ 在技術上可以合理的費用，在整個歐洲的範圍內實施。

　　─我們構想出在DIANE網路上建置的系統「DDT」。

　　─市場力量尚無法帶動這樣的一個系統，它需要推動一個示範的專案計畫。

　　─需要更進一步的技術研究。

　　─需要解決一些重要的非技術問題。

圖表B.4 程序並未加以描述

DDT：文件數位化和遠距傳送系統

引言

我們進行研究的理由

在八月，我們收到你委任進行「文件數位化和遠距傳送」的研究。我們準備的確認和分析機制如下：

開發出數位儲存和傳送的技術
要求以經濟效益的方式傳送文件

去年，在研究機構發表的一份技術報告中，針對「Euronet網路用戶的文件傳送問題」進行討論。「科學和技術資訊線上搜尋服務」（STI）讓使用者能夠很快和容易地找出文獻中有用的參考資料。除非使用者收到相關文件的全文副本，否則使用者的需要不算得到滿足，因此需要一個快速、廣泛且經濟的文件遞送服務。由「研究諮詢公司」所準備的研究計畫對於在Euronet／DIANE網路上文件的訂閱和遞送，所衍生的要求、問題和合理的解決方案都提出詳細說明。

DIANE目前是可運作的網路。縮寫字DIANE代表「歐洲直接資訊存取網路」（Direct Information Access Network for Europe）。它表示可以透過Euronet無線通訊網路提供歐洲整體資訊的服務。Euronet網路本身是一個傳送資料的設施，而不是提供資訊服務。

DIANE提供的服務架構，主要是透過Euronet的主要歐洲主機的服務項目。這些主機提供的服務是典型的圖書目錄資料庫服務。提供一般功能的引入媒介，包括標準的指令語言、轉介服務與用戶指導。DIANE對使用者來說，是一種較為熟悉可透過網路進行的廣泛資訊服務。

「ECC科學和技術中的資訊和文件委員」（CIDST）已考慮過研究機構的報告、其他研究者的意見和建議，以及建議的額外技術研究。

我們已經接受這些建議中的兩項，討論有關將文件轉換成數位形式和無線遠距傳送密切相關的科技、經濟和管理等方面的議題。這項研究所依據的背景是電腦和無線遠距通訊技術的迅速發展，或者在可預見的將來，可以提供電子文件交貨的方法。這樣可以消除或者大幅度減少紙張的使用量，目前由文件服務中心供應讀者的文件包含大量的紙張運送。

結論

我們的研究確認將普通文件轉換成數位形式，可以儲存在電腦資料庫中，並且能夠利用數位無線通訊設備傳送到需要閱讀文件者附近的印表機，這在技術上來說是可行的。

數位化和遠距傳送的成本持續下降。然而，需要昂貴的設備，而且需要一次處理大量的文件才能達到低單價的要求。在歐洲市場規模下的營運計畫，可以和目前提供影印和郵寄文件的「物流履行中心」（Fulfillment centers）所收費用相比較的每頁邊際費用，提供次日遞交文件的服務。

我們構思了一個系統，稱為DDT，以新的方式使用現有的技術，並且參考建立此系統能夠在整個歐洲範圍營運的相關組織、管理、法律和規則的文獻。DDT會依據從DIANE所獲得的經驗建置，並且補充它。它會是一個快速、廣泛和經濟的文件遞送服務，接受有關圖書目錄參考形式資料的服務要求，並且從數位化文件資料庫遠距傳送所需要的資料給客戶。

然而，我們相信市場力量無法帶動這樣系統的發展。如果要對於快速存取全文資訊的需求得到滿足，則需要一個示範性的專案計畫。

DDT必須發展成一個開放系統，透過這個系統任何的資訊供應商可以提供文件給任何用戶。它因此必須依據國際標準為基礎。

需要進一步的技術研究，決定如何把現有的技術應用到DDT。

在DDT可以流行之前，還有一些重要的非技術性問題需要解決。

　　在忽略標題的不完備後，我們所剩下的就是一位無法確定他應該說些什麼，而被迫以晦澀不明的態度敘述內容的作者。他自己也弄不清楚這項「委員會」關心的問題所在，或是希望從他那兒獲得什麼。「查閱過把文件轉換成數位格式，以及以電子方式傳送有關科技、經濟和管理方面的文章」並不能夠清楚地描述目的。

　　然而，任何人檢閱文件的時候，可以容易地運用「問題定義架構」（Problem Definition Framework）做為指導方針，顯示如何整理結構而且同時讓文字的風格更有特色。第一步就是描述目前正在發生的程序，並且注意「委員會」希望如何改變它。

　　如果你仔細讀完文字後，他們現在所面臨的，顯然是這種情境：某個人審視螢幕上的目錄，找到所想要的文件，然後打電話給圖書館要求取得該份文件。圖書館在找到該份文件，並且複印後，將影印本郵寄給申請者。總共花費的時間為7到10天。

　　他們所想要的反而是能夠把印刷的文件轉奐成數位形式，並且集中儲存的系統。使用者然後審視螢幕上的目錄，找到所想要的文件，然後連絡資料庫要求取得該份文件，並且於1小時內在他的螢幕上收到回覆。

DDT問題的結構

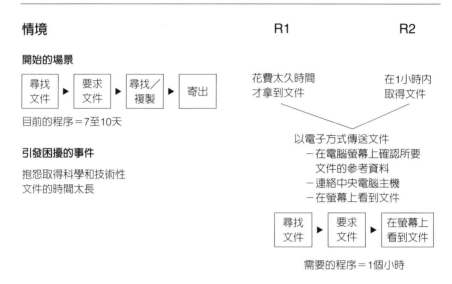

| 情境 | R1 | R2 |

開始的場景

尋找文件 ▶ 要求文件 ▶ 尋找／複製 ▶ 寄出

目前的程序＝7至10天

花費太久時間才拿到文件

在1小時內取得文件

引發困擾的事件

抱怨取得科學和技術性文件的時間太長

以電子方式傳送文件
－在電腦螢幕上確認所要文件的參考資料
－連絡中央電腦主機
－在螢幕上看到文件

尋找文件 ▶ 要求文件 ▶ 在螢幕上看到文件

需要的程序＝1個小時

　　將問題以這種方式展開，讀者就很容易了解問題並且想出解決方案。問題因此成為「這是一個好的解決方案嗎？」，或是更明確的「我們會開發出一個低成本的電子文件傳送系統嗎？」

　　基於這個理解，作者可能撰寫的引言和結構會如下所述：

S＝「ECC科學和技術性的資訊和文件委員會」（CIDST）關心目前透過Euronet網路存取科學／技術文件的無效率程序。使用者利用線上搜尋服務可以很容易地找到文件來源，但是必須等待7至10天才能取得複印和郵局遞送的文件。

C＝較好方法是將文件轉換成數位形式，集中儲存和經由Euronet／DIANE網路以電子方式提供。我們要求調查，決定是否可以開發出成本低廉的系統。

Q ＝（開發成本低廉的電子傳送文件系統是否可行？）

A ＝ 可行，但是目前無法做到。

　　　一系統的範圍必須涵蓋整個歐洲，才能達到低單價的費用。

　　　一若要涵蓋整個歐洲，還有許多的障礙要克服。

　　　一最好的方式就是展開示範產品，創造足夠的需求才能除去障礙。

讀者知道的很少或是毫不知情

DDT文件是一種讀者已經知道問題和解決方案的情境。然而，當讀者不知道問題的時候，你經常得描述問題才能獲得解決方案的核准，因此必須詳細加以解釋。此處我們想要描述的是系統目前如何運作，以及所有系統存在的錯誤，在你打算提出變更建議之前需要弄清楚。

有關製作引言的原則，我們不能夠在引言中提及任何讀者不知道或是讀者不認為是真實的事情。但是你能夠盡量說服讀者，讓讀者能夠「看到」問題的存在，而且你的解決方案可能是合理的。然而，要做到這個地步，你首先必須確定你自己清楚地「看到」問題。

為了說明起見，請參考圖表B.5的「週期曲線圖書備忘錄」（Period Graph Books memorandum）。它詳細描述製作週期曲線圖書系統的問題。圖形顯示公司的五個子公司每月銷售、成本和利潤的績效，並且做為向管理高層進行報告的基本材料。它的結構如下顯示。

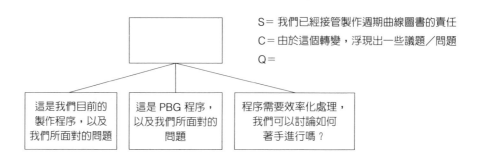

你會注意到,它不會提供解決方案,而是提出系統需要「效率化」處理。依照經驗法則來說,你絕不會希望提出問題而沒有同時提供解決方案。不管怎樣,如果要適當地處理問題的話,我們自然必須在問題的敘述中加入解決方案。步驟將是:

● 繪出目前程序的圖形

● 說出每個圖形錯誤之處

● 繪出若要消除問題,所需要的系統圖形

● 提出從舊的系統轉換到新的系統所需要的變更

● 簡潔地說明引言中的問題

圖表B.6顯示在這種情況下製作出來的圖形外觀。

你可以看到一共有兩個系統,一個是以人工方式輸入數字再進行計算,另一個則是從電腦下載數字進行計算。在第一個系統中,因為數據是以人工方式收集和輸入造成錯誤,輸入的數字時常延誤或者不完整,也造成電腦傳回圖形太晚而沒有時間找出其中的錯誤。但是,即使輸入圖庫的圖形是正確的,報告者也可以自行決定換成可以顯示出較清楚的(或是更令人想要的)趨勢線。在這種情況下,他不會通知職員群組這些改變。

圖表 B.5 過度描述的程序

到：

從：

主旨：週期曲線圖書

如同你所知道的情形，在進行的第5期分析中，「公司財務分析部門」假定前四期圖形報告書的製作階段責任屬於「公司計畫部門」承擔。這份備忘錄的目的是要大略說明因為這個轉移，所浮現出來的一些議題／問題。

製作程序

為了能夠更清楚處理這些議題，我將簡要地大略說明製作階段目前的情況。這個階段的特定活動有下列各項：

1. 收集數據——基本的數據來源有外部的報告（例如，"P"表格）、內部部門的文件，以及由部門以電話口述的方式傳送的資料。
2. 特定數據點的產生——包括手冊上的資料或是用電腦計算的資料（只包括PBG的電腦）。例如，持續累計的13個圖形的營收、成本和百分比率（舉例來說，A&M佔淨營業額的百分比%）。
3. 把數據點轉換到電腦的輸入表格——John Brennan地區供應商的電腦列印出今年到目前為止（YTD）的數據點，以及分析師更新成為最新的週期數據。每個圖形會佔用一個電腦頁，而且一般每個圖形需要2個新的數據點，包括實際的和持續累計13個圖形的數據點。這些輸入的表格在完成後，會回傳以便用來更新製作彩色圖表的資料庫。
4. 數據確認——檢查數據點的合理性，並且確認計算的一致性。

議題

關於從取得部門資訊到實際圖形的製作為止，其中的基本議題是在於整體控制方面。至於轉移給「公司分析小組」的前四個週期的曲線圖書資料，已經讓控制更為困難，因為它已經引入另外一個因素到程序內，而且使得無效率的系統更為破碎和更無效率。

為了支持這個論點，我會概略說明PBG監控書籍的程序和一些相關的問題。因為大多數PBG的監控書的資料點計算是利用「公司系統」的電腦執行，這個系統主要是設計供PGB公司使用，因為這些操作需要龐大數量的計算，因此針對每個地區已經大約產生13個圖形。

輸入PBG公司系統的主要資料來源是「部門」內部的資料，這些是從他們各自電腦系統輸出的資料。這些結果會重新輸入PBG公司系統，而且計算持續累計的、今年到目前為止的、每個案例，以及百分率的數據點，以便用來繪製各種圖形。這個公司電腦列印出來的文件，可用來做為製作彩色圖表電腦的輸入表格上的數據點。「彩色圖表部門」會重新輸入這些數據點到他們的資料庫，並且製作圖表。

依照上面的描述，程序包括部門的人事和3個公司部門——計畫、財務分析和系統等部門。在某個表格或者另外一種表格上的週期數據，輸入電腦系統的次數不會少於三次。因此，我們建立的是一個非常無效率的系統，並且增加產生錯誤的機會，因為參與的人數過多和相關的系統零散的緣故。

我們在已經涉入的這7個週期所遇到的一些問題，包括：

- 在各週期和各地區之間輸入的數據並不一致。
- 因為原始電腦的程式設計造成可變成本計算錯誤。
- 對於先前認定正確的數據點發生不明原因的更改。
- 資料庫並未依據前期資料加以更新，因此這項資料必須重新登入電腦輸入表格。

整體評估

這些問題大多數是由於程序本身的毫無效率所引起。零散的製作程序已經造成無人能夠控制數據，並且造成責任不明的「灰色地帶」。可能發生錯誤的風險已經增加，因為事情有可能會發生在三不管的地帶。

製作程序非常需要效率化的處理，不只是針對個別的圖書也包括資料庫，電腦系統都需要有效率地執行所有各部門的一般計算，舉例來說，持續累計的數據點。

依照我們目前的員工，我們無法有效率地處理製作程序和控制曲線圖書的品質。

以你的方便為考慮，我們可以討論如何才能最適當地進行嗎？

圖表B.6　圖形顯示個別的程序

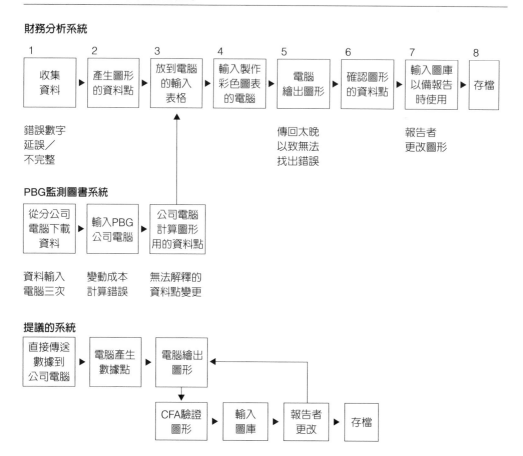

PBG分析師能夠從分公司的電腦收集他們的數據，而不是以人工收集。但是它會再次個別輸入PBG公司電腦，並且再一次輸入製作彩色圖表的電腦。這會造成在週期和區域之間數據的不一致，並且造成先前正確的數據點出現不明原因的變更。

　　一旦展開這兩個系統，以及每個系統所辨識出來的問題，很容易了解系統主要的問題是因為發生錯誤，使得系統產生無法信

賴的圖形：其中的錯誤發生在輸入數據、計算數據點，以及報告者變更圖形的時候所產生的錯誤。

寫備忘錄的人認為他們可以在相同的電腦上，盡力消除前面的兩組問題，至於第三組問題則可由報告者經由訓練在現場隨機加以消除。利用圖形顯示出在分析之前、分析以後兩者之間的差異，然後能夠容易指出想要的變更。

- 建立數據連線，允許直接把數據傳送到公司電腦。
- 建立可靠的例行作業，用電腦來處理圖形資料點的產生。
- 要求報告者所做的變更在使用之前要重新經過驗證。

這些變更會形成金字塔結構的邏輯主線，並且回答這個問題：「你對變更有什麼建議？」現在事情就簡單了，只需要回頭判斷哪些資料需要在引言中交代，以便讓讀者提出問題。

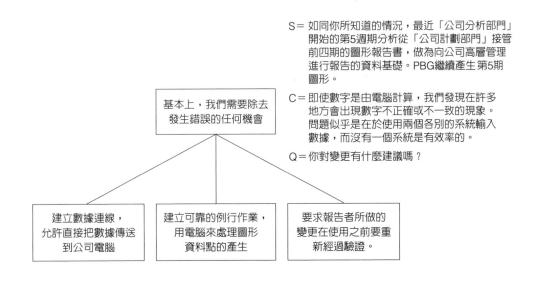

每個邏輯主線論點所產生的問題將會是：「為什麼？」，並且在每個論點下可以列出詳細說明目前系統不受歡迎的作業方式，以及這個行動將會如何消除問題。你並不需要去說明系統的每個單獨步驟，只有發生問題的部分才需要，這樣可以大幅減少在備忘錄中使用的文字數量。

附錄 C 本書要點匯總

第一章　為什麼是金字塔結構？

1. 為了傳達論點，必須組織論點。

2. 不同抽象層級的成組論點組織成金字塔。

3. 灌輸讀者觀念的最有效方法是由上往下。

> **關鍵概念**
>
> **金字塔原則**
>
> - 每個層次的論點必定是下層成組論點的總結。
> - 每組裡面的論點必定具備相同特性。
> - 同組的論點必定按照邏輯順序組織。

4. 金字塔內的論點遵守三個原則：

   - 每個層次的論點必定是下層成組論點的總結。

   - 每組裡面的論點必定具備相同特性。

   - 同組的論點必定按照邏輯順序組織。

5. 清楚寫作的關鍵是將你的論點放入金字塔架構，並在動筆之前先用金字塔原則加以檢驗。

第二章　金字塔中的子結構

1. 金字塔的四方格容納論點；論點是引出讀者腦中問題的一個陳述。

2. 在縱向關係方面，論點創造與讀者的「問題／回答」對話關係。

> **關鍵概念**
>
> **金字塔關係**
>
> - 論點的縱向關係（問題／回答）。
> - 論點的橫向關係（演繹／歸納）。
> - 頂端要點回答從讀者已經知道的事情所引發的疑問。
> - 引言引出初始問題。

3. 在橫向關係方面，論點不是採用演繹法就是用歸納法回答讀者的疑問，但是這兩種推理方法不能同時使用。

4. 引言訴說一個故事，提醒讀者文章打算回答的初始問題。

5. 故事由一個讀者熟悉的情境所構成，讀者同樣熟悉的衝突就在這個情境內發展。

6. 衝突引出問題，文章則給予問題答案（金字塔頂部的中心思想）。

第三章　如何建立金字塔結構

1. 你可以由上往下建立金字塔：

   - 找出主詞。
   - 決定問題。
   - 給予答案。
   - 檢查情境與衝突是否會導向這個問題。
   - 證實答案。
   - 填寫邏輯主線。

> **關鍵過程**
>
> **建立金字塔**
>
> - 找出主題。
> - 決定問題。
> - 給予答案。
> - 檢查情境與衝突是否會導向這個問題。
> - 證實答案。
> - 填寫邏輯主線。

2. 由下往上建立金字塔：

- 列出所有你認為你想要提出的論點。
- 找出論點之間的關係。
- 得出結論。
- 倒推得出引言。

第四章　引言的寫法

1. 引言目的是提醒讀者而非告知讀者。
2. 引言應該總是包含情境、衝突、疑問和答案。
3. 引言的長度取決於讀者的需求及主題的要求。
4. 在邏輯主線的起頭撰寫簡短引言。

> **關鍵過程**
>
> **撰寫引言**
>
> - 說明情境。
> - 衝突在情境內發展。
> - 引發問題。
> - 你的文章就是問題的答案。

第五章　演繹與歸納的區別

1. 演繹推理提出一個推理論證，在這個論證中，第二個論點對第一個論點加以評論，而第三個論點則說明前兩個論點同時間存在世界中的邏輯隱含關係。

> **關鍵概念**
>
> **邏輯推理**
>
> - 演繹提出一連串推理。
> - 歸納將相似的論點或相關的行動組合在一起。
> - 邏輯主線使用歸納推理較演繹推理來得好。

2. 演繹論證拿最後一個論點當主體，將它往上推論，並增加一個「因為」涵蓋前面兩個論點。
3. 歸納推理將一組相似的結論放在一起，並基於這些論點之間的相似性得出一個推論。

4. 在邏輯主線層次使用歸納推理比演繹推理來得好，因為歸納推理對於讀者而言比較容易理解。

第六章　採用合乎邏輯的順序

1. 給予符合邏輯的順序幫助你確保你沒有：
   - 把消息當成論點列出來。
   - 遺漏任何重要的論點。

2. 邏輯順序反映分組的來源：
   - 時間順序：透過設想流程得出論點。
   - 結構順序：透過評論結構得到論點。
   - 重要性順序：透過創造級別得到論點。

3. 如果你無法在一個群組找到上面的其中一個順序，這就顯示不是這些論點沒有邏輯關係，就是你的邏輯思考不周全。

4. 如果你要檢驗一組論點的順序：

關鍵概念

邏輯順序類型

- 時間順序：透過設想流程得出論點。
- 結構順序：透過評論結構得到論點。
- 重要性順序：透過創造級別得到論點。

關鍵思考技巧

行動論點的排序

- 闡明每項行動最終必然產生的邏輯結果。
- 將那些共同導向相同結果的論點組合在一起。
- 找出這組論點賴以為基礎的過程或結構，並據此排定順序。
- 檢查是否有遺漏任何步驟。

關鍵思考技巧

情境論點的排序

- 將說明類似事物的論點組合在一起。
- 找出這組論點是以結構或是級別來做為分組基礎。
- 重新將這些論點寫成完整的句子，並決定其順序。
- 檢查是否遺漏任何重點。

- 將每個論點改寫成簡短的重點。
- 把那些相匹配的句子組合在一起。
- 給予適當的順序。

概括分組論點
- 透過說明實行這些行動的直接結果，概括行動論點。
- 透過說明論點的相似性的邏輯隱含關係，概括情境論點。

5. 如果是行動論點：

- 闡明每項行動最終必然產生的邏輯結果。
- 將那些共同導向相同結果的論點組合在一起。
- 找出這組論點賴以為基礎的過程或結構，並據此排定順序。
- 檢查是否有遺漏任何步驟。

6. 如果是情境論點：

- 將說明類似事物的論點組合在一起。
- 找出這組論點是以結構或是級別來做為分組基礎。
- 重新將這些論點寫成完整的句子，並決定其順序。
- 檢查是否遺漏任何重點。

第七章　概括分組論點

1. 避免空洞的主張（「有三個問題……」等）。

2. 除非一組論點是MECE（彼此獨立，互無遺漏），否則你無法概括這組論點。

關鍵概念

找出論點中的相似性
- 它們都將討論相同的主詞。
- 它們都將涉及相同的活動。
- 它們都將對相同對象採取行動。
- 它們都將暗指相同的見解。

3. 行動總是按照時間順序進行，並且總是透過闡明採取行動的直接結果來概括行動論點。

4. 情境論點會列在一起是因為論點之間的相似性：

- 討論同類的主詞。
- 表達同類的述詞（動詞或是受詞）。
- 暗示同類的判斷。

5. 將行動論述分類：

- 找出每個論述的核心思想。
- 區分抽象層次。
- 闡明行動論述的最終結果。
- 直接從行動得出結果。

6. 將情境論述分類：

- 找出主詞、動詞、受詞或含意的相似性。
- 說明這些論點所屬的狹窄範圍。
- 說明隱含的推理。

關鍵思考技巧

建構行動論述

- 找出論述的核心思想。
- 區分抽象層次。
- 闡明行動論述的最終結果。
- 直接從行動得出結果。

關鍵思考技巧

建構情境論述

- 找出主詞、動詞、受詞或含意的相似性。
- 說明這些論點所屬的狹窄範圍。
- 說明隱含的推理。

第八章 界定問題

1. 列出問題的組成要素：

- 起點／序幕（問題發生的具體領域）。
- 引發困擾的事件（什麼事情發生，使得擾亂其穩定）。

關鍵思考技巧

界定問題

- 設想問題產生的領域。
- 說明什麼事情發生擾亂其穩定。
- 找出不想要的結果（R1）。
- 明確說明想要的結果（R2）。
- 判斷是否已經採取任何行動去解決問題。
- 透過分析找出要回答的問題。

- R1（你不喜歡這個領域現在產生的）。
- R2（你希望從該領域得到的）。
- 回答（目前為止已經針對問題採取的行動）。
- 疑問（必須做什麼以解決問題）。

2. 將問題界定轉換成引言：

- 從左而右再往下。
- 讀者最後知道的事情總是「衝突」。

第九章　建構問題分析

1. 利用診斷架構顯示問題領域的架構：

- 顯示系統內各單位如何互動。
- 探查因果關係活動。
- 將問題產生的可能原因加以分類。

2. 收集資料證明或排除造成問題的結構因素。

3. 利用邏輯樹去：

- 產生並測試建議的解決方案。
- 揭露論點之間蘊藏的關係。

> **關鍵思考技巧**
>
> **建構分析**
>
> - 界定問題。
> - 利用診斷架構表現問題領域的詳細結構。
> - 假設問題的可能原因。
> - 收集資料以證明或排除假設。

第10章　將金字塔結構反映在頁面上

1. 以標題、縮排、劃底線和編號的方式凸顯文章的架構。

2. 在金字塔架構的主要論點群之間顯示轉換的過程。

第11章　將金字塔結構反映在螢幕上

1. 文字投影片要設計得盡可能簡潔而明快。

2. 表格投影片簡單呈現內容，在投影片上端列明重點信息。

3. 以腳本摘要內容的架構。

4. 排練，排練，再排練！

第12章　將金字塔結構反映在文章內

1. 想像出你想要傳遞的訊息的畫面。

2. 然後將此影像文字化。

【圖表目次】

書　號	書　　　名	作　　者	定價
QA2001	經濟史入門：馬克思經濟學歷史理論概述	鹽澤君夫等	280
QC1001	全球經濟常識100	日本經濟新聞社編	260
QC1002	個性理財方程式：量身訂做你的投資計畫	彼得・塔諾斯	280
QC1003X	資本的祕密： 　　為什麼資本主義在西方成功，在其他地方失敗	赫南多・德・索托	300
QC1004	愛上經濟：一個談經濟學的愛情故事	羅素・羅伯茲	280
QC1005	國際財經輕鬆學： 　　掌握經濟趨勢，81個必備的財經觀念	藍迪・查爾斯・艾平	280
QC1006	抉擇：自由貿易vs. 保護主義的寓言	羅素・羅伯茲	260
QC1007	現代經濟史的基礎： 　　資本主義的生成、發展與危機	後藤靖等	300
QC1008	百辯經濟學： 　　為娼妓、皮條客、毒販、吸毒者、誹謗者、 　　偽造貨幣者、高利貸業者、為富不仁的資 　　本家……這些「背德者」辯護	瓦特・布拉克	280
QC1009	當企業購併國家： 　　全球資本主義與民主之死	諾瑞娜・赫茲	320
QC1010	中國經濟的危機： 　　了解中國經濟發展9大關鍵	小林熙直等	350
QC1011	經略中國，布局大亞洲	木村福成、丸屋豐二 郎、石川幸一	380
QC1012	發現亞當斯密： 　　一個關於財富、轉型與道德的故事	強納森・懷特	350
QC1013	為什麼我們的錢變薄了？： 　　1. 政府一手主導通貨膨脹的真相 　　2. 你不可不知的貨幣觀念	莫瑞・羅斯巴德	220
QC1014C	一課經濟學（50週年紀念版）	亨利・赫茲利特	300
QC1015	葛林斯班的騙局	拉斐・巴特拉	420
QC1016	致命的均衡：哈佛經濟學家推理系列	馬歇爾・傑逢斯	280
QC1017	經濟大師談市場	詹姆斯・多蒂 德威特・李	600
QC1018	人口減少經濟時代	松谷明彥	320
QC1019	邊際謀殺：哈佛經濟學家推理系列	馬歇爾・傑逢斯	280
QC1020	奪命曲線：哈佛經濟學家推理系列	馬歇爾・傑逢斯	280
QC1021	不公平的市場	亞瑟・歐肯	240
QC1022	快樂經濟學	理查・萊亞德	320

経済新潮社 　　　〈經營管理系列〉

書　號	書　　　名	作　　者	定價
QA1001	勇於負責： 重建個人與組織責任感的神奇法則	羅傑・康納斯等	280
QA1005	職場魅力高手： 塑造權力與影響力的10大祕訣	蘇珊・馬歇爾	280
QA1006	生態經濟大未來	艾瑞克・戴維森	260
QA1007	i-mode贏的策略：開啟行動商務的新大陸	夏野　剛	280
QA1008	資訊致富：從資訊演化看未來商機	麥肯納利等	200
QA1009	體驗品牌：如何建立顧客忠誠度優勢	戴洛・崔維斯	320
QA1010	我懂了！六標準差：邁向高獲利的新境界	舒伯・喬賀瑞	180
QB1007	危機就是轉機：自己創造奇蹟的50個法則	弘兼憲史	220
QB1008	殺手級品牌戰略：高科技公司如何克敵致勝	保羅・泰伯勒等	280
QB1010	高科技就業聖經： 不是理工科的你，也可以做到！	威廉・夏佛	300
QB1011	為什麼我討厭搭飛機：管理大師笑談管理	亨利・明茲柏格	240
QB1012	IT韓潮：不容忽視的韓國IT競爭力	韓國IT研究會編	250
QB1013	活力客服：打造人性化的客服中心	羅珊・德西羅博士	280
QB1014	中國製造：揭開「世界工廠」的真相	黑田篤郎	280
QB1015	六標準差設計：打造完美的產品與流程	舒伯・喬賀瑞	280
QB1016	我懂了！六標準差2：產品和流程設計一次OK！	舒伯・喬賀瑞	200
QB1017X	企業文化獲利報告： 什麼樣的企業文化最有競爭力	大衛・麥斯特	320
QB1018	創造客戶價值的10堂課	彼得・杜雀西	280
QB1019	體驗經濟時代	約瑟夫・派恩、 詹姆斯・吉爾摩	380
QB1020	我懂了！專案管理	詹姆斯・路易斯	280
QB1021	最後期限：專案管理101個成功法則	Tom DeMarco	350
QB1022	困難的事，我來做！： 以小搏大的技術力、成功學	岡野雅行	260
QB1023	人月神話：軟體專案管理之道	Frederick P. Brooks, Jr.	480
QB1024	精實革命： 消除浪費、創造獲利的有效方法	詹姆斯・沃馬克、 丹尼爾・瓊斯	480
QB1025	如何訓練一隻兔子： 促進溝通、激發潛力的53堂課	伊藤守	240
QB1026	與熊共舞： 軟體專案的風險管理	Tom DeMarco & Timothy Lister	380
QB1027	顧問成功的祕密： 有效建議、促成改變的工作智慧	Gerald M. Weinberg	380
QB1028	豐田智慧：充分發揮人的力量	若松義人、近藤哲夫	280

書　號	書　　　　　名	作　　者	定價
QB1029	你想通了嗎？： 如何靈活思考，解決問題	Donald C. Gause、 Gerald M. Weinberg	260
QB1030	業務，這樣做就對了！： 要業績，也要完善的業務生涯規畫	克里斯・萊托	280
QB1031	我要唸MBA！： MBA學位完全攻略指南	羅伯・米勒、 凱瑟琳・柯格勒	320
QB1032	品牌，原來如此！	黃文博	280
QB1033	別為數字抓狂： 會計，一學就上手	傑佛瑞・哈柏	260
QB1034	人本教練模式： 激發你的潛能與領導力	黃榮華、梁立邦	280
QB1035	專案管理，現在就做：4大步驟， 7大成功要素，要你成為專案管理高手！	寶拉・馬丁、 凱倫・泰特	350
QB1036	A級人生： 突破限制、創造人生的12堂課	羅莎姆・史東、山德爾・ 班傑明・山德爾	280
QB1037	公關行銷聖經	Rich Jernstedt等	299
QB1038	經理人的第一本領導書	鈴木義幸	220
QB1039	委外革命： 全世界都是你的生產力！	麥可・考貝特	350
QB1040	領導的技術： 如何成為問題解決型領導者	傑拉爾德・溫伯格	380
QB1041	要理財，先理債： 快速擺脫財務困境、重建信用紀錄最佳指南	霍華德・德佛金	280
QB1042	溫伯格的軟體管理學：系統化思考	傑拉爾德・溫伯格	650
QB1043	三秒成交	馬克・喬那	280
QB1044	邏輯思考的技術： 寫作、簡報、解決問題的有效方法	照屋華子、岡田惠子	300
QB1045	豐田成功學：從工作中培育一流人才！	若松義人	300
QB1046	你想要什麼？： 56個教練智慧，把握目標迎向成功	黃俊華、曹國軒	220
QB1047	精實服務： 生產、服務、消費端全面消除浪費，創造獲利	詹姆斯・沃馬克、 丹尼爾・瓊斯	380
QB1048	好價錢讓你賺翻天：你不可不知的定價策略	拉斐・穆罕默德	320
QB1049	改變才有救！（教練的智慧系列2）	黃俊華著、曹國軒圖	220
QB1050	教練，幫助你成功！（教練的智慧系列3）	黃俊華著、曹國軒繪圖	220
QB1051	從需求到設計： 如何設計出客戶想要的產品	Donald C. Gause、 Gerald M. Weinberg	550
QB1052C	金字塔原理： 思考、寫作、解決問題的邏輯方法	芭芭拉・明托	480

國家圖書館出版品預行編目資料

金字塔原理：思考、寫作、解決問題的邏輯方法／
　芭芭拉‧明托（Barbara Minto）著；陳筱黠、
　羅若蘋譯. -- 初版. -- 臺北市：
　經濟新潮社出版：家庭傳媒城邦分公司發行，
　2007〔民96〕
　　面；　公分. --（經營管理；52）
　譯自：The Minto Pyramid Principle: Logic in
　　　　　Writing, Thinking and Problem Solving
　ISBN：978-986-7889-59-1（精裝）

　1.商業英語－作文　　2.思考

805.17　　　　　　　　　　　　　96008171

- 請沿虛線折下裝訂，謝謝！- -

編號：QB1052C　書名：金字塔原理

cité城邦 讀者回函卡

謝謝您購買我們出版的書。請將讀者回函卡填好寄回，我們將不定期寄上城邦集團最新的出版資訊。

姓名：＿＿＿＿＿＿＿＿＿＿ 電子信箱：＿＿＿＿＿＿＿＿＿＿

聯絡地址：□□□＿＿＿＿＿＿＿＿＿＿＿＿＿＿＿＿＿

＿＿＿＿＿＿＿＿＿＿＿＿＿＿＿＿＿＿＿＿＿＿＿＿

電話：（公）＿＿＿＿＿＿＿＿ （宅）＿＿＿＿＿＿＿＿

身分證字號：＿＿＿＿＿＿＿＿（此即您的讀者編號）

生日：＿＿年＿＿月＿＿日 性別：□男 □女

職業：□軍警 □公教 □學生 □傳播業 □製造業 □金融業 □資訊業
　　　□銷售業 □其他＿＿＿＿＿＿＿＿＿＿＿＿＿＿

教育程度：□碩士及以上 □大學 □專科 □高中 □國中及以下

購買方式：□書店 □郵購 □其他＿＿＿＿＿＿＿＿＿＿

喜歡閱讀的種類：＿＿＿＿＿＿＿＿＿＿＿＿＿＿＿＿＿

□文學 □商業 □軍事 □歷史 □旅遊 □藝術 □科學 □推理

□傳記□生活、勵志 □教育、心理 □其他＿＿＿＿＿＿＿

您從何處得知本書的消息？（可複選）

□書店 □報章雜誌 □廣播 □電視 □書訊 □親友 □其他＿＿＿＿

本書優點：（可複選）□內容符合期待 □文筆流暢 □具實用性
　　　　　　　　□版面、圖片、字體安排適當 □其他＿＿＿＿＿＿

本書缺點：（可複選）□內容不符合期待 □文筆欠佳 □內容保守
　　　　　　　　□版面、圖片、字體安排不易閱讀 □價格偏高 □其他

您對我們的建議：＿＿＿＿＿＿＿＿＿＿＿＿＿＿＿＿＿

＿＿＿＿＿＿＿＿＿＿＿＿＿＿＿＿＿＿＿＿＿＿＿＿

＿＿＿＿＿＿＿＿＿＿＿＿＿＿＿＿＿＿＿＿＿＿＿＿

＿＿＿＿＿＿＿＿＿＿＿＿＿＿＿＿＿＿＿＿＿＿＿＿